郷愁の大地

―― ある父と子の北国物語

塚本 正明

東京図書出版

郷愁の大地◇目次

プロローグ（開拓の季節）

それはもう、遠い記憶のなかの遥かな思い出の世界になってしまいました！

懐旧の情は時を経るほどに純化され、望郷の念は遠く隔てられるほどに深められるもののようです。人生の晩年に近いこの今になって、なにか尊い魂の宝石のように美しい輝きを増してくるもの、それはおのれの幼少の思い出のふるさとにほかなりません。

売れない孤独な詩人いちきマコト（一木真）は、糟糠の妻に先立たれてすでに還暦も過ぎてしまった今は、一三〇〇年の歴史が幾重にも地層に染みついているような、いにしえの都奈良に一人ひっそりとやもめ暮らしを忍んでいます。人生の戦友を失ってしまったような、そんなわびしい初老の身にも、今なお忘れえぬ懐かしい幼少の時代がかつてありました。じっと目蓋を閉じれば、長い人生遍歴をさかのぼった遥かな記憶のなかに、初々しい幼少の日々の思い出と郷愁の大地の爽やかな香りが、まるで夢のようによみがえってくるのです。

時は太平洋戦争が終わって間もない昭和二十二年のこと、北の大地北海道の中央部にほど近い狩勝峠の麓に横たわる原野に、広大な牧場を創設する一大開拓事業が開始されました。それは、敗戦後日本の新たな畜産事業を担うべき「北海道立種畜場」の建設でした。この畜産牧場共同体の基礎を大勢の仲間たちとともに築き上げたのが、そこの草創期の場長だったマコトの父でした。

マコトの父フジトは、明治三十九年港町神戸に生まれました。大国ロシアを相手どった日露戦争が新興日本に有利に終結した翌年のこと、味をしめて意気込んだ島国日本が大陸の韓国や満州へ本格的な侵略支配を進めていった頃です。フジトは、姉二人と妹一人にはさまれた只一人の男子として育ちました。その母親つまりマコトの祖母にあたるフジは、江戸時代終焉後、明治三年神戸の山手地域にある中宮村で生まれました。

当時は、いまだ日本全国各地にキリシタン禁制の高札が立てられているような状態でした。キリスト教が解禁されたのは明治六年のことです。江戸幕府の用心深い政策で、四方海に囲まれながら鎖国にこもり続けていた日本がついに開国されてから慶応三（一八六七）年の兵庫開港以来、来日外国人の内地雑居地域として異人館が多く建ち並んでいた神戸山手の北野や山本通の街並みは、今では異国情緒溢れる人気観光スポットになっていますが、その当時の山本通のあたりはまだ中宮村と言っていたのです。

「中宮《なかみや》」という言葉は天皇の皇后を意味する「中宮《ちゅうぐう》」を連想させるのですが、中宮村にもこんな言い伝えがありました。古く奈良朝以前の古代皇族のある皇女がこの地に住みついて、没後その姫の墳墓を守るお付きの一族たちがこの村落を代々形成し継承した、というのです。

プロローグ

もっとも、フジの実家の敷地内で苔むしていたこの「中宮古墳」といわれる石室墳墓は古代豪族の墓ではないかという異説もあって、いにしえからの伝承には謎の部分もありました。フジは、そういう言い伝えのある中宮村で先祖代々の庄屋をしていた伊左衛門とヤス夫妻の三女として生まれました。

男はどうも頼りなく女性がしっかり者の家系だったようです。そこへ入り婿となって先代を継いでいた伊左衛門は、横浜についで日本で二番目、西日本では最初に出来たプロテスタント教会である神戸教会で信徒総代も務めたことのあるクリスチャンでした。さらにその長女のツネは、神戸女学院の前身神戸ホームで学んだのち神戸教会初代牧師だった松山高吉の妻となり、また次女のサカエは、神戸女学院の第一期生という家庭でした。そのほかにも何人か子どもがいましたが、中でも三女のフジは大変利発な娘だったので、親からの信頼もとくに厚く、けっきょくこの家の後継者と見込まれたのでした。

「なあフジや、あんたは小さい時分からよう気のきく賢い子やから、この家はなあ、あんたに継いでもらいたい思うておるんやがなあ」

「えっ、うちがですか」

「そうや。そのかわりに、あんたが前から希望しておった米国行きに、ちゃんと資金を出してあげよう思うておるさかい。そやからどうか、あんじょう頑張っておくれ」

「それじゃあ、二、三日考えさして下さいな」

こうして、しばらく思案のすえに腹を決めたフジは、親の期待を背負った気丈な跡取り娘の気概を胸に秘めて、太平洋をはるばる船旅して渡米留学することとなりました。そして、ペンシルヴェニア大学など二つも大学を卒業して明治のたくましい女傑たちの仲間入りをしたのでした。意気軒昂なアメリカの新しい文化と教養で洗練されソフィストケイトされたクリスチャンとして帰国してからは、大阪朝日新聞社の呼びかけで誕生した全関西婦人連合会議長も務めるなど、明治から大正にかけての女性運動家の一人として活動したのち、地元神戸の高等女学校や神戸女学院で英語の教諭として活躍した先進的な女性でした。同時にフジは、日常生活でもまわりの親戚に何かと親切な心配りをしていたので、親類縁者からも頼りにされる存在でした。近所のいとこの家に病人が出ればすぐに見舞いに駆けつけ、女学校に出勤する前に袴姿のまま立ち寄って様子を尋ねたりしていたようです。また、親戚の家の男親が亡くなって、まだ若いその妻が悲嘆にくれて泣いているようなときには、「あんたが泣いていたら子どもたちはどうするの」と、逆にたしなめるような人でした。きっとフジの人生観は、日頃から公私を問わずに前向きに最善を尽くすことだったのでしょう。

この祖母は、マコトが生まれる二十年ほども前に世を去っていましたから、残念ながらマコトが実際に会ったことは一度もありません。どんな声で話したのか、どんな物腰の人だったのか、そうした生きた記憶がまったくなかったのです。それでも、マコトが小さい頃に父のアルバムの古びた白黒写真で見たことがある若き日の祖母は、垂れ房のついた大学の角帽をきりっとかぶり、黒いガウン姿の正装をして写っていました。きっと留学していたアメリカの大学の卒業記念写真なのでしょう。かなり度の強そうな眼鏡をかけて、その奥には家系といわれるどんぐり眼の繊細そうな瞳が光っています。そして、穏やかそうでいながら、どこか信念を秘めたような毅然とした表情が印象的で、いかにも西洋文化に啓発された近代日本女性の代表者のようなオーラが感じられます。それが、マコトのわずかに知っている遠い幻のようなやり手お婆ちゃんの若きただ一つの肖像なのでした。

また一方、フジトの父親つまりマコトの祖父ナガタカのほうは、出身はもともと京都の方で、上州安中藩士の子として江戸に生まれながら違法脱藩者となって渡米した新島襄が明治維新後帰国して京都に開校した志高き同志社の最初期の卒業生でしたが、その後は神戸教会で日曜学校の校長などもしていたようです。また、大阪の住友商事の渉外部長をしていた関係で外国人との付き合いが多く、彼らの影響もあって当時日本ではまだ先駆的で珍しかったスポーツ登山をとくに愛好していました。体つきはむしろ華奢なほうでしたが、けっこう丈夫で運動が好きだったようです。それで、神戸徒歩会（「神戸草鞋会」）の初代会長を務めながら、みずから六甲山（脊山）登山道を切り開いて烏原貯水地から摩耶山までの四〇キロほどの山道を整備し、登山道の改修や植林さらに登山地図の発行に携わるなど、やはり先進的と言ってよい人物でした。今では樹陰に隠れて目立たなくなってしまったその登山道には、その労に報いて彼の名が付けられ、神戸市による記念の道標が、再度山《ふたたびさん》の大龍寺に向かう途中にある善助茶屋跡の手前の道端にひっそり立っています。

ナガタカは、赤い糸の導きによるものか、神戸で出会うことになったフジの家庭事情をいさぎよく呑み込んで、長男ながら義父伊左衛門と同様の入り婿となりました。この祖父のことは、はるか遠い北海道でもマコトの姉たちの噂話のなかで「お池のおじいさん」としてたまに話題にのぼることがありました。その先祖を太閤秀吉の時代までさかのぼると、淀君という女藩主をいただいた歴史上唯一の藩である淀藩で家老をしていたという伝説話などは、横で聞いていたマコトの子ども心にも興味深く染みついたようです。小学校に入学して二年生になった年のことでしたが、国語の授業で作文が課されたときに、なぜだったかその受け売り話を思い出して書いたのでした。なにしろ関西から遠く離れた田舎町の学校のことですから、若い新任の女先生も思わず「へーっ、これはめずらしい話だわねえ」と感心したのでしょう。次の国語の時間みんなに作文を返した後で、級友たちみんなの前で、「一木さん、その作文立って読んでくれる」ととくに所望されたのでした。内気なマコトは、恥ずかしいような、同時に誇らしいような妙な気持ちになりながら、もともと本読みが好きだったので素直に先生に従いました。それでも、聴いていた級友たちには何のことやら内容がよく分からなかったに違いありません。少なくとも半信半疑だったことでしょう。ナガタカの実家の戸籍は京都府久世郡淀町になっていましたから、その家系が淀藩ゆかりだという話も、まんざら嘘の言い伝えでもなかったのです。ともあれ、このいわくつきの「お池のおじいさん」は、マコトがまだ十歳のときに遠く離れた神戸で亡くなったので、フジおばあさん同様、やはり生前に会うことは叶いませんでした。ただ、(自分にも遠いところに何だか偉いおじいさんが居るんだなあ) とぼんやり思っているばかりでした。

そんなわけで、当時としては先進的だった両親のあいだに生まれた唯一の息子であるフジトは、幼い頃からヴァイオリンを習ったり英語を教わったりという教育熱心な恵まれた環境のなかで、それなりの期待を背負わされて大事に育てられたに違いありません。ところが港町の子でもあったフジトには、自分には自分なりの密かな夢があったのでした。ずっとのちにこの頃のことを懐かしむように、マコトにぼそっと呟くように言ったことがあります。

「まだ子どもの頃には、大きくなったら船乗りになって世界中の港をまわりたいと、ほんとは思っていたんだけどなあ」

けれどもそのフジトは、後年長じると、はるか北の北海道へと渡り、海ならぬ「陸の船乗り」になったのでした。明治生まれの頑固者で、おまけにプロテスタント的な反骨心を多少受け継いでいたフジトは、ふだん家族の前では威厳を保つためか寡黙がちな人で、腹の中に何か一物を抱えているといった感じがありました。それがマコトにはどこか怖かったのでした。それでもやはり関西生まれのせいか、関西弁で日常話すことは無かったものの、他所ではたまに冗談めいたことを言ったりする隠れたユーモア精神を持ち合わせていたようです。ずうっと後になってマコトが京都の大学に入り、父とはちょうど正反対に、生まれた北海道を出て関西に住むようになったとき、代々関西に在住の年上のいとこ達から思い出話を聞かされました。

「そう言えば、おじさんはたまに面白いこと言うひとやったわねえ」

「そうそう、それもニヤッとしながらね」

それでフジトはこのときも、やはりニヤリとしながら、自分にともマコトにともつかないふうに呟いたのでした。

「それが、とうとう陸の船乗りになってしまったなあ」

というのも、大学では乗馬クラブに入っていましたし、また畜産の仕事に就いてからも、広大な北海道の牧場で大好きな馬に乗る機会が結構あったのです。ちなみに、いささか因縁めいたことながら、フジトが生まれた明治三十九年は、干支で言うと午年《うま》に当たる年でした。ともあれ、海が牧場の緑野へ、船が馬へと姿を変えたわけです。

大正デモクラシーの時代に思春期を迎えたフジトは、神戸の名門旧制中学である神戸一中を一年飛び級で終えると、単身親元を離れることを決意し、若い青雲の志と夢を抱いてはるばる青森から函館へと逆巻く波の津軽海峡を渡り、希望していた北海道帝国大学農学部に入学することになったのです。プロテスタントの幼児洗礼を受けていたフジトが、内村鑑三や新渡戸稲造らを輩出した札幌農学校を前身とする北国の大学に憧れたのも不思議なことではありません。それに明治時代の先進的雰囲気に満ちていた神戸には、未開地北海道の開拓事業に携わる「赤心社」という有志組織があって、その中心人物が神戸教会のメンバーであるという一縷の縁故もありました。それでも、可愛い子には旅をさせろとは言うものの、親類縁者が一人も居ないような北端の地へと実際に旅立たれた両親の心中は正直どうだったか分かりません。

もっとも、フジトの長姉であるヒコも、母親フジに負けずに、スコットランドのエディンバラ大学に留学しましたし、次姉フミの方は、叔母が嫁いだ先へ養女にもらわれた人ですが、その後アメリカに渡ったあと、けっきょく西海岸のシアトルに永住することになりました。とくに長女であるヒコは、留学仕込みの英語がペラペラの達人級で、本場の英国人から「発音がとてもきれいですね」と感心されるほどキングス・イングリッシュが流暢でした。マコトはずうっと後に関西に住むようになったとき、すでに白髪の老婦人になっていたこの伯母を神戸の家に訪ね、それ以来何度も泊まりがけで世話になったものでしたが、彼女が弟である父のことを歳とってからでも「フジトちゃん」と呼ぶ唯一の血縁者であり、父にとって生涯頭の上がらない存在であることを知りました。この伯母は、いつもニコニコしながら自分の弟の末っ子であるマコトを可愛がってくれ、そしてあるときマコトの帰り際に、奥に仕舞い込んであった蔵書の中から金文字表紙の分厚い古書を取り出してきて、お土産のお菓子に添えてそっと手渡しました。

「あのねえ、マコトちゃん。この本あなたにあげますから」

「あっ、どうもありがとうございます。立派な本ですね」

「もうずいぶん古いものやけど」

それは、一九世紀イギリスの桂冠詩人テニソンの『イノック＝アーデン』という英語詩集の初版本でした。ただ惜しむらくは、マコトにも美しい韻を踏んでいることは分かりましたが、正直とても読みこなすことが出来ませんでした。その懐かしい伯母も亡くなって三十年以上たち、マコトも還暦を過ぎた頃に、異国の匂いがする貴重本の風情があったその詩集も、ほかの雑本に紛れてとうとう京都の古本屋に引き取られていきました。「マコトちゃん、大事な本を駄目じゃないですか」という抑制した叱り声がどこからか聞こえてきそうで、マコトは今でも、ニコニコ顔のなかにも厳しさが隠れていた伯母のせっかくの贈り物を反故同然にした申し訳なさに、正直胸が痛むことがあるのです。

そんな洋風な伯母たちのいる当時ではまだ珍しい国際派の家庭で、父フジトも育ったのでした。フジも、自分を支えてきた進取の気概が、フジトのうちにも受け継がれているのに気づいて、あえて渡道に反対しなかったのかも知れません。それでもやはり、フジトはたった一人の跡取り息子でしたから、新開地へ旅立たれた親の心配もひとしおだったに違いありません。実際その後、フジトが二十一歳でまだ大学在学中のときに、母親フジは気苦労が災いして亡くなってしまいました。そしてすっかり落胆したフジトは、卒業後も故郷に帰ることなく、父親のことは末の妹にまかせたまま北海道に留まって、けっきょくそこで骨を埋めるという離郷者の人生を選んだのです。ただ、そんなフジトも、やはり心のなかでは故郷のことを忘れることはなかったようで、時折思い出しては姉妹やいとこたちにアイヌの木彫り製品などを贈ったりしていたようです。

フジトが予科のときから入寮していた北大恵迪寮《けいてき》の広く親しまれた寮歌『都ぞ弥生』の一節には、「豊かに稔《みの》れる石狩の野に、雁《かりがね》遙々《はるばる》沈みてゆけば、羊群声なく牧舎に帰り、手稲の嶺《いただき》黄昏こめぬ」という詩情あふれる描写があります。そして遠い北国で畜産と牧場の仕事に生涯を捧げたフジトが最後に農林省北海道農業試験場畜産部長として任された職務も、「石狩の野」札幌の地にある月寒種羊場を管理することでした。この月寒種羊場というのが、あの立派な鬚を生やしたクラーク博士の細身の全身像がすっくと立っている「羊ケ丘」のことで、寮歌に描かれた「羊群」が三六〇度いっぱいの大空のもとでのんびり草をはんでいるじつに広々とした牧野だったのです。思えばこうした人生上のいきさつも、なにか深い因縁によることだったのかも知れません。

ところでフジトたちがまだ若かった時代、日本はけっして平和に恵まれてはいませんでした。フジトがちょうど大学に入った頃から、「富国強兵」を国策とした明治政府以来の軍国主義的な対外戦争の時代へとさらに突き進んでいくことになったのです。経済的、政治的な事情や、さらに国家間の疑心暗鬼という心理的要因も絡んで、個々人の意図を超えた時流の勢いによって避けがたいものとなってしまったあまりに痛ましい大戦争の時代――群れると個を失って「村八分」に走る傾向のある国民性というのか、個人の自律を尊ぶ精神を本質的に欠いた日本的全体主義の感情的雰囲気が支配する時代状況がじわじわと進行していたのです。昭和二年の山東出兵、昭和六年の満州事変、翌年の上海事変、昭和十二年からの日中戦争（支那事変）、そしてとうとう昭和十六年からは新興大国アメリカを相手にした無謀な太平洋戦争へと、戦火は年ごとに拡大の一途を辿っていきました。フジトにもやはりあの「赤紙」が届きました。フジトは、二十代三十代の若い盛りの壮年期に、日中戦争での中国進出、太平洋戦争でのシンガポール作戦など何度か戦地に赴くことになり、けっきょく三度の応召で足かけ「五年も無駄にした」とみずから述懐しています。マコトがまだ小さい時分、中国人のことを「チャンころ」と言ったり、欧米人を「けとう（毛唐）」と言ったりする父親に、教養ある人にあるまじき何か嫌な感じを受けたものですが、そんな蔑称も軍隊で強制的に仕込まれたものに違いありません。

　戦争で人生がすっかり狂ってしまったという人は世界中に数え切れないほど居ますが、この戦争体験や軍隊生活がフジトの人生を変える大きな内面的転機になったことは言うまでもありません。それでもフジトの場合は、ちょうど勝ち戦の時期に重なったこともあって幸い命を落とすこともなく、残りの人生を自分の本来の仕事に捧げることができたのは本当に運が良かったとしか言いようがありません。またマコトが見たことのある古びた写真には、工兵隊に所属していた陸軍曹長のフジトが、軍馬に跨ってまんざらでもないという表情をして写っていました。戦争中にも、大好きな馬に乗る機会に恵まれたわけです。それでも、苦い戦争体験のことはその後ほとんど話題にしたこともなく、むしろ避けていたような父フジトが、あるとき一度だけまだ小学生だったマコトにぼそっと呟くように語ったことは、マコトに強い印象を与えたのでした。

「戦争に行ったときは、じつはこんなこともあったんだ。戦地を工兵隊の軍用車で移動しているときになあ、車を運転していた隣の兵隊が頭を撃たれて即死してしまったことがあってね。あのときはほんとにあぶない目にあったよ」

マコトは、ただ黙って昔話でも聞いているふうでしたが、フジトはそれ以上多くを語りませんでした。そのほかにマコトが聞いた覚えのあることと言えば、手紙などで「禿山人」と自称していたフジトがもともと細い毛髪の頭が若くして禿げてしまったのは、「戦争で鉄兜をかぶっていたせいだよ」と、本当なのか冗談なのか分からない愚痴をこぼしたことぐらいです。ですからマコトは、ずっと後になって自分が年輩となりフジトが亡くなってしまってから、父の生きた体験談についてもっと生前に色々訊ねておくべきだったと悔やむことになったのです。そう、世の常とは、親孝行したいときには親は無し、そして付け加えるべきなのは、親のこと訊きたいときに親は無し、なのです。

もしもそのときに父が戦死し、母サエが戦争寡婦にでもなっていたなら、マコトもこの世に生を得ることはなかったわけですから、そう考えればマコトも運の良い子だと言えないこともないのです。もちろん人生には、悲しいことや苦しいことも多く、「生まれてこない方がよかった」と思う絶望的状況に陥ることも無いとは言えませんが、それでも生きていて何かを経験出来るということ自体が、何も無い虚無よりはましな、一つの幸運と言えるでしょう。

いずれにしても、大いなる悲喜劇またの名を大日本狂騒曲とも言うべきこの大戦争の余韻は、戦後もまだ尾を引いていました。マコトが生まれた北海道でも例外ではありません。戦後生まれで戦争を知らない子どもたちには、その時代の意味について十分な認識などもちろんありませんでしたが、北国北海道の地にも、日本の敗戦はやはり暗い影をまちがいなく落としていたのです。進駐米軍により、まず重要拠点が占拠されました。ただ北海道の場合は、南方沖縄の島々のように、軍人も民間人も問わず多くの人々が戦火に倒れ戦塵にまみれて、さんざんに痛ましい戦禍を被ったあげくに、現在もなお米軍基地が居座り続けているという、長い忍従の運命を辿ることはなかったのでした。

それでも、マコトがやっと物心ついてまもない三歳くらいのことだったでしょうか、記憶は何となくうすぼんやりしていますが、マコトは親だったか姉の誰だったかに手を引かれて札幌の街をとことこ歩いていました。そのときに、まだ幼い子どもの目に奇異な印象をもって映ったのは、片足でよろよろと松葉杖をついて、よれよれのくたびれた軍帽をかぶり、汚れてカーキ色もあせてしまった兵隊服の上に理科の実験衣のような白い長衣をコート代わりに羽織って何とか寒さを凌ぎながら街頭に突っ立っている兵隊さんの姿です。物乞いをする変な格好をした乞食のような大人。それも一人だけではなく、あちこちで見かけられました。ある者は片腕を失い、ある者は片足を欠いて、とにかくどこかに癒やせぬ傷をかかえていました。何かに訴えるような表情をした彼らの足もとには大きな鍋が置かれていて、その底にわずかなお金が入っているのが見えました。何かの旗を支えている人もいたようです。マコトが不思議に思ったその人たちは、戦争に惨めに傷つき敗れ、帰還しても身寄りが見つからない不幸な傷痍軍人の姿だったのです。赤十字の慈善活動か、キリスト教の派である世界救世軍の平和の世界鍋の運動か、ともかくその奇異な大人の姿は、戦後の混乱がまだすっかりは治まっていない時代の世相そのものだったのです。しばれるような冬の木枯らしが身にしみる街の巷には、大事な腕や脚を失ってしまった彼ら傷痍軍人たちの痛々しい姿が、まだあちこちで目にすることが出来ました。彼らは、敗戦の惨めな結末の生き証人だったのです。そんな苦しく悲しい状況の中から、それでもなお、したたかに新たな復興が始まり、北海道にもふたたび新たな開拓の歴史が始まったのでした。戦争による破壊ではなく、開拓の創造の歴史が!

六人兄弟のなかでただ一人だけ戦後に生まれたマコト自身は、もちろんその頃のことをはっきり覚えているわけではありません。けれどそれは、経験をつみ重ねた大人たちにとっては、甚大な犠牲をもたらした対米太平洋戦争や対中、対ロ戦争からようやく解放された時代でしたし、戦争を知らない無邪気な子どもたちにとっては、まるで無限の可能性にむかって開かれたような時代でした。たとえ物資は貧しくとも未来に開かれた心豊かな時代に違いなかったのです。

今でもマコトの手もとには、粗末な服を着た笑顔いっぱいの子どもたちが並んで写ったセピア色の白黒写真が一枚残されています。それは、日本の中の、北海道の中の、十勝地方の中の、「新得」郊外の「広内」にある広大な牧場で、一つの世界を共有して成長した子どもたちの懐かしい写真です。まだ建設されて間もないその牧場には、「北海道立種畜場」という立派な名前がついていました。そこには、世界中の子どもたちの誰もが経験出来るわけではない希少な環境がありました。そしてもちろん、まわりの大人たちが戦後の復興にかけた新たな人生そのものも……。たとえささやかではあるにしても、そこには確かに一つの世界があり、また戦後昭和の一つの歴史があったのです。

これから語られるのは、この緑の大地の物語です。四季それぞれに美しく豊かな自然風土がまだ今のように汚されていない時代、人々の心が便利なハイテク文明にまだそれほど浸食されていない時代、そして何より人間同士がお互いにまだ心底信じ合えた時代の物語です。今は過ぎ去りし昭和、戦争の悲惨と平和への誓いを胸に刻んだその昭和への挽歌として！

新しく開拓された北の大地とそこで生きていた懐かしい追憶のなかの人々……。それは、北海道の天地に出現した一大開拓王国でした。なるほど幼いマコトにとって、経験豊富な大人たちの広い世界はまだ開かれていませんでした。それでもそこは、子どもの人生にとってまごうかたない一つの世界なのでした。そこは、周囲の大人たちにとっては、北海道の、ひいては日本の畜産と酪農の研究という日本人の食の一端を担う一大実験場とも言える所でしたが、これから成長しようという子どもたちにとっては、そういうむずかしい大人社会の事情は知らなくとも、自然や多様な生きものたちとじかに触れ合う純朴ながら尊い体験の恰好の場であり、自分たちの人生のすべてがそこにあったのです。そして、このような貴重な体験を人生の黎明期とも言える幼少年時代に味わえる子どもたちは、なんと恵まれた幸運児だったことでしょう。

そこは、本州のような古い歴史の染み込んだ土地柄とはまったく異なっていました。一昔前の北海道の人たちは、本州のことを「内地」と呼んでいましたが、その内地に比べるとほとんど原野に近い外地、かつては野ウサギやリスや蝦夷鹿が草や木の実をはみ、日本最大の獣であるヒグマさえも出没し、そして先住民アイヌの人たちがその動物たちを狩りしていただろう地を、内地からやって来た和人たちが新たに開拓して創出した新開地でした。土壌は火山灰の上にできた原野でしたが、アイヌ人たちが「広内」と名づけていた広大な山麓にひらけた豊かな扇状緑地でもありました。

たとえば北欧ラップランド地方のサーメ人と似たように、やはり自然を深く崇拝しつつその自然の恵みを糧としていた心やさしきアイヌの人々の姿は、北米でインディアンたちが狭い居留地に強制移住によってむりやり押し込められたように、コタンというわずか数カ所のアイヌ部落に追いやられてしまい、ここにはもはや見かけることはできません。けれども、もともとこのあたり一帯は、ずっと古くは数千年前の縄文時代の石器、とくに通称「十勝石」といわれる鋭い黒曜石で作られた矢じりなどの石器やそのほかに土器も発掘されているような生活地域だったのです。またずっと下って和人の開拓時代にまで歴史が進むと、明治三十二（一八九九）年に山形県関山（現在の東根市）出身の村山和十郎ら最初の十三戸が第一陣として入植し、翌明治三十三年には第二陣の約一〇〇名がここ「新得」の原野に入地して開墾に尽力したことが記録に残っています。

そうしてそれからさらに半世紀近い時が流れ、敗戦後の復興期になって広々とした十勝の大地の一隅に新たに出現した「北海道立種畜場」は、東京ドームなら三五五個ほど収まる一六五四・三八ヘクタールという、牧場として日本最大級の総面積を有していました。また、畜産研究施設としてのスケールと内容の豊かさにおいて、北海道一、いや質量ともに日本全国をさえ代表するものと言ってよかったのです。それは単に施設というより、それ以上の一つの共同体を形成していました。

ここで飼育されている家畜たちも多種多様でした。たとえば、種牛としてホルスタイン、ショートホーン、ブラウンスイスなど、種馬としてペルシュロン、北海道和種（どさんこ）やその他に耕馬などがおり、それ以外にも種豚としてヨークシャー、バークシャー、ハンプシャーなど、種ウサギとして日本白色在来種（白ウサギ）、ニュージーランドホワイト、チンチラ、アンゴラなど、種鶏として白色レグホン、プリマスロック、ロードアイルランドレッド、ニューハンプシャー、名古屋種などがいて、さらにアヒル、ガチョウ、七面鳥もいましたし、おまけにイタリアンの種蜂まで飼育していました。専門家でもないと知らない外国種が多く、好奇心旺盛な子どもたちにとっては、まるで珍しい動物園と言うか、むしろ動物学習園だったのです。

それら大小さまざまの動物を飼育する人たち、そして品種改良研究や人工授精や獣医関係に従事する人たち、放牧や牧草飼料を担当する人たち、さらに庁舎で管理事務の仕事に携わる人たちが居ました。それで家族を含めた住人は三〇〇人ほども居ましたし、購買所、共同浴場、小さな遊園地になった子ども公園、おまけにちょっとしたテニスコートや野球のグラウンドまで備えていたので、ひとかどの村と言ってもよいくらいの地域共同体だったのです。そして官舎に住んでいる人たちを代々遡っていくと、出身地もさまざまであり、全国各地から北国のこの地に集まっていたことが分かります。そこは、おそらく世界でもとてもまれな場所だったのです。

ちなみに北海道という土地は、陸地形成史からみると、津軽海峡によって隔てられた本州以南の日本列島とは違って、北方ロシア方面の大陸から分離して現在の位置に落ち着いたとみなされていて、また実際に地理的自然風土的にはロシアの極東地域に確かに近いのですが、精神風土的文化的な質についてみると、むしろ太平洋を隔てたアメリカ合衆国との親近性をもっています。北海道もアメリカと同じく歴史が浅いということ、アメリカでは先住民インディアンの土地へ、北海道では先住民アイヌの土地へ移民たちが入植したことがあります。もっとも、アメリカの場合は世界中からの多民族移民、蝦夷地北海道の場合は日本各地からの多県民移民という規模の差異があることは言うまでもありません。また何より特筆されるのは、アメリカでは西部開拓に象徴されるパイオニア・スピリットが、北海道では原野を開墾した屯田兵に象徴される開拓者魂というものが、それぞれの苦難の歴史を切り開いていったことです。ただ北海道開拓の歴史には、幕末の戊辰戦争で敗れた東北諸藩の武士たちが、二度と戻れないという背水の陣で未開地に挑んだという、不屈のサムライ精神も隠されているのです。

そうした艱難辛苦の歴史をここ十勝地方でみると、晩成社移民として帯広を開拓した依田勉三が、当時のことを俳句に詠んでいます。

「開墾の　はじめは豚と　ひとつ鍋」

鍋をかたどった乾皮の中に、十勝名産の小豆で作ったアンと小さな餅の入った帯広銘菓「ひとつ鍋もなか」は、北海道の由緒ある菓子の一つです。そしてその名の由来にもなったこの一見叙事的な句には、寒冷の地で苦難を耐えとおした不屈の開拓者魂が凝縮され象徴されているのです。先住民族のアイヌの人たちの足跡がいたるところにあるとはいえ、本来狩猟を生活の生業としていたアイヌ人は恵みをもたらす自然をとても大切にする民族でしたから、自然を崇めこそすれ荒らすようなことはしなかったので、山も森も川も手つかずの自然風土がそのまま残されていたのです。それで新しい移住者たちは、ほとんど最初から厳しい大自然の原野を開拓しなければならなかったのでした。遠い異国アメリカの開拓発展時代と同じ進取の精神的活気が、ここ北海道の地と血には受け継がれているようです。

ところでこの十勝の一隅が広大な「種畜場」として開拓されたのには、ある苦い歴史的背景がありました。この種畜場の前身は、もともと道都札幌の郊外、真駒内の地にあったのです。明治維新後しばらく経った明治九年に、当時まだ原始林であったその真駒内の地を、明治政府の開拓使最高顧問ケプロンの要請で来日した、アメリカのオハイオ州出身でのちに「北海道酪農の父」と呼ばれるエドウィン・ダンが切り開いて創設したのが「真駒内種牛場」でした。最初期の「牧牛場」から拡大発展してけっきょく「道立真駒内種畜場」となり、昭和六年には二八〇〇ヘクタールもある敷地内から切り出された軟石で大きなサイロも付設されました。そのようにして、やがて酪農北海道の中心基地になっていったのです。

ところがまったく皮肉なことながら、あしかけ七十年経って、日本が太平洋戦争に敗戦してまもない昭和二十一年に、かの恩人ダンと同じアメリカからやって来た進駐軍、くわしくは第八軍第七七師団でフィリピン・グァム・沖縄戦歴戦の従軍士官であったスイング大佐によって占領軍用地として接収されることになりました。そのために、「北海道農業試験場畜産部」と改称されていた大世帯は、やむなく立ち退きの屈辱と苦労を味わうはめになったのです。その後この真駒内の地は、現在では日本の北部方面自衛隊の駐屯地や札幌市営の真駒内団地へと大きく変貌し、また毎年二月のさっぽろ雪まつりには、大通り公園に次ぐ第二会場にもなって賑わいをみせています。もちろんそこには、かつて広がっていた種畜場の偉容は跡形もありませんが、牧人ダンの銅像が真駒内中央公園にひっそりと立っており、「エドウィン・ダン記念館」がこの先駆者の偉業をわずかに偲ばせるだけです。時代も人々もすっかり移り変わり、「つわものどもが夢のあと」となったのです。けれどもその後昭和四十一年になってから、新得の牧場の一角にも、新得移転二十年の記念としてダンの銅像が建立されたことは、先人の労をねぎらうにふさわしい快挙でした。そのダンの全身像は、素朴な作業着姿で長靴を履いて、左肩には小柄な牧羊犬（シープドッグ）をのせ、右肩には使い馴染んだ木杖を担いでいます。一見朴とつで気さくそうにみえながら、いかにも牧畜を愛してやまない男としての自信と誇りに満ちた表情をしています。

　話をもとに戻しますと、その当時真駒内（北海道農業試験場畜産部）の第十二代目部長を引き継いだばかりだったフジトは、そうした屈辱的な悲運を嘆いて、ある記念誌に皮肉まじりにこう吐露せざるをえませんでした。

「召集敗残兵の私は、ここで再度敗戦の苦渋をのまされた。牧人ダンが拓いた地を同じ国の武人がつぶすとは……」

　その結果として、酪農北海道の中枢機関は、どこか新たな地を探して出直すほかないという難題に直面するはめになったのです。そうした敗戦国ならではの憂き目を乗り越えて、真駒内からは十勝連峰や日高山脈を越えて遠く離れた十勝にある新得広内の地に、すでに先住者として移植していた地元農家の反対に遭いながらも、ようやく移転先が定められることになりました。マコトが生まれてまもない昭和二十二年三月に、広大な十勝平野を北海道のちょうど中心部に向かって西北端に奥まった、名勝狩勝峠の麓に位置するなだらかな高原の町新得の郊外への移転が最終決定されたのでした。しかしこの決定に至るまでには、またいろいろ紆余曲折があったのです。まず移転事務委員会が設置され、その委員でありフジトの先輩でもあった赤城さんたちが、道内をあちこち物色中に、たまたま新得の駅頭で当時の平野町長と奇遇した際の会話をきっかけとして、町長が進言した候補地を、とある高地から視察することになりました。その山は、当時の増田甲子七北海道庁長官に因んで後に「増田山」と命名されたのですが、その小高い山から一帯を一望俯瞰した末にようやく意に適ったのが、この新得広内の地だったのでした。一大決定をしたその後、一〇〇人をこえる地主たちからの用地買収が何とか済むと、いよいよ待望の施設建設に本格的にとりかかることになったのですが、そこにはまだまだ開拓者ならではの多難な苦労が待ちかまえていたのです。

フジトを含む先発隊十六名（食事の世話のために夫婦が一組だけ加わった）の面々は、まずは土地を耕作するために、隣接する先住農家の掘立て小屋を借り受けて合宿生活を始めました。そして耕作したばかりの土地を使って、呼び寄せるべき家畜たちのための飼料作りや藁集めに従事しました。デントコーンや燕麦や牧草の種を播きましたが、もともとの地味は痩せており、おまけに日照も乏しいときていて、最初のうちは収穫も思うにまかせない状態でした。草木も眠る静寂と深闇に包まれた夜、やっとの休息を求めて仰向けに横たわると、すぐ頭上の藁屋根の破れ目からはるかな星がまたたいて疲れ果てた身をわずかに慰めてくれましたが、厳しい冬場ともなるとかなりの雪が積もり、かなたの狩勝峠から吹き下ろしてくる肌をさすような寒風との「しばれる」闘いも待っていました。新雪の朝などは野ウサギの足跡が点々と認められ、(野生の生き物たちも寒さと闘って生きているのだな)と命の共感のような気持ちに励まされたものです。

先発隊の同志たちは、まだ戦時中でもあるように、蕎麦だんごを主食にし、「でんぷんどぶ」(澱粉どんぶり)でなんとか英気を養って凌ぐというような辛抱の日々に耐え続けました。肉体的には戦時中よりきつかったかも知れません。おそらく北海道人(道産子《どさんこ》)にみられる忍耐強さ、継続する精神力は、この厳しい自然、とりわけ厳寒の冬の季節にこそ培われるものに違いありません。けれども、あまりの厳しさに耐えきれず脱落し離脱していった開拓挑戦者たちが少なくなかったのも、また北海道開拓史の事実だったのです。

ただこの先発隊には、将来への秘かな希望が、弱音を吐きそうな心の支えになってくれたのでした。ひとは、報われることのない労苦には、ただ空しさを覚えるだけですが、希望のある苦労には、喜んで献身することができるのです。

「なあみんな、ここは我慢のしどころだぞ」

「ゆるくないけど、けっぱるしかないべさ」

「そうだ、あと戻りはできんからな」

まわり一帯に広がる火山灰を含んだ貧しい土壌に、ひたすら手を加えて牧草地や飼料畑へと改良する、じつに根気のいる作業が来る日も来る日も続けられました。また多くの施設を建設するにしても、なにしろ戦後の資材不足の時代のことですから、やむをえず札幌真駒内で解体された貴重な古材を遠路大切に運び移して、それで合宿所や農具庫や耕馬厩舎などをどうにか建てるような始末だったのです。

けれども、そういう先発隊の地道な苦労もようやく実り、ついに花開くときが来ました。その後徐々に後続隊の加勢も増して、なんとか条件が整ってくると、それまで広い北海道の各地にやむなく分散させられていた戦争被害者ともいえる牛馬や小動物たちが、この新たに出現した緑地にぞくぞくと搬入され、ここに悲願叶ってひとところに集結することが出来たのでした。

そのようにして昭和二十五年十一月に「北海道立種畜場」が誕生し、フジトがその初代場長に正式に任命されました。新得の町から西へ一直線に伸びた田舎の砂利道の尽きたところに建っている場の正門には、大木から切り出したような一枚看板がかかっていて、その名が墨で大きく書かれていました。それは、昭和三十三年には「北海道立新得種畜場」へ、さらにマコトがこの地を去ったあとの昭和三十七年には「北海道立新得畜産試験場」へと書き換えられることになったのですが。

ちなみに、真駒内に立っていたあの由緒あるサイロは、進駐軍による撤去廃棄処分をあやうく免れて生き延びることが出来ました。はるばる十勝新得郊外のこの牧場に、愛着を抱いていた関係者たちの強い思いを託して昭和二十三年に解体移築され、その悲運の歴史をひとり無言で語り継ぐかのように、厳しい風雪を老体で耐えながら今でも立ち続けています。それは、暖かい印象を与える軟石を精密に積み重ねた円い塔に八角形の赤い屋根帽子をかぶせたいかにも風情のあるサイロで、明かりとりの小窓があしらってあり、ヨーロッパのちょっとした古城を思わせるような風格さえ感じられます。それは、戦争の破壊的な時代に耐え、戦後の窮乏の時代にも耐え抜いた歴史の貴重な生き証人のようでもあります。マコトがこの新得種畜場に移住したのは昭和二十六年のことですから、この老サイロは幼いマコトの先輩に当たるというわけです。

第一章　芽吹きの季節

指折数えれば片手いっぱい五人もいる姉兄たちの後塵を拝し、そして戦争を挟んであしかけ七年も間を空けて、しかも四十歳にもなった母から生まれてきた末っ子のマコトには、そもそも自分の家族というものの歴史が始まった頃の記憶はまったくありません。戸籍上の記録によれば、マコトのすぐ上にもう一人女の子が生まれたことになっていますが、生後まもなく亡くなったため幻の姉となりました。戦時中の食糧不足の時代のことです。それは記録にはあっても、もちろんマコトの記憶にはありません。

いったい人間の記憶がいくつ頃から始まるものでしょうか。個人差はあるのでしょうが、マコトが物心ついたのはいつ頃からであったのか、いくら思い出そうとしてもじつにぼんやりしたものです。それでも三歳だった冬に、高校生だった唯一の兄マサトが、冬休み中だったのでしょうか、前の晩降り積もった雪をせっせと積み上げて、かつては屯田兵村の在所だった琴似の町にある農試（北海道農業試験場）の木造平屋官舎の屋根からそのまま地面まで続く真っ白い坂をつくり、マコトもその真っ白い新雪の坂で元気にソリ滑りして遊んだことなどは、子ども心の楽しい想い出であるためか不思議と記憶の底にしみついています。マコトが生まれたこの界隈は、今では「農試公園」に姿を変えていて、とくにその敷地内の見事なバラ園は、地元の人たちをはじめ市民から憩いの場として愛されています。

ところで、その年が明けた昭和二十六年の九月に、敗戦国日本はサンフランシスコ講和条約に調印し、ここに戦後の真の意味での復興が始まることになったのでした。その条約は実際には翌年に発効し、マッカーサー率いるＧＨＱの廃止と占領米軍の撤退が実現して、アメリカ民主主義の後押しによって自立した新たな日本が成長の道を歩んで行くことになります。

戦後の日本が大きな曲がり角にさしかかっていたちょうどその頃の昭和二十六年のこと、マコトは、四歳になってまもない早春の三月に、生地である北の都札幌（琴似）から、さらに寒さの厳しい十勝地方内陸部の新得にある「北海道立種畜場」という新設の大牧場に、母サエや三番目の姉ミサエと末の姉ヨシエとともに移住することになりました。父フジトが、この種畜場では初代の場長職を任されていたからです。母と姉たちとマコトは、いくばくかの不安と期待を抱きながら、札幌駅から早朝の汽車に乗って、北海道の国鉄路線では最長の根室本線をはるばる経由して、見知らぬ新得町のこぢんまりした木造の駅に初めて降り立ちました。駅前の広場には迎えの馬車が待っていてくれました。それでマコトたちは、布団袋といっしょに大きな馬車に乗せられて、雪がかなり解け残っている春まだ浅い新得郊外のまっすぐのびた砂利道を、ガタゴトゆられながらその約束の地へと向かったのでした。馬車の上で黙りこくっているマコトは、道すがらまわりのいかにものどかな田舎の景色を神妙に眺めていましたが、幼い胸のうちにもこんな思いが去来していました。

(ずいぶんさびしいところにきちゃったなあ。……こんなとおいみちを、いったいどこまでつれていかれるんだろう。いえがちっともないし、なんだかしんぱいだなあ。……)

そのあいだもずっと馬車は前進し続けていましたが、マコトの耳に入ってくるものといえば、砂利を踏みしめるがっしりした馬の蹄の音と馬車が重そうにきしむ音ばかりでした。初めて見るまわりの季節の変わり目の風景にもそろそろ見飽きてきた頃、まっすぐ前方になにやら丸太造りの門が見え、その向こうにひとかたまりの人家が、そして今まで見たこともない大きな建物の群れが見えてきたのです。それは、鮮やかな赤い屋根で統一された畜舎の群れでした。

(あれっ、あそこはどこなんだろう)

馬車がさらに近づくと、正門に打ちつけられている大きな看板に「北海道立種畜場」と、マコトにはまだ読めない漢字が墨も初々しく書かれていました。

マコトたちがようやく辿り着いたその日、これからの住まいとなる新築の場長宅は出来たばかりでした。この場長宅というのが、いっぷう凝っていました。この真新しい家は、四角い煙突のついた赤い屋根がのっかり、二階外壁部分がしっくいの白壁に洋風のシンプルな木組み模様をあしらっていて、ちょっと洒落た外観だったのです。新得は林業の盛んな町でもあったので木材だけは豊富に手に入ったものの、建築には当時の予算で百万円もかけたそうです。それにマコトの父が設計したらしく、屋内にもレンガ造りのペチカがしつらえてあるなど、神戸育ちらしいハイカラ趣味がいろいろと生かされているようでした。その大きな家へ大人たちが手を貸して、先着していた家具やらの引っ越し荷物を運び入れているあいだ、マコトは畑と小川をはさんでちょうど向かい手にある空き家の官舎に一時待機させられていました。ちょうどお昼時だったので、場の奥さんたちが何人か集まって簡単な食事の用意をしてくれました。もともと人見知りの強かったマコトは、畳部屋の隅でいっしょに待機していた布団袋に寄りすがるようにして、知らないおばさんたちが隣の台所で手際よく立ち働く姿をそっと見ていました。

「まあ、男の子なのかい。おとなしいんだねえ」

「ほんとに。なんか女の子みたいだべさ」

おばさんたちがマコトの方をうかがいながら話す声が耳に入ると、ますますマコトは膝を抱えてじっと身を縮めるようにしているのでした。なにしろ生まれつき体が弱いうえに、ひどく内気で引っ込み思案な子だったのです。生まれた当座は、女ばかり続いたあとの男子でしたから、父フジトはもちろん兄マサトも、ことのほか喜んでくれたようです。ところが虚弱で「女の子みたい」な子だったのです。しかしともかく、こうしてマコトたちの新しい日々が始まったのでした。新たな戦後日本の成長が始まるとともに、マコトたち戦後生まれの子どもたちの成長も始まったのでした。

その昔「蝦夷《えぞ》」と呼ばれていた北海道には、その全域にわたって先住民族であるアイヌの人たちの足跡が残っているのですが、なかでも珍しい地名にアイヌ語の名残が多くみられます。

それもじつは、伊勢生まれの幕末の探検家としてアイヌの人たちと親交を育みながらアイヌ文化の良き理解者となり、それを見込んだ明治新政府に開拓判官として登用され「北海道」の名付け親ともなった松浦武四郎という高潔の士の深慮あってのことなのです。

マコトの新しい故郷となるこの「新得《しんとく》」も、その地名はもともとアイヌ語（シットク・ナイ）で山の裾を意味しており、カスベという魚の形状に似た広い北海道のちょうど真ん中あたりに位置する田舎町でした。田舎町とは言っても北海道のことですから、その総面積は現在の東京都の二分の一ほどもあったのです。そして町の市街地からさらに郊外に三キロあまり西へ奥まったところに、初めて見るその牧場が広がっていました。そこは、「広内」というアイヌ語で扇状地を意味するなだらかに広がった地域であり、緑豊かで土の香りのする新天地だったのです。果てしない青空、心地よい清新な大気、のびのびした北海道らしい十勝の大地、そして大きなサイロや畜舎が並び立つ開拓されたばかりの牧野……。

こうして、まだ幼かったマコトは、賑やかではあっても何か息苦しいような町中から連れ出されて、夜ともなれば地上は恐ろしいほど底なしの静寂につつまれ、頭上の漆黒の天空には無数の星がチカッチカッと神秘的にまたたくような、未体験の天地のまっ只中へと投げ出されたのでした。しかし同時に、季節には山フキ、ウド、ワラビ、ゼンマイ、笹の子、ヨモギなどの山菜と山ブドウ、スモモ、ハタンキョウ、野イチゴなどの山果が豊富で、野山には野ウサギやリスや野鼠が駆け回り、山奥にはヒグマやエゾ鹿まで出没するような、まさしく母なる大自然のふところへと。

マコトたちがまだ幼かったその頃、まわりの世界は不思議に満ちていました。世界には意味があるのか、それともこの世界は究極のところ無意味なのか。自分の存在には何か意味があるのか、それとも自分の存在には何も特別な意味などないのか。そういうレーゾン・デートルふうな深刻な疑問は、もちろん幼いマコトにはまったく問題ですらなかったのです。マコトはただ伸び伸びと生きていた、ただあるがままに自然に生きていた、まさに天然自然のままに。しかしそれでいて、何か世界の不思議への好奇心と深い充足感に満たされて。

その頃のマコトにとって、すべての純朴な子どもにとってそうであるように、まわりの世界はとにかく新鮮なものだったのです。このマコトの人生の黎明期は、おぼろげな自我が徐々に目覚めていく日々であるとともに、マコトにとっての世界の始まりでもありました。


マコトが種畜場に来た四歳の頃、都会なら見られるような保育所や幼稚園といった施設はもちろんありませんでしたから、マコトの友達と言えば、自宅のすぐ近くの子とか飼育されているいろいろな動物やまわりの虫たちや自然の生きものに限られていました。それでも、それはそれなりに豊かな世界でした。町の小学校に入学するまでは、この世界そのものがマコトの教科書であり教師でもあったのです。

この大きな牧場には、何種類もの家畜や動物が飼育されており、牛や馬はもちろん、鶏、羊、ウサギ、豚、そして池の周辺にはアヒルやガチョウが、池の中には鯉がいました。鳩や蜂も飼われていました。さらに後には、どこからか猪が連れてこられ、豚と実験的に掛け合わせて「イノブタ」へ品種改良するという試みまであったようです。

周辺の自然の営みの中でも、四季折々に生きものたちが活動していました。空には雀やカラスを始めとする野鳥たち、川や池には河鹿や山女、ザリガニやドジョウやタニシそしてカエルが、とくに季節にはオタマジャクシから孵って間もない可愛げな雨蛙の子が姿を見せたりしました。野山には、赤トンボにオニヤンマにギンヤンマがのびのびと飛びまわり、地中ではモグラやネズミが這いまわっていましたし、おケラやミミズも潜伏していました。原っぱのバッタやキリギリス、樹上にへばりついた蟬や花壇に群がる蝶々も、北国の短い夏を精いっぱい生きていました。モンシロチョウやモンキチョウのほかにアゲハチョウも、花壇で咲き誇るダリアの大輪の花に寄って来ることがありました。広大な牧場を見下ろして聳えるオダッシュ山の分水嶺の方には野生の熊も住んでいました。ただ一つ幸いなことに、本州のようにマコトの苦手な蛇は住んでいませんでした。

また、花草木や野菜といった植物たちも、寒い北の地で頑張っていました。エゾ松、トド松、カラ松、さらに白樺やダケカンバにポプラといった忍耐強い樹々がそれぞれにわが居所を得たように空に伸びていました。そして、マコトの家（「場長さんち」）の前には父フジトが植えたと思われる一本の桜の樹と、その隣にまだ小さい桑の幼木がポツンと立っていましたし、瀟洒な白壁に唯一の緑屋根をした庁舎の脇には、赤い実をつけるオンコ（いちいの東北語）の鮮やかな緑樹が植わっていました。とある湿地の林には鈴蘭が咲き、夏の花壇には南国を思わせる大輪のヒマワリも背を伸ばしました。子どもの「無料のオヤツ」になる野イチゴやグスベリやスモモやハタンキョウが秘密の場所で実をつけましたし、道端にはスカンポ（すいば）やオオバコ、そして可憐なタンポポも何気なく風に揺れていました。子どもたちは、場所によっては山林檎を見つけることも出来ましたし、カシワの木から落ちたドングリとか松ボックリ（松かさ）をなぜか必死に拾い集めたものでした。しかし、主役と言うべき家畜たちにとってはさまざまな牧草や飼料が、世話役の人間たちにとっては畑の手作り野菜や野山の山菜が、何よりありがたい植物だったことは言うまでもありません。

マコトの家の南側にもかなり広い野菜畑がありましたし、裏手の北側にもカボチャやニラがひっそり植わっている小畑があり、それに続いてたぶんフジトが防風林のつもりで植えた一列の白樺並木があって、そのすぐ向こうの原っぱには一面にクローバーが広がっていました。夏になると咲く小さいボンボリのような白いクローバーの花には蜜があって、蜂や虫が寄って来たものです。マコトの古いアルバムには、一枚だけこの原っぱで写した写真が残っています。札幌でミッション系の北星短大を終えて幼稚園教諭になっていた長姉イチエと北星高校に通う次姉フミエの二人が夏休みにはるばるやって来て、この原っぱで草をはんでいたモコモコの綿毛に覆われた緬羊の背に、怖がっているまだ四歳のマコトを跨らせて何やら笑っている写真です。このクローバー畑で、マコトは姉たちから、まれに四つ葉のクローバーがあって、それを見つけると幸運が訪れるのだ、という俗信のことを初めて聞かされて、クローバーの原っぱを逐一探し回ったことがありました。それから姉たちは、花冠の作り方も教えてくれました。白い花のクローバーを細長い茎のところから摘んで、それを何本も編み合わせて花冠や首輪を作るのです。なかなか面倒な作業ですが、手先が器用だったマコトは、自分でも何とか編み方を覚えると、一人で女の子のようにこの白と緑の手編み物を何度か作ってみたものでした。

マコトは、動物から植物まで、まわりのさまざまな生きものたちにじかに触れることで、生き生きとした生命感を知らず知らずのうちに体験し、それが生まれつきひ弱なマコトのうちにも何かしら生きるエネルギーのようなものを育んでいったのです。その上この種畜場では、酪農や畜産の研究開発も行われていました。そのため、田舎町からさらに奥まった不便な山裾にありながら、便利な都会よりも当時としてはずっと豊富で子どもたちの成長にも役立つ酪農自家食品に恵まれていました。牛乳にバターにチーズ、鶏卵に蜂蜜、牛肉や豚肉、鶏肉、ハムなど、都会ではかえって高くつく食料品に、この場の子どもたちはけっこう身近にありつけたのでした。「バターごはん」とか「牛乳かけごはん」とか「じゃがバター」といった、都会の子には馴染みのなさそうなメニューもとくに珍しいものではありませんでした。そのおかげもあって、マコトの虚弱体質もかなり改善され強くなることが出来たのです。こうした自然から得られる恵みは、とくにマコトのような子どもの心と肉体にとって、一つの大きな救いになったことでしょう。

ついでに暴露してしまえば、マコトはこの場に来てしばらくの間は、末っ子の特権なのか、まだ母サエの母乳をときたま吸わせてもらっていたので、それもまた尊い栄養源だったかも知れません。それでも四、五歳の頃にはまだ体力が足りないために、年中いろいろと周りの家族に面倒をかけたものです。もちろん「しばれる」冬には必ずと言ってよいほど風邪をひいて咳き込んでいたので、そういうときには心配した父なり姉なりが、塩水をアルコールランプで沸騰させた蒸気で喉を殺菌するという耐熱ガラス製の「吸入器」をかけてくれました。しかし、熱い蒸気がヒューヒューと音を立てて噴き出して来る方向へ間近に口をあんぐり開け続けているのが、正直また辛い修業なのでした。あるいは風邪のひき始めのときなどには、たまに母サエからこっそり卵酒を飲まされたこともありました。これは血筋なのか、その際マコトにアルコールに対する抵抗感はとくにありませんでした。当時のサエは、いつもキセル煙草を愛飲するだけでなく、どこに隠しているのやら、たまに安い焼酎を嗜むこともあって酒に通じていたのです。また夏は夏で、ときどき腹に回虫をわかしては父に変な味のする「虫下し」(回虫駆除薬)を嫌々呑まされて、尻から出て来た細長い寄生虫を見て驚いたものです。

何かと家族の世話で助けられていたマコトでしたが、そのうちとうとう町で唯一入院設備のある病院へ入院するはめになりました。その病院には、末姉ヨシエがまだ小学生の時分に場から町へ自転車で出かけた際、停止中のトラックにぶつかって足を怪我してしまい、そのまま入院治療したことがありました。それ以来、この不器用な姉は自転車に乗ることを固く禁止されました。ところがマコトの場合は、何か変な感染症にかかったのではないか、さては厄介な「赤痢」ではないかと心配されたのですが、けっきょく町医者の往診検査の結果、それより幾分ましな「疫痢」だということが判明したときには周りの家族も一息ついたようでした。しかしそれでも面倒な病気に違いはありません。自覚の乏しい子どものことで原因は分かりませんでしたが、あるいは自然の牧野を遊び回っているあいだに、放牧牛の尿が混じっているかも知れない川の水を飲んだり、野生のグスベリやオオバコなんかを腹に入れたりしたのが祟ったのかも知れません。ともかくこのときは、マコトを寝かせていた部屋がまるごと消毒され、マコトもその後すぐ町の病院に隔離される羽目になったのでした。けれども短期間で一度きりの入院騒動も、幸いそれ以上には感染拡大することもなく終息しました。

こういう非常事態のときには、半分ぼけた母よりも、自分の仕事で忙しい父の方が、マコトの身の回りのことを細かく気配りしてくれるのでした。自然の中で暮らしていると、そんなふうに良いことと悪いことといろいろ起こって来るものですが、それでもけっきょくは、自然の恵みがマコトの生命力を徐々にでも強くしてくれたことは間違いないのです。

とにかく、不便な田舎暮らしをしている者にとって禁物なのは病なのです。ただ、場で飼育されている動物たちの場合には、彼らのための人工授精や衛生検疫を受け持つ施設が整えられていて、疫病、伝染病に目を光らせていました。それでもときには奇形の家畜が生まれたり、病死する動物もあったのでした。ましてや人間が厄介な病に罹ってしまった場合には、面倒でも町の病院までわざわざ遠出するほかないのです。マコトの家でも、用意周到なフジトが薬箱に家庭常備薬を蓄えてはいたものの、もちろん重い病の場合には、思い切って都会の病院まで行くしかありません。マコトには場の人たちが病気になったときどうしていたのか全く知りませんでしたが、おそらく不便な思いをしていたに違いありません。いずれにしても医療の不在は、田舎暮らしの致命的な落とし穴なのです。

ただ母サエのように病院と無縁な病気知らずの気丈者は例外でしたが、それでも場で暮らしている人々は、澄んだ空気と新鮮で栄養豊富な自家製品のおかげもあって、大人も子どもたちも概して健康体に恵まれていたのかも知れません。少なくとも誰かが大病に罹ったという噂は、マコトも耳にしたことがありませんでした。そんな中で、マコトのような虚弱体質の因縁をもって生まれ落ちた者は、自然の懐の中で少しずつ体力が増してはいたものの、まだまだ医学の助けなしには生き難い厄介者だったのです。

そんなマコトでも、その後町の病院の世話になったのは、たった一度だけ歯医者に行ったときのことです。それは季節がちょうど春めいて来た頃でした。ただ春とは言っても北海道のことですから、三月から四月の雪解けの時期もようやく過ぎて、野山にさ緑が広がり、梅と桜がほぼ同時に咲くという五月初めの頃なのです。そんなふくよかな季節に病院通いとは、まことに無粋なことでした。

マコトは、ご多分に洩れずふだんから甘いモノが好きで、食品戸棚からドロップや金平糖やカリン糖、それから十勝の豆で作った甘納豆や北見特産のハッカを混ぜたハッカ飴などをこっそり見つけ出しては口に入れていました。たまに黒砂糖の塊でもあろうものなら、なるべく大き目に割り取って舐めたりすることもありました。場にある購買所で、サエから小銭を貰ってキャラメルやアンパンを買ったことも何回かありました。そんな積み重なる不摂生が祟ってとうとう虫歯になり、痛みも我慢できなくなって、やむなく町に一軒ある歯医者に行くことになりました。これは生まれつきのせいというより、自業自得の天罰でした。もっとも当時は、缶に入った文字通り粉末の歯磨き粉が無くなると、その代わりに台所の塩で歯を磨くような生活でした。痛んで我慢できない歯があれば、ペンチを用いて無理やりに引っこ抜くというような荒っぽい素人療法が田舎ではまだ残っている時代ではありましたけれど、さすがにマコトもそれは怖かったのです。もちろん、あの甲高い機械音で威嚇するような歯医者が好きなわけはありません。それでもサエが付き添って町の歯医者へ嫌々出かけたのでした。それで歯医者でもいろいろ愚図ってサエと医者を手こずらせたのでした。ようやく治療が済んでサエが（やれやれ）と思ったその帰り道のこと、また一悶着が起きました。

　耐えがたい苦痛がいざ消え去ってしまうと、今度は逆に我がまま勝手の虫が目を覚ますのはどうにも人の常のようです。マコトの中でも、（痛みさえ無くなってくれたら）というそれまでの切羽詰まった願いが叶ってしまうと、今度は（何か面白いことが無いかな）という欲張った勝手虫が目を覚まして来ました。ちょうどそのとき、母サエにとっては運悪く小さなオモチャ屋を通りがかったのです。マコトが興味津々の視線を間口の狭い店の中に集中したとき、その小さな店の一番奥の棚の最上段で埃を被っていたバスらしき乗り物のオモチャが目に入ってしまいました。一旦思いこんだらとことんまで、という徹底癖の性格に生まれ、おまけに頑固な親の性分まで受け継いでしまったらしいマコトは、早速サエに「あれがほしいよ」と駄々をこねて、手を引っ張るサエに逆らったあげく、店前の路上に寝ころんで梃子でも動こうとしなかったのです。いわゆる「ごんぼ掘り」の非常作戦に出たのでした。それも、田舎町の土道とは言え、駅前本通りのことです。ところが、そんなときでもサエは、声を荒げて叱りつけるようなことはけっしてせずに、困った顔でただ静かに「今お金がないから無理言ったらいけないよ」と諭してマコトが諦めるのを待っているのでした。けっきょくこのときは、見かねた店のおばさんが仲裁に入って、「またお金があるときに来たらいいからね」ということで勝手虫もしぶしぶ納得したようでした。ところがほかの遊びにかまけていたマコトは、それきりそのことは忘れてしまったのでした。

今でもマコトがそんな母サエについて何より思い出すことは、どんな場合にも生涯一度も叱られた記憶がない、ということなのです。そんな不思議な母親でしたから、家でときどき明治三十九年の「ひのえうま」どうしの夫婦喧嘩が起きてサエがフジトに怒鳴られているときなどは、マコトも末姉ヨシエもやはりサエの側に身を寄せ合ったものでした。たしかにこの当時のサエの生き様には、半ばボケたようなところがありましたから、第三者の公平な目でみれば、フジトの側にもっともな言い分のあることが多かったのでしょうが、それでも母親の側につくというのが、子どもとしての自然な落ちどころだったのです。また、姉たちが休暇中に家へ帰省していて皆で歓談している最中にフジトが帰宅したときなどは、それまで続いていた和やかな雰囲気のお喋りがたちまち止んでしまったものです。この時代の父親とは、そんなふうに煙たい存在だというのが世間の相場だったのでしょう。それでも、戦後になって核家族へ変貌していった日本の家庭で父親が「ゴキブリ亭主」とか「粗大ゴミ」とか言われるようになったその後の情けない時代に比べるなら、まだしもましではあったのです。マコトが、母親という存在がもつ理屈を超えた重みと同時に、父親の孤独な存在に秘められた悲哀にもようやく思いを致すことが出来るようになったのは、さらに人生の長い旅を遍歴した後のことでした。

マコトが小学校に入学する以前に新得の街中を歩いたのは、病院の世話になったその二回だけでした。入学前に最後に過ごしたこの年は、気ままを許された最後の日々でもありました。しかし気ままでもけっして退屈ではありませんでした。豊かな自然と交わり、さまざまな生きものたちに触れ、あれこれと一人遊びを発明しては楽しむことも出来たのです。トンボやチョウチョウやバッタやキリギリスなどの昆虫を追いかけるだけでなく、父が貰ってきてくれたヒヨコを育てたり、自分で捕まえたハツカネズミを飼ってみたり、土を入れたガラス壜でアリが巣作りする様子を観察したりしました。花壇横の日当たりのよい地面をシャベルで小箱サイズほどの穴掘りをして花の種をまき、水をやってからガラス板で蓋をしてミニ温室を気取ってみたこともありました。どれも長続きはしなかったものの、それぞれに楽しい経験だったのです。

なるほどひと気のない自然は、刺激を求めるひとを退屈にさせ、その沈黙は孤独感を呼び起こし、ときに恐怖心さえ引き起こすかも知れません。けれども自然もやはり生きており、草花や樹木、虫やさまざまな生きものたちが、そこには息づいています。人間がもしも自分という中心へのこだわりから自由になり、その自然にひたすら耳を澄ましてみるなら、人知れず生きている生きものたちのかすかな命の息づかいを感じ取ることが出来るでしょう。アッシジの聖フランチェスコが小鳥の声に耳を澄ませ、小鳥に語りかけたような自然への愛さえ感じられるかも知れません。

騒音と慌ただしい雑踏、溢れかえる人混み、虚飾と虚栄の入り交じった日々の気ぜわしい人間関係に晒された都会の中で生活しているときには、さまざまなしがらみや葛藤に倦み疲れたり、うっとうしさのあまり人間嫌いになったりすることもままあるものです。ところが、むしろひと気のない大自然の中に居るときにこそ、それだけ人の温もり、人の心の温かさが、かえって恋しく有り難く思われて来るものです。自然の厳しさが人の温かみを増すこともあるのです。自然の厳しい冬の寒さを凌ぐために、普段は喧嘩などしているニホンザルたちが、「猿団子」で身を寄せ合い互いの温もりを感じるように、きっと人間たちも、厳しい大自然の中でこそ互いの生きた温もりを素直に感じ合うことが出来るのです。自然は命を育む母であり、母はまた自然そのものなのです。

人間は、気ぜわしい都会を離れて、自然の豊かな環境の中にしばらく時を過ごしていると、誰しも心癒やされる経験をします。大勢の人間の中で暮らしていると、色々と気疲れすることがどうしても多くなります。人間という我の強い生きものは、ときどき嫌みを言ったり、喧嘩をしたり、時には殺し合いまでしたり、どうにも困ったところがあります。もちろん自然の中でも、さまざまな生きものたちの間では、食うか食われるかの熾烈な生存競争がみられますが、それはほとんどの場合、生きるために必要な範囲でのことです。ところが人間は、些細なことで喧嘩をしたり、歪んだ偏見からいがみ合いをしたりするのです。しかも複雑な心を持つ人間だけが、報復に報復を重ねるような愚かな悪循環にはまり込んでいくものです。そんな争いの極致が、破壊と殺戮を伴う戦争なのです。

そういう困った人間たちの中に居るよりも、生きることに素直な自然に向かっているときの方が、人間もまた素直になることが容易であって、本来の自分に帰ることが出来るのかも知れません。自然に向き合うことで、人間は己を見つめることも出来るのです。ですから、マコトが歪んだ偏見にまだ災いされない幼少期のうちに自然の命の息づかいを感じるような素直な体験に恵まれたとすれば、それはマコトにとって有難い幸運だったに違いありません。生きた自然を、純朴な心で触れながら、そしてこれほど伸び伸びと自由に満喫できる境遇など、そう滅多にあるものではないのです。こういう開かれた自由な境遇は、ナチス独裁下でアンネ・フランクのような少女が閉ざされた屋根裏部屋での密室生活を余儀なくされたあの窮屈極まりない境遇を思うなら、まるで天国みたいなものと言ってもいいのです。

こうして自然の生きものたちに深い親しみが増していく反面、マコトには、町の小学校に入学するまでのあいだは、あまり「人間」の友達は出来ませんでした。もともと「人間」は、人の間に生きているからこそ「人間」と言えるのでしょうが、孤独をむしろ楽しめる性分に生まれついたらしいマコトには、自分から無理に友達を作ろうという欲も無かったのです。

マコトの家の南側には、日当たりのよい花壇があって、庁舎へ向かう小道があって、小さなイチゴ畑、広い野菜畑があり、そして小川がチョロチョロ流れていて、さらに一段高いその向こうが場の子ども広場になっていました。そこには、ブランコや鉄棒やシーソーといった定番の遊具が据え付けられ、また滑り台も備えてあって、その滑り台を滑り降りたところが砂場になっていました。それはちょっとした遊園地なのでした。しかしマコトは、その子ども広場に集まって来る子どもたちとは、まだ打ち解けることが出来ずにいました。まだその時分は、友達と言ってもせいぜい家がごく近い子に限られていました。

当時の種畜場内には、マコトの家からそう離れていないところに、一軒だけ先住一家が残り住んでいました。その辺の歴史的な事情のことは、マコトにはもちろん分かりませんし、また気にもなりませんでした。ただ、その家だけ取り残されたような昔のままという雰囲気を何となく感じただけでした。それは、子ども広場の方からチョロチョロ流れて来る小川の脇にある少し坂になった場所に建っていて、屋内が昼でもうす暗い粗末な造りの家でした。どうも父親が肺病やみだったようで、マコトも周りの大人からは「あそこの家には入らないほうがいいよ」と忠告されていたものです。それでも天真爛漫というのか無頓着なところのあるマコトは、その家の男の子が自分と似かよった年頃だったので、ときどきその薄暗い家に出入りしては一緒に遊ぶようになりました。その古びた家には、入り口を入るとすぐ広い土間の部屋というか空間があったので、そこに土足のままで気軽に出入りできたのです。今では何も無いただの土間なのですが、以前は小さな澱粉工場だったのかも知れません。そこの男の子はケンちゃんという名で、父親とは違って元気いっぱいの子でしたから、マコトと一緒に屋外をあっちこっちと自由に走りまわって遊んだものでした。ときにはひと気のない原っぱの隅っこで、二人揃って立ち小便の飛ばしっこをしながら笑っているような気楽な腕白仲間でもありました。男の子というのは、たまに馬鹿な事をして喜ぶものです。とにかくそのように、ケンちゃんと広い牧場を好き勝手に遊びまわっているうちに、マコトはいつのまにか色白の肌も日焼けし、「女の子みたいな」以前とは見違えるほど活発になって来たのでした。そして広大な場全体の様子もだんだん分かってくると、この新天地での田舎暮らしにもようやく馴染めるようになって来たのでした。

そんなあるときのこと、その頃はまだ小学校に入る前ですから毎日が休みと言ってもいい解放的な日々だったのですが、いっしょに遊びまわっていたマコトとケンちゃんは、この種畜場へ札幌から実地研修にやって来ていた北大の学生二人とたまたま出会って仲良くなり、ドロップ缶のあめ玉を分けて貰ったりしました。マコトの父のずっと後輩に当たる若い青年たちでしたが、夏というのに大学の黒い角帽をかぶり、白いワイシャツの袖を腕まくりしていました。この青雲の意気に燃える大学生二人とマコトとケンちゃんの四人が前後二列に並んで庁舎の前に立ち、真夏のまばゆい太陽のもとで写してもらった白黒の記念写真が、今でもマコトの古いアルバムに色あせながらも残っています。子どもたちは二人とも坊主頭にランニングシャツに半ズボン、両手に虫取り網と小さな虫カゴを持ち、そろって日に焼けて元気そうです。学生たちは、それぞれ子どもたち二人の肩に背後から手をのせて優しげに微笑んでいます。北国の短い夏の日の懐かしい一コマです。

ところでケンちゃんと遊びまわった中で一番マコトの記憶に残っているのは、無人の廃墟への探検です。マコトやケンちゃんの家並みとは砂利道を挟んでちょうど反対側に、トラック競技場のような楕円形をした馬場が設けられていました。それは、ちょっとした競馬でも出来そうなほど小広い馬場で、周囲を無数の木柵でぐるりと囲ってありました。ただ、場で飼育している馬にはサラブレッド種はおらず、小柄な道産子種や体格のよい外国産の労働馬が主でしたから、おそらく子馬を適度に運動させたり、帯広名物として知られる「輓馬競争」の訓練でもするためのものだったかも知れません。

その馬場のさらに向こう奥を見ると、荒れた草むらと薄暗い林というか藪がありました。その何やら薄暗い空間に、怪しげな細長い廃屋が忘れられたように、それでも影のように「存在」していました。いったい何の用途で建てられたものだったのか、ともかく普通の民家にしては大きく、いくつか部屋が並んだ宿泊所のような間取りでした。この種畜場を建設する際にでも人々が寝泊まりしていた合宿所の名残だったかも知れません。いずれにせよその廃屋は、それまでの歴史を知らない子どもらにとっては、今や探検ごっこに恰好のお化け屋敷にしか見えず、実際にクモの巣のかかったその廃屋内部は、少なからぬ畳や襖が散乱して荒れ放題になったままなのでした。地元で言う「わや」な廃墟状態だったのです。

「ねえケンちゃん、二人で行ってみようか」

「俺、気味悪いからいやだよ」

「大丈夫だよ。昼間なら明るいから、なんも怖くないよ」

「そうかなあ」

そんなやり取りの後、遊びを仕事とする悪童たちが、お化けや幽霊の出現にそなえたボッ切れを手に提げながら、大人たちに見つからないよう恐る恐る忍び込んで、子どもなりにスリルを味わったことはもちろんのことです。

そのケンちゃんとも、マコトが町の小学校に入ってからは、ほとんど交流がなくなりました。三、四年生くらいの年に、ケンちゃんの家では父親が持病の肺疾患が悪化して寝たきりになり、悲しいことにけっきょく亡くなったようでした。マコトは、通学の折にはいつもその家と小川のあいだの細い脇道を通ることにしていましたが、ある朝学校へ行こうとその道を一人とぼとぼ歩いている最中に、なぜかふっと「父の死」という観念が頭をよぎったのです。

（父さんが死んだらどうしよう。ひとが死んだらどうなるんだろうか。父さんが死んでしまったら自分はどうなるんだろう）

そんな漠然とした思いがけない不安がふいにマコトを襲って来たのでした。それは自分でもよく分からない心の出来事でした。しかし学校から帰って、その日の夜に元気な父の姿を見たときには、そんな不安はもうどこかへすっかり消えていました。それでも、頭の禿げた父にそなわった抗えない威厳を日頃怖く思っていたマコトの気持ちの中に、何となく父の存在を尊く親しいものに感じさせる新しい不思議な感情が、そのときから生まれたのでした。もちろんそれは、まだ漠然とした人生感情でした。

マコトが、後に大学生となってからあれこれ哲学書を読むようになり、わたしはなぜこの世に生まれてきたのか、そもそも人生は生きるに値するものなのか、生と死はどう関わるのかといった「レーゾン・デートル」についてあれこれ思慮するようになったとき、この幼き日の漠然とした感情は、もっと深い問いとなってマコトに蘇ることになりました。ケンちゃんの古い家は、そんな「父の死」という不思議な感情とも結びついているのです。そして、腕白仲間のケンちゃんとの幼い日々の懐かしい思い出も、そこでぷっつりと途切れてしまっています。

そのケンちゃん以外にその頃の友達と言えば、父親が種畜課長をしている杉野さんちのサトル君くらいのものです。そのサトル君は、マコトとはちょうど同い年になる一人息子でした。マコトは、種畜場に来た年のある日、それはまだ夏が来る前の晩春のことでしたが、サトル君の両親から一人だけ昼食に招かれたことがありました。サトル君の一家は、マコトたちよりは一、二年先に場に移住していましたので、後からやって来た同い年のマコトと友達づくりをかねて招待してくれたのでしょう。なにしろ内気なくせに無頓着なところのあるマコトでしたから、フジトにも背中を押されて、けっきょく小川を挟んで筋向かいにある杉野さんの官舎に一人で出かけて行きました。そのとき初めて会う杉野さんのおばさんは、ふっくらとして優しげな人でした。そのとき何を食べたかはマコトのほとんど記憶にありませんが、贅沢な御馳走ではなく、普段とあまり変わらない献立のようでした。マコトがその日のことでひとつだけはっきり覚えているのは、自分のお粗末な失態のことです。というのは、マコトが振る舞われたご飯を口に頬張ったまさにそのとき、思わずというのか緊張していたせいなのか分かりませんが、ふいに大きなクシャミに襲われて、当然のことながら、たくさんの米粒が全員食事中の食卓一面に飛び散ったのでした。折角の招待をぶち壊したような運命の悪戯に、マコトは謝ることもすっかり忘れて、ただ黙って途方に暮れているだけでした。そのときおばさんは、「あれあれ、マーちゃんどうしたの」という顔で笑いながら、まるで散弾銃のように散らかった米粒を丁寧に片づけてくれました。おじさんも、何一つ文句を言うこともなく、ただ笑って見ていました。サトル君はどうだったたか。それはうつむいていたマコトにはよく分かりませんでしたが、両親に大事にされ、いつもおっとりした子でしたから、推して知るべしなのです。

ともかくもマコトは、その昼の食事を終え、何事もなかったかのように、おまけにお菓子の土産までもらって帰宅することが出来たのでした。もちろん、誰にも口外するわけはありませんでした。その後サトル君とはあまり遊ぶ機会もないうちに、その翌年になってサトル君の一家は、父親の転勤のため札幌へ去ってしまいました。ですから、そのサトル君とも仲良しにまではなれずに終わってしまいました。そして、その無様なハプニングのこともずっと忘れられたままだったのですが、マコトが大人になって幼年時代を思い出した際に、ふっとその失態事件がむず痒い気持ちとともに記憶の底から浮かんで来たのです。そしていったん思い出されると、妙に気にかかるものです。しかし、幸いなことにこのほろ苦い記憶は、幼い失態への気恥ずかしい後悔の念よりかは、杉野さん一家のおおらかな優しい家庭の雰囲気を、今さらながらマコトに懐かしく感じさせてくれるのです。

マコトの新しい家とケンちゃんの古い家のあいだには、二軒繋がりの官舎がありました。マコトの家とすぐ玄関向かいにある総務課長吉川さんのところには兄妹がいて、妹はマコトと同い年でした。けれども、兄のマサルさんはずっと年上であり、妹のヤッちゃんはしっかり者すぎたので、とてもマコトの遊び友達にはなりませんでした。またその向こう隣の家には、農林課長の崎田さん一家が住んでいました。崎田さんは、かつて先発隊としてマコトの父と苦労を共にし、同じ釜の飯を食べた仲間の一人でした。家族には三人姉妹の娘たちがいて、マコトの三番目の姉ミサエが親しくしていたようでしたが、内気なマコトは何か気恥ずかしいような眩しいような思い込みに妨げられて、とても気楽に話をしたり友だちになったりというわけにはいきませんでした。

崎田さんの家のすぐ南横の明るい路地が、ケンちゃんの家に遊びに行くとき（その後、町の小学校に通うようになったとき）の通り道になっていたのですが、たまに通りがかりに窓を通して姉妹の話し声が聞こえたりすると、マコトは何か胸がドキドキして、そっと通り過ぎたものでした。ときには通りがかりにうっかり姿を見られることもあって、「あらマーちゃん、どこに行くの」と向こうから声をかけられたりすると、無言のまま気恥ずかしげに通り過ぎてしまうのが常でした。戦後になってから新しい開放的な時代が始まったとはいえ、少なくとも田舎のほうでは、まだまだ男子女子がいっしょになって遊んだり、気楽に話をするというような風潮ではありませんでした。それにマコトの生まれつきの性格がそうさせたのでした。そんなこともあって近所にも友達は少なかったのでしたが、そのかわりに自分の家族とはよく遊びに出かけたものでした。

その年も夏に入ったある夜、父好みの洋風応接室の円卓テーブルに姉たちが集まって何かひそひそ相談していました。次姉のフミエも、ちょうど夏休みで来ているときでした。まだ幼いマコトは、もちろんその相談の蚊帳の外に置かれていました。翌日の早朝になると、フミエ、ミサエ、ヨシエの姉たちは、早速おにぎりや卵焼きなどで弁当を用意し身支度をすると、半分寝ぼけたままのマコトを連れて新得の駅から汽車で根室本線をまず東の帯広へと向かい、そこから南へ向かう広尾線に乗り換え、大樹《たいき》を過ぎてしばらくすると海辺の町広尾へ到着しました。

天然の入江や湾の無い海辺の町である広尾は、南突端の襟裳岬の方からは海岸線を黄金道路で北へ五〇キロメートルほど上がったところに位置しています。そこからさらに斜め北東に向かって進めば、隣の釧路支庁との境界の町厚内に至るのですが、そのあいだの十勝の海岸線は、まるで鋭いナイフでスパッと切ったようにまっすぐ伸びているのです。昨夜姉たちが相談していたのは、十勝地方のそんな太平洋岸にある広尾町への日帰り海水浴の計画でした。どこまでも長くだだっ広い浜辺は、確かに見事な砂浜ではあったのですが、マコトには太平洋に面した海岸が何とも雄大すぎて、ちょっと泳ぐ勇気は湧かなかったので、長々と続く波打ち際でただ戯れているだけでした。頭上の大空と眼前の太平洋とに一体化した外海は、幼い子には何とも圧倒的すぎる光景でした。この海辺から続く太平洋のはるか彼方には、明治時代の昔に若き日のフジおばあさんが渡航したアメリカ大陸があるのですが、幼いマコトが目の前に初めて見ている海原は、ただ圧倒されるばかりに果てしなく思われるのでした。マコトは、その果てしなく開けた大空間の片隅にしゃがみ、小さな両手で砂を積み上げては寄せる波に崩される、その単調な繰り返しにはしゃいでいるばかりでした。それでも、内陸の高原の町に住む者にとっては、たまにこうして海と触れ合うのはとても楽しいことでした。やはり内陸暮らしの姉たちも、それなりに楽しんだことでしょう。

　この広尾の海は肌寒い十月以降になると、全国一を誇るシシャモ漁の最盛期を迎えるのですが、幼いマコトの印象に残っているのは、ただただ果てしない茫洋とした海景なのです。広尾に行ったのはそのとき一度きりでしたが、その数年後から始まった高度成長期に「幸福駅」や「愛国駅」の名で全国の観光客の人気を集めた十勝のこのローカル線も、やがて全国の赤字ローカル線同様に廃線の末路を辿ることになり、永遠とも思えた鉄路が記念の駅舎だけ残して夢のように消え去った跡は、今ではモダンなバス路線へとすっかり様変わりしてしまいました。


　また、その年の秋のある日のことです。北国ではもう朝晩冷え込む季節になっていましたが、マコトは母サエに連れられて新得駅から汽車で帯広駅まで行き、今度はそのままそこで降りました。じつは帯広の町でサーカス見物することが目的でした。たぶん新得の町中の宣伝ポスターか、それともチンドン屋の宣伝行進でも見かけたのでしょうが、母の発案ではなく父が母に勧めたのかも知れません。その当時は北海道でも、札幌で旗揚げしたキグレサーカス一座が興業していました。戦後のこの時期には、木下サーカスを筆頭に、全国各地にサーカスが巡業していて、とくに田舎の子どもたちにとっては、年中行事のお祭りにも劣らずワクワクするほどの数少ない楽しみの一つでした。

　サーカスは初めてというマコトは、のんびりした母を追い越すように小走りになってテント小屋を目指しました。すると、見上げるほど大きな興業テントの入り口前の一隅に、「蛇女」という看板をかけた怪しげな見世物小屋があり、マコトはまずそれに気を引かれました。母に尋ねると、「何だいこれは。へびおんな、かね」と教えてくれました。もちろんサエは嫌がりましたが、「見たい」とごねたマコトが無理に頼んで料金箱に小銭を入れてもらいました。それから、持ち前の好奇心に押されてその小部屋の覗き窓の垂れ幕を恐る恐る持ち上げて中を覗いてみると、何やらうす気味悪い雰囲気は漂っているものの、子どもの目にさえいかにもインチキ臭く見える「蛇女」らしき人が、薄暗がりの中で首から上だけ箱の穴から出して、青白い無表情な顔でじっと見つめているのでした。どうやら白衣で隠した首から下が蛇のつもりなのか、皮膚が蛇肌なのか、意味のよく分からない仕掛けです。絵本で見たことのある大蛇を勝手に期待していたマコトは、(あれ、どこが蛇なのかなあ、気持ち悪い格好をしてるだけじゃないか)と、なぜか妙に安心して冷めた印象に落胆しながら、メインのテント小屋に向かいました。(何だい、お金を損したよ)。小生意気な子どもが「子ども騙し」にすぐ気づいたというわけでした。この時代のサーカスには、けっこう子ども騙しのいかがわしい付録が付いていたのです。ところが、人の記憶には不思議な働きがあるもので、そんな怪しげな見せ物の方が、サーカスで定番の空中ブランコや綱渡りなどの曲芸よりもマコトの記憶に後あとまで変にこびり付いているのです。鉄網製の大きな円球の内側を、オートバイに乗って万有引力に逆らい遠心力を利用しながら、爆音とともに縦横無尽に走り回るというアクロバット曲芸も、たしかに珍しくて面白かったのですが、それほど強烈な記憶ではないのです。

それよりも、その日マコトを感激させたのは、もっと別のものでした。目的のサーカス見物が終わっての帰りがけに、外はもう薄暗くなって来たのですが、サエが「おなかがすいたろう」と言って、帯広の駅前食堂に入りました。そして、そこで食べさせてくれた「鍋焼きうどん」のあったかくて、無上においしかったこと！　フウフウ言いながら味わった、マコトの人生初めての鍋焼きうどんでした。それは小さな大衆食堂のただの鍋焼きには違いないものの、その初めての瞬間にしか味わえない感動的な鍋焼きうどん、と言ってもいいくらいでした。実際それ以来マコトの中では、帯広と言えば条件反射のようにまずこの「鍋焼きうどん」が必ず思い出されるのです。

それはそうとこの季節になると、夜と寒さが意外に素早く深まるもので、二人が駅の切符売り場に行ったときには、なんとその日の上りの最終列車がもう出てしまっていました。サエもマコトも、慣れない街灯りの中に居たもので、日がいつの間にかとっぷりと暮れたのにも気づかず、のんびりし過ぎていたのです。それでも、サエが必死に交渉したものか、駅員が気の毒がって同情したものか、特別に貨物運送の機関車の運転室に同乗させてもらうことになりました。そのときサエが乗車賃を払ったかどうかは、マコトには分かりません。とにかく二人の「乗客」を運転室に特別乗車させた札幌行きの貨物列車は、深まりゆく闇の中をいつも通り快走し、人影も絶えた新得の駅で特別客二人をそっと降ろしたのでした。そのおかげで二人は、寂しく静まりかえった夜遅くになってから、何とかわが家に辿り着くことができたのでした。
もっとも、新得の町からまっすぐに続くひんやりと澄んだ星明かりの夜道を、疲れ切った顔のサエに手を引かれながら家までとぼとぼ歩き続けたときのマコトのやるせない侘しさといったらありませんでした。それでも、そのときお世話になった貨物列車の運転手さんの優しい親切な応対を思い出すたび、マコトは今でも胸が温かくなって来るのです。そうして、蒸気機関車の運転室に乗せてもらったという貴重な体験が、何だか誇らしくもあるのです。それは何とも心細い体験には違いなかったのでしたが、おそらく今ではありえないであろう昭和の人情味あふれる良き時代の懐かしい思い出になっているのです。

やがて北国では、面倒な冬支度の仕事が慌ただしく終わる間もなく、冷たい雪まじりの木枯らしが舞い始め、それとともに厳しく長い冬がいよいよ到来しました。冬支度に忙しかったマコトの家でも、そろそろ冬籠りの生活が始まる頃です。虚弱だったマコトが自然豊かな環境で伸び伸び元気に暮らし始めたその年もいつの間にやら過ぎ去って、この新天地で最初の正月を迎えることになりました。ここ高原の町新得のあたりは、北海道でも比較的雪が少ないと言われる十勝地方では珍しく、例年かなりの積雪がみられます。この冬も、広い牧場の緑野はすっかり雪に埋もれていました。元旦の朝、家の外は大晦日に降ったばかりの新雪に覆われ、一面純白の景色です。しかも厚く積もった雪はあらゆる音を吸収するので、厳かなほど静寂な銀世界が出現するのです。道産子のマコトでさえ、初めて経験するそんな田舎の静まり返った雪景色を前にして、何かしみじみとした清新な気持ちに浸されるのでした。

正月恒例の家内行事も一段落して落ち着いた頃、マコトは家族と汽車に乗って遠出することになりました。父の家庭サービスだったのか、糠平温泉への一泊スキー旅行でした。北海道の屋根大雪山系に連なるウペペサンケ山の麓にある糠平温泉は、帯広から北の方へ向かう、広尾線とは反対方向のローカル線である国鉄士幌線の終点にありました。「糠平《ぬかびら》」とは、アイヌ語「ノッカ・ビラ（形ある崖）」に由来するようですが、とくに山あいの静かな温泉と冬のスキー場で知られていました。何年か後には、その近くに音更川をせき止めたかなり大きな糠平ダムが建造され、人口の糠平湖が出現して広く知られるようになりましたが、その頃はまだへんぴな秘湯に近い風情が漂っていました。スキー場はなだらかでこぢんまりしていて、家族連れにはちょうど打ってつけだったのです。そのスキー場のすぐ麓に、父の知り合いの旅館「湯本館」がありました。マコトは、父母や末姉ヨシエとその旅館に一泊することになりました。芸術家肌だった三番目の姉ミサエは、運動があまり好きでなかったこともあり、参加していませんでした。それでも、マコトのような子どもにも滑りやすいスキー場で、昨夜たっぷり降り積もったさらさらの新雪にも恵まれていたので、ヨシエとマコトは、宿の貸スキーで何度も滑って転んでは心地よい汗をかき、夜には生まれて初めての温泉にも浸かって、その日はすっかり満足して眠りにつくことができたのでした。

マコトは一月の早生まれでしたから、この年の誕生日も過ぎて五歳になっていました。糠平へのスキー旅行で初めて浸かった温泉は子ども心にも格別な思い出となりましたが、北国で寒い冬の季節にあったたかい湯で身も心も温もるのは、また格別ありがたい気持ちを感じさせてくれるものです。贅沢な温泉旅行でなくとも、日常のお風呂だけでもほっと癒やされる楽しみなのです。マコトのいる種畜場でも、そんなお風呂の効用への配慮は忘れられてはいませんでした。場にはかなりの人数が入れる本格的な共同浴場が設置されていたのです。ちゃんと専従のボイラー係のおじさんがいて、毎日夕方六時になると開くのでした。壁絵が省かれている以外は町中の銭湯とほとんど変わらない仕様で、いちおう番台まで備えつけられていました。もっとも番台役は居ませんし、必要もありませんでした。

マコトは、家にも父が小さな板風呂まで設計していたので、その自家用風呂で済ますことが多く、大きな共同浴場に行ったことはまだありませんでした。けっきょく小学校に入学するまでに行ったのはたった二度だけ、一度目は五歳になって間もない真冬のしばれるような夜のことでしたが、日頃から家の風呂より銭湯を好んでいた母が「一緒に連れて行ってあげよう」と言うので、珍しくその共同浴場に行ったことがありました。ところが男風呂に一人で入るのがどうしても嫌で、大胆にも無人の番台をのり越えて母のいる女風呂の方へ移ってしまったのです。もちろん変な顔をするおばさんもいましたが、ことさら咎められることもなく、マコトは悪びれもせずにいっしょに湯船に浸かっていたものです。大きな湯船には、よく見ると近所の女の子も居たのです。女の子は、さすがにびっくりしたような顔をしていました。しかしマコトのほうは、そのときばかりは不思議に平気な気持ちがして、むしろニコニコしながらそのままじっと入っていたのでした。何しろ姉たちの中で育った「女の子みたい」な子でしたから、女風呂より男風呂に一人で入る方がかえって気が引けたのかも知れません。もっとも、さすがにそんなことは、幸いそのとき一度きりで終わりましたが、そんな珍事も、恥ずかしがり屋の恥知らずと言うよりは、まだ社会性が育つ前の何とも無邪気で天真爛漫な奇行だったのかも知れません。

積雪が例年より多かったこの年昭和二十七年もようやく弥生三月に入り、北国でもそろそろ春が心待ちされる季節になって来ました。しかしちょうどその矢先に、「十勝沖大地震」が起きたのでした。マコトが新得の牧場に来てまだ一年も経っていない三月四日の朝十時二十二分のことでした。くしくもその前日は、昭和八年に大津波の災害をもたらした三陸沖地震の記念日に当たりました。「十勝沖地震」というのは歴史上何度か起きているのですが、このとき襲った地震は、かなりの大地震でした。しかも暦では三月とはいえ、北海道の内陸にはまだ根雪が残り、オホーツク海に近い道東の海岸にはまだ流氷がへばりついているような時期なのです。

ちょうどそのときマコトは、朝の寒さがつらいので、末の姉ヨシエと並んで畳部屋に敷いた布団に入ったまま朝寝を決め込んでいました。それで二人とも、突然のことで何が起こったのか分かりませんでした。家がガタガタッと揺れ、天井からぶら下がった電灯が振り子のようにブランブランするのが面白おかしくて、呑気に布団にもぐり込んだまま、二人してただケタケタと無邪気に笑っていたものです。何しろ初めて経験する地震であり、そもそも地震という認識すらなかったのです。

とそこへ、母のサエが血相を変えて飛び込んで来ました。こんなに素早く機敏に行動する母をふだん見たことなどありませんでしたから、最初は誰か別人かと思ったほどです。それが自分の母親だと気づいたとき、さすがにマコトにもギクッと不安がよぎりました。母はひどく慌てたように「何笑ってるんだい、はんかくさい子だね。早く起きなさいっ！」と言うなり、寝間着姿のマコトたちをすぐ隣の吉川さんの家に引っ張って行ったのでした。日頃から母は、家が一番近い「吉川さんち」の奥さんを何かと頼りにしていたようです。

この降って湧いた天災で、マコトが住み始めてから一年も経たない新築の場長宅にも、屋内の煉瓦造りのペチカや屋外の白壁に亀裂が走るなどの被害が出ました。ペチカの煉瓦壁は、積み重ねて接合された目地に沿って、まるで阿弥陀くじのように綺麗にひび割れていたものです。後日そこはすべて白い接着剤で補強され修理されました。しかしその後もマコトは、その白い阿弥陀くじを見るたびに、この地震のことを思い起こさせられるのでした。けれど、それが記録に残る「十勝沖大地震」であることを知ったのは、もっと成長して世の中のことに興味をもつようになってからでした。

自分がいつもは親しく接している自然の豊かさと、それと同時に、人間の力をはるかに超えた大自然の猛威。自然の優しさと自然の厳しさ。人間に見せる大自然の二つの顔。マコトの自然理解は、まだ十分なものではなかったのです。太平洋に面した襟裳岬の沖を震源地とするこの地震は、マグニチュード8を超える規模で、北海道から東北北部に被害を与えたということです。そのとき発生した大津波は、当時まだ居座っていた北海道沿岸の流氷を巻き込んだ前例のないもので、とくに十勝地方から釧路方面の沿岸部を中心に押し寄せ、多数の人家を破壊したのでした。ちょうど前の年の夏に姉たちと海水浴に行った懐かしい広尾も、やはり被災地となってしまいました。それだけでなく、はるか内陸部に位置する新得にもその被害は及んで、半壊一〇八戸という記録まで残したのでした。

それでも、世間知らずの幼いマコトにも分かるような地震の痕跡と言えば、まだ新しいペチカの煉瓦壁がギザギザにひび割れてずれてしまったことなのでした。父がみずから設計し、当時で百万円もかけて建てたという赤屋根のその場長宅も、さすがに半世紀以上を経た現在ではもう跡形もないのですが、その阿弥陀くじの傷跡の記憶だけは、マコトの心の底にその後も消えずに残っています。マコトの家を含む当時の多くの建物は、現在では夢幻と消えてしまいましたが、ただ一つ緑屋根に白壁の庁舎だけは、今でも「記念館」として保存されていて、あの老サイロとともに往時の種畜場を偲ばせてくれる数少ない「生き残り証人」となっています。

豊かにして厳しくもある自然は、わたしたち人間にそんな悲惨な災害も含めて、さまざまな影響を与えてきました。地球上の多様な国々の中でも、とくに四季の微妙な変化に富んだ日本の自然風土は、日本人の繊細な情緒を育んできました。とりわけ北国の人々にとって、雪解けの季節は特別な感情を呼び起こします。それは雪国の人々皆に共有された感情でしょうが、とりわけ冬がとても長い寒冷の地である北海道に暮らす人々にとってはそうなのです。太陽の恵みが何よりありがたく感じられるのも、とくにこの季節です。

トタン屋根に積もっていた雪が、二重窓で武装されストーブで暖められた屋内の温もりで徐々に溶け、それが寒い幾夜のうちに凍りついていくと、鍾乳石に似た現象が起きてきます。やがて軒先に一列に並んでぶら下がったツララが、今度は暖かみを増した陽光にキラキラと輝きながら少しずつ溶けてしずくをたらし始め、やがて屋根の残り雪とともにドサドサッ……ドサドサッ……と、家の中の慣れた住人でさえ一瞬ドキッとしそうな派手な音を立てて、間欠的に軒下へ落ちるようになります。それも、「内地」の瓦屋根ではなく、北海道特有の生活の知恵の一つ、トタン屋根ならではの風物詩なのです。

そのようにして、山や原っぱの目に見えない雪解け水が、川面に張った氷とその上に積もった雪に長いこと姿を隠していた小川のせせらぎへと秘かに伝わり流れ込み、ところどころ顔をのぞかせ始めた地面には、春を待ち望んだ浅緑色のフキノトウ（蕗の薹）が芽吹き、福寿草の鮮やかな黄色い花も開花して、川面の氷も溶けた岸の端では、長い冬の間の垢で汚れた残雪を押しのけるように、ふっくらした可憐な新芽をつけたネコヤナギの枝が姿をみせるようになります。さあ、待ち遠しかった春がようやくもうそこまでやって来ているのです。そのような季節の微妙な、しかし確実な変化のなかで、何とも言えない微笑ましい情感が誰の身内からも自然に湧き上がって来ます。

やがて、歩くのも悩ましい雪解けの泥んこ道が、太陽の恵みである暖かい日差しに照らされて徐々に乾いて来ると、今度は「馬糞風」という名の春風が吹き始めます。春一番の季節風のことを、地元の人々はある種の親しみを込めてそう呼んでいるのです。その暖かい季節風が野山いっぱいに吹き渡る頃、この日本で一番遅い、そして一番待ち望まれた春が、この北国の大地にも本格的に訪れてくれるのです。しかしその春は、「青丹よし　奈良の都は　咲く花の匂うがごとく今盛りなり」と万葉集に詠われた華やかな春爛漫の春と言うよりも、長く続いた厳しい冬の果てにようやく微笑みかけて来る命のおごそかな息吹、ヴィーナスの慎み深い色めきなのです。

とは言え、こうして生きものたちがいっせいに活動を始める春、人々の心の中で、おのずから陽気な気分が躍り始めます。共に冬に耐えて春を迎えた生きものたちと喜びを共有し、生きものたちと間近に触れ合いながら命の芽生えと成長を実感するのです。みずから農学部を選んで人生の進む道を決めたマコトの父フジトも、動物とりわけ馬をまるで友のように思って大事にしましたし、自然界の花々や野菜を育てることが好きで、暇があれば熱心に土いじりにいそしむような人でした。自宅の裏口横に小部屋が設けられていて、そこに頑丈な作業台と大工道具やら農器具やらの道具類のほかに、肥料やら種々の野菜や花の種も蓄えられていました。

自宅の南側には、フジトが自ら土壌を工夫改良した花壇と野菜畑がありました。花壇のほうには、パンジー、チューリップ、種が食用となるひまわり、ダリア、グラジオラス、夏から秋にかけての鶏頭の花、コスモスなどが、春夏秋の季節ごとに咲きました。軒先には、鈴なりになったホオズキの束がぶら下げられ、熟してくると朱色に色づいた実を口に頬張るのが楽しみでした。さらに小道を隔てて、サクランボの樹と桑の木、そして一坪ばかりの小さなイチゴ畑が並んでおり、そのすぐ向こう側の結構広い野菜畑には、ジャガイモ、人参、玉葱、大根、トマト、キュウリ、ごぼう、キャベツ、トウモロコシ、それにインゲン豆、ウズラ豆、エンドウ豆などの豆類がいっぱいに植えてあるのでした。

そんな南側に向いた部屋の窓際に、マコトの勉強机が据えてありました。それは工兵隊仕込みの工作好きな父が手作りしたもので、兄たちからの年季の入ったお下がり物でした。古びたその机の前に腰かけると、ちょうど窓の外一〇メートルほど向こうに、そのサクランボの木がマコトに向かって語りかけるように立っているのでした。それはおそらく父が思いを込めて植えたもので、マコトといっしょに年々成長し、マコトとともに季節を呼吸しながら生きていたに違いありません。マコトはそのサクランボの木を、いつも特別な親しみの感情をもって眺めるのでした。そのすぐ横に立つ桑の木の方は、まるで孫ほどの小振りな木で存在感は薄かったのですが、それなりに緑の葉を身にまとい、マコトも初夏には僅かながら粒々の紫の実を食べたことがありました。けれども、北国ではあまり成長出来ないのか、ずっと孫のまま、せいぜい子のままの姿で、マコトやサクランボの木のように大きくはなれませんでした。

ところで父フジトは、日曜の昼下がりに花壇や畑の手入れをする際には、ちょうど花壇に面したダイニングルームの二重窓を大きく開け、窓際に常置してあるラジオの音量を上げてつけっぱなしにし、それから作業を始めるのを習慣にしていました。五月に入って、ようやく暖かい日和が続くようになると、マコトも種植えや雑草とりの手伝いをよくさせられたものですが、マコトにたびたび聞こえてきたのは、『ルーテル・アワー』というラジオ放送でした。もちろんマコトには、それがプロテスタント的キリスト教の創始者ルターにゆかりの心の啓蒙番組であることなど分かるはずもありません。フジトは、両親がプロテスタントだったため、神戸の教会で幼児洗礼を受けていました。ところが、その後北海道に渡ってから、札幌の教会に何度か通ったことはあるようでしたが、成人として正式な洗礼を受けたという記録は残っていませんでした。いろいろ事情もあったのでしょうが、戦争に一度ならず従軍したおそらく不本意な経験などが重なって、信仰心というものが汚染され薄れてしまったとしても不思議ではなかったのです。それでもフジトは、戦争が終わってからも、このようなラジオ放送に秘かに心を寄せ、こうして機会があればスイッチを入れるという心がけだけは持ち続けていたのでした。

一方マコトは、そんなこととは露知らず、『ルーテル・アワー』の始めに流れるテーマ曲だけに心を惹かれました。その曲は、じつはベートーヴェンの交響曲第6番『パストラーレ（田園）』の冒頭の一節だったのです。そしてそれが、くしくも田園生活のなかでマコトの耳に馴染んだ音楽でした。初めて聞くクラシックのメロディーは、僅かな一節ではあったものの、まだ開発されていない天衣無縫で純朴な子どもの心に、まるで砂地に降る五月雨のように深く染み込んで来ました。都会の音楽会など知らないマコトにとっては、それが本当の音楽経験の新鮮な原点となって、音楽の世界に心を開かせてくれたのでした。父の手伝いをしながら、自然に耳から入ってきたその名曲のわずかな一節が、ささやかながらも貴重な音楽芸術との触れ合いだったのです。騒音と喧騒が溢れる都会の過剰な文化生活ではありえない、わずかな雨水が乾いた砂に染み込むような片田舎でこその出来事です。乾いた喉には、たった一滴の水でも尊いものです。

父がこの『ルーテル・アワー』のラジオ放送を大きな音でつけていたのは、自分が聴くためだったのか、それともマコトにも聴かせるつもりだったのか、その心中は不明です。ちなみに、父が一生を通じて最も好んでいた花は、新訳聖書マタイ伝中の「野の花」である「白百合」でしたが、家の花壇にはその花は見当たりませんでした。父の宗教心のほどやそのときの思いがどうであったにせよ、乾いた砂のようなマコトの耳に染み込んでいたのは、恵みの一滴のようなその『田園』の一節だけでした。

やがてその年も七月に入ると、北国には肌に心地よい涼風の吹き渡る爽やかな初夏が訪れました。牧場のはずれの丘のあたり一帯には、なだらかな牧草地が広がっていました。そんな快い天気が続いていたある日のこと、「十勝晴れ」と呼ばれる夏の澄み切った青空が目に沁みるようでした。その日、広々としたその草原の中ほどに、どこからか一機のヘリコプターが大きなプロペラ音を響かせながら降り立ちました。空からのその訪問者は、場全体の航空写真を撮るためにやって来たのでした。娯楽の少ない田舎のことですから、この情報はすでに広まっていました。マコトが駆けつけたときには、場の人たちがもう大勢集まっており、着地したヘリコプターを皆珍しそうに、しかし遠巻きに取り囲んでいました。そのとき操縦者と何か話していた父フジトが目ざとくマコトを見つけて手招きで呼び寄せると、尻込みしているマコトの手を引っ張って、いっしょにそのヘリコプターに乗り込みました。フジトが、内気なマコトの肝っ玉を少しでも鍛えてやろうと思ったのかも知れません。ヘリに乗るのはマコトにはもちろん初めてのことでしたが、フジトが無理強いしたおかげで、思いがけない貴重な飛行体験を味わうことが出来たのです。

マコトは、夢の中ではたまにスーパーマンのように空を飛んだことはありましたが、いざ実際に空高く舞い上がってみると、何とも不安で怖い感情に襲われました。（うわあ、おっかないなあ）。それでも、しばらく場の上空を飛び回っている間に少しは慣れて落ち着いてくるものです。すると今度は、逆に夢を見ているような楽しい気分に満たされてくるのでした。とは言え、初めての空中飛行を終えふたたび大地に降り立って、自分の足で草原を踏みしめた、その瞬間に感じた安堵感ほど深いものはありませんでした。大地こそわが故郷、という思いを実感したのかも知れません。このときに撮影された大判の航空写真は、基本施設がほぼ出来上がった草創期の種畜場全体を写したもので、「さあこれから」という意気込みが漂っているような貴重な記念写真として、今でも「記念館」に保存されています。もちろん、マコトがヘリに乗っかっていたことなど記録にはありません。

北国でも七月の初夏ともなると、突然のヘリの飛来など無関心な風情で、野山や花壇には色とりどりの花たちが「今こそ出番」と咲きほこります。短い夏の季節を、それぞれ精いっぱい謳歌しようとするかのようです。この年の夏、東京で大学生活を始めた一回り以上歳の離れた兄マサトが、夏休みを利用して初めて牧場にやって来ました。じつはマサトは大学で弁論部に属していて、合宿の合間を盗んで遠路やって来たのでした。弁論部で鍛え始めたせいか、何となく頼もしいオーラが出ているようでした。丸眼鏡をかけた乱視ぎみの目のあたりが、何となく写真の祖母フジと似ているようでした。

兄と会うのは久しぶりのことでしたから、マコトは何となく照れ臭い面持ちでした。それでも、たった一人の兄でしたから、嬉しいような懐かしいような気持ちがすぐに湧いてきました。兄は決して楽ではない生活費を割いて、東京のお土産も忘れませんでした。台東区谷中墓地の裏手にある下町に下宿していた兄のお土産は、やはり下町浅草名物の「雷おこし」でした。雷門由来のそのポピュラーなお菓子が、マコトにとっては、まだ見ぬ遠い都からの珍しい便りでもあったのです。しかし兄は、大都会で毎日忙しい生活を過ごしている様子で、「用事があるから、あまり長くは滞在できない」ということでした。それに、お互いに成長していたせいか、以前のようにいっしょに遊ぶということもほとんどないままに二、三日経ってしまいました。

ただマコトの記憶に一つ残っているのは、兄の滞在の最後の夜に、いっしょに連れ立って場の共同浴場に行ったことです。場の人たちに交じって、男同士の裸の付き合いというわけでした。マコトが共同浴場に行ったのはこれでようやく二度目でしたが、それはそれで嬉しい時間だったのです。それからさっぱりした気分で浴場を出ると、外にはもうすっかり夜のとばりが降りていました。その帰り道、闇に漏れる官舎のわずかな窓灯りが見えるだけの暗いしじまの中、子ども広場をとおり小川を渡って、マコトは兄と二人で畑の脇道を歩いていました。マコトの背丈より高く育ったトウモロコシが立ち並ぶわが家の畑に沿った、けもの道のような細い脇道の両側には、道が隠れるほど夏草がのびのびと茂っていました。そのときマコトは、何気なく立ち止まって夜空を見上げたのです。澄んだ大気の空は、昼間は「十勝晴れ」で有名なのですが、夜空も何かくっきりしているのです。それは透き通った闇なのです。街灯もない、もちろんネオンなどまったくない北国の純粋な夜、しかしその漆黒の夜の空には点々と宝石のような星が煌めいていました。まるでナット・キング・コールがしっとりと歌う『スターダスト』でも聞こえてきそうな星降る夜だったのですが、まだそんな曲を知るはずもないマコトには、ただただ静寂の中の瞬きだけが心に沁みこんできました。思えばどこかに月も出ていたはずなのですが、なぜか遠く小さな星の煌めきだけが鮮明に記憶に残っているのです。

それらの星々は、マコトにとってはまだ名も無い星たちでした。都会の明かりを見慣れた兄にはことさら関心も湧かなかったようでしたが、横に立っていたマコトは、その無限に深い漆黒の闇に瞬く星を、まるで吸い込まれそうな不思議な感覚の中でじっと見つめていました。マコトが星に見入っていると同時に、星もまたマコトに見入っているような不思議な一体感……澄み切った静寂な闇をとおして交わるふたつの魂……。自分の存在が溶け込んで包容されていくような、深く無限な静寂《しじま》と闇と星の世界。それは、まだ深遠な実存の思想など知るよしもない、幼い、しかし何か大いなるものとの絆を予感させる確かな存在感覚のようでもありました。あたかも永遠と無限が今ここに凝縮したかのような瞬間の感覚に、マコトの魂は吸い込まれるようでした。世界存在との原初的同一体験であったのか――宇宙のはるか彼方の星と今ここの自分の魂との不思議な交流と一体化の体験、感覚をとおして湧き起こってきた超感覚的な体験のようでもあったのです。しかしそれは、もちろん難しい思想などというものではなく、ただ純粋な感覚、感覚を超えた感覚とでも言うほかない体験でした。この感覚は、意図して得られるものではなく、何かしら天啓に近いものだったかも知れません。それでこのような不思議な原初的体験は、それからマコトが小学生になって次姉フミエから望遠鏡を買ってもらい、もっともらしく銀河や星座とくに北極星や北斗七星を知識の対象として観察をするようになってから以後は、二度と再び起こることはなかったのです。この神妙な感覚体験は、マコトの内奥部に胚胎した、果てしない宇宙との深い一体感の初めての兆しだったのです。しかもそれらのことはすべて、ほんの僅かな時間のあいだに凝縮されて起こった出来事でした。永遠の宿る瞬間！　もっともマコトには、その出来事の意味など分かりませんでしたが、不思議に鮮やかな深い記憶だけが心に刻み付けられたのです。

その夏の夜マコトは、父が吊ってくれた蚊帳の中で兄と並んで寝ました。夏と言っても、北海道ではあの胡散臭い蚊の心配はまずいらないのですが、草深い田舎では蛾などの虫が寄って来たりするので、夏場に蚊帳を吊る風習もあることはあったのです。蚊帳の中ではしばらく何か話していたようですが、二人ともいつの間にか寝入っていました。そしてその翌日に、たった一人きりの兄は、マコトや家族に笑顔で別れを告げ、新得から滝川、札幌を経て函館までの長い鉄路を通り、青函連絡船で津軽海峡を渡って、さらに青森からまた長い鉄路に乗り換えて、マコトがまだ見たことのない遠い大都会「花の都東京」の雑踏の中へと戻っていきました。

北国で田舎暮らしのマコトはマコトで、子どもなりの経験を重ねているうちに、生来の気弱な根性も少しは据わったものになって来たようでした。季節は七月から八月にかけての真夏となり、兄や姉の中でも、とくにマコトを気にかけてくれていた次姉フミエも夏休み中でやって来ていました。このところかなり度胸の付いてきたマコトは、ときどき調子に乗ってけっこう悪戯めいたこともしたり、大人からみると「碌でもないこと」、たとえば母の大切な嫁入り道具であったことも露知らずに、古い足踏みミシンの部品を持ち出して遊び道具に使うようなことまでするようになっていました。もちろん無邪気な本人に悪気は無かったのでしたが、お仕置きとして、父に横抱きで尻をぶたれた上に押し入れへ閉じ込められたこともありました。

そんな行動が増えてきたある日のこと、マコトは何を仕出かしたものか自分では自覚がなかったようですが、フミエから「あんたみたいな子は出て行きなさい」と珍しく叱られてしまったのです。それで我意を損ねたマコトは、さっそく稚拙な頭を捻って何かしらのものを小さなリュックサックに詰めるやわが家をポイと出たのでした。マコトは、ちょうど一回り上のフミエとは干支が同じで、そのせいかよく気が合う仲でしたが、それも亥（猪）年だったもので、どうやら「猪突猛進」の傾向があったのかも知れません。ともかくマコトは、場の正門に向かう道をポッタラポッタラと一人で歩き始めました。その正門からは、一直線の砂利道が新得の町へと三キロメートルほど続いています。しかし、マコトがわが家からそんなに遠くまで離れないうちに、ちょうど階段の小窓を開けて外を眺めていたフミエの視野に、その思い詰めたような小さなリュック姿が運よく捉えられたのです。「あらっ、あれは」と驚いたフミエが慌てて追いかけたのはもちろんでした。勢いで「出て行きなさい」とは言ったものの、まさか本気で出て行くとは思っていなかったのです。「出て行け」というのは、大人たちが激怒したときについ口から出てしまう常套句で、大体はその場限りの台詞なのです。このときも、フミエはそういうつもりだったのでした。それでも、あまり理性が発達していない相手に対しては使用注意の言葉なのです。言葉には言霊という意外な力があって、たった一言の影響で、良かれ悪しかれ人生が変わることもままあるものです。実際マコトも、幼心に決意して「家出」を敢行したのでした。もっとも「家出」の意味など分かってはいなかったのです。それで、まず場の門を出て、町へ行って、それからいったいどうするつもりだったのか、そんな先のことは、マコト自身も考えていませんでした。しかし、人生でたった一度の「家出」も、こうして無事「家出未遂」に終わったのでした。

ともあれ、内気だったマコトにも、外に向かって何かを決行するほどの度胸が良くも悪くも芽生えてきたのです。そしてそれからというもの、思わぬ経験をした次姉のフミエは、以前にも増してマコトのことを気遣うようになり、このところ教育放棄ぎみの母親サエに代わって、何かと面倒を見てくれるようになったのでした。

歳月は人を待つことなく不断に過ぎ、爽やかな夏の日差しに輝いていた北国北海道の緑の大地にもそろそろ彩り鮮やかな紅葉の秋が忍び寄って、短い夏のあいだに大きく成長した作物を採り入れなければならない忙しい季節が到来しました。マコトが夏のあいだ散々遊びまわった種畜場でも、作物の収穫時期に入っていました。すでに八月十五日のお盆の頃には、病死したり人間の食用に供された亡き家畜たちの慰霊のための「畜魂碑」が建立されたのでしたが、今や秋を迎えた牧場では、多くの家畜たちの飼料となる牧草やデントコーンなどの収穫作業がたけなわでした。とくに「牧草上げ」は、一年の一大イベントと言ってもよい労働行事でした。しかしちょうどその時期に、のどかなこの牧歌的な風景の中で、ちょっとした事件、それもマコトの母サエに関係した事件が起きました。

日頃からサエは、ひとが良すぎて疑うことがないと言うのか、普段から半分ボケたようなところがあったのですが、夫フジトから銀婚式の記念にと奮発してプレゼントしてもらったダイヤの指輪を、こともあろうに牧場の牧草上げの農繁期に、多くの奥さんたちが「出面」のアルバイトに集まっているところへ皆に見せようと持ち込んだあげくに、けっきょく紛失してしまったのです。おそらくそれは盗難だった可能性が高いのです。なにしろ片田舎のことですから、宝飾品など身につけるような特別の機会もなし、さりとて、そっと仕舞っておくことも出来ずに、ついつい見せびらかそうと思いついたサエの出来心も分からないことではないのです。いずれにしてもこの盗難事件は、事件と言うべき事件などまずなかった静穏な場内で生じた、唯一不穏な不祥事だったかも知れません。ともかくこのサエの不始末は、折角の高価な愛情表現を台無しにされたフジトの怒りを買って激しい夫婦喧嘩のもとになったのはもちろんのことですが、この場全体にあらぬ噂と不信感を広めることにもなったのでした。けれども片田舎のことですから、けっきょく町の警察にも事の顛末は伝えられることはありませんでした。つまり、それ以上詮索されることなく、うやむやのまま本人の単なる過失による自業自得の紛失としてやがて皆の記憶から薄れてしまったのでした。

ダイヤ騒動で思い出すのは、尾崎紅葉が描いた『金色夜叉』の「寛一お宮」の物語でしょうが、「人がダイヤモンドに目が眩む」のか「ダイヤという宝石が人の目を眩ませる」のか、どっちにしても古来繰り返されてきた宝石騒動は、とくに世界中の女性の歴史の中では取り立てて珍しくもない陳腐な宿命と言えるのかも知れません。なぜか、女心はダイヤモンドになびくというわけです。それでも、この穏やかな牧歌的生活の中では、この騒動は何とも後味の悪い田舎の珍事件だったことは疑いありません。そんな「ダイヤの指輪紛失」未解決事件は、サエの愚かとも言える無欲さとフジトの報われぬ愛情が不幸に交錯してもたらした二人の人生の象徴的な悲劇でもありました。

そんな人間界の疎ましいドタバタ劇をよそに、この北の大地に微笑んでいた短いながらも光り輝くばかりの夏はすでに過ぎ去り、季節はいつのまにか秋へと移っていました。しかも十月と言えばもう晩秋の頃で、涼しさも日々うす寒いくらい深まって来ました。そんなある日のことです。狩勝峠（旧狩勝峠）の見晴らしのよい場所で、幼いマコトは、狩勝トンネルから猛然と這い出て来た蒸気列車を、うっすらと朝靄のかかったまばゆい日の出の中に立って食い入るように眺めていました。今はやや眼下に見えるそのトンネルの出入り口には、機関車の噴煙がトンネル内へ逆流するのを防ぐために「排煙幕」を降ろす仕組みが施されていましたが、そのための「隧道番」という特別人員まで配置され、春夏秋冬、雨の日も風の日も吹雪の日も年中無休で従事していたことは、地元でもあまり知られていない歴史の隠れたシャドーワークの事実です。日本全国でも有数の急勾配の難所であった狩勝峠のそのトンネルは、今でこそ草木に埋もれた人知れぬ廃墟と化しているのですが、この当時にあっては、札幌のある石狩地方と帯広のある十勝地方を結ぶ地理的にも物流的にも枢要なパイプの役目を果たしていたのです。

その日マコトは、夜明け前から父フジトに起こされました。朝食代わりに、牛乳にオートミールを入れて温めたものをお腹に流し込みました。まだ秋とはいえ北国は朝晩すでに肌寒く、マコトは次姉フミエが家庭用編み機で編んでくれた毛糸のカーディガンを着込んでいました。自宅と庁舎の間を横切る砂利道に、今では旧時代に属するジープ型の乗用車が一台停めてありました。マコトはエンジンをかけるために、車の最前部の穴に専用器具の鋼鉄棒を差し込んで勢いよく回すように言いつけられました。マコトは眠気が覚めやらぬまま、しぶしぶ何回か力を入れて試みると、北国の薄暗い朝ぼらけの冷気を揺るがしながら、ようやくブルンブルンとエンジン音が響き始めました。それからフジトは、場の車を秘かに無免許運転し、まだ商店も開いていない新得の町中を通り抜けて峠道を早朝登って来たのです。

フジトはマコトの背後に立って小さな肩に手を乗せ、黙ったまま遠くを眺めていましたが、その時何を思っていたのでしょうか。フジトが生まれ故郷神戸を離れ、遠路はるばる北海道に渡ってもう三十年ばかり経っていたのですが、この北の大地に骨を埋める覚悟でもしていたのでしょうか。そこには、新鮮な朝日に明け染めたばかりの輝く雄大な感動的パノラマが開けていました。しばらくして眼下のトンネルからマコトも乗ったことのある列車が突然現れました。先頭と末尾の両方に蒸気機関車を配置した力感あふれる鉄道列車は、はるか遠目にも堂々として迫力がありました。荘重な「デゴイチ」（D51）の煙突からは、石炭の必死のパワーを示す力強い黒煙がもくもくと噴き昇っていました。山麓のなだらかな傾斜には朝日を浴びた針葉樹の緑がのびのびと広がり、ところどころに広葉樹の彩り鮮やかな林が散在していました。その原生林の山麓を縫うように続く鉄路には白い水蒸気が勢いよく吹きつけられ、黒い頑丈な鋼鉄の車体から発するリズミカルなエネルギーのトレモロが静寂の山々にこだまします。それは、確かに機械音でありながら、どこかしら人間の心臓の鼓動にも似た生命のリズムを感じさせる、懐かしく心地よい音の響きなのです。ボッボッ、シュッシュッ。ボッボッ、シュッシュッ……。急勾配の狩勝峠の大パノラマの中を、長蛇の列車を引き従えつつ、ようやく峠を過ぎて一息ついた黒い機関車が、今度はもくもくと勢いよく白煙を噴き上げながら力強く突進していくその雄姿は、子ども心にさえまことに壮観でした。そして時折響きわたる汽笛の音、それは、まるで広い荒野の空気をつんざくように聞こえてくる野性の狼の遠吠えにも似た、どこか物悲しげな哀愁を帯びているのでした。

とくに、もうすぐやって来る冬の季節には、車外に広がる真っ白い大雪原とすっかり葉を落とした褐色の原生林、そして山麓から彼方へと続く十勝平野、それらを展望する大自然の絶景は、当時「日本新八景」と讃えられていただけに、まことに雄大そのものです。それは、一幅の墨絵と言うよりは、遥けくも開けた、そして白黒のモノトーンに抑制された、人の心を無限に解放する大パノラマなのです。この峠から東の彼方へと広がる十勝平野は、じつは三六〇〇平方キロメートルもあって、北海道の総面積の一割ほどを占め、現在マコトが老いらくを迎えて暮らしている奈良県の全域がほぼ収まるほどに広大な、火山灰の土壌に由来する豊穣の沃野なのです。

狩勝峠と言えば、この峠のトンネルをとおって、マコトは年に一回夏休みになると札幌の姉たちのところへ遊びに行くことがありました。そしてマコトはその道都から新得までの帰路ではいつも、狩勝峠の急勾配を越えるために先頭だけでなく最後尾にも蒸気機関車が付いている超馬力列車に乗って、楽しい汽車旅行の気分を満喫するのでした。もっとも、トンネルが近づくと慌てて窓を閉めるのが大変でしたが、それでもその狩勝峠の前後では、車窓からの見慣れた景色を、流れゆく野山や川や草木や家々を、しみじみした懐かしさに満たされながら飽きもせずにずっと眺め続けていました。札幌に出掛けて行くときの往路と、新得に戻って来るときの帰路とでは、同じはずの車外の景色が何か違った印象を与えるのです。そのうち幾寅、落合と小さな駅を過ぎて、ついに見慣れた新得の町に近づくにつれ、マコトの心には次第に帰郷の嬉しさがこみ上げてきたものです。それは、まるでホームシックが癒やされていくような心地よい気分でした。札幌で生まれたマコトでしたが、今ではこの新得の田舎が自分の故郷になったようでした。

そんな思い出深い狩勝峠の急勾配を貫通していた狩勝トンネルも今では過去の遺物として封鎖され、鉄道線路も枕木がすっかり朽ち果てて草木にうっそうと覆われ、廃墟のごとくほとんど見る影もありません。それに代わって新しいアスファルトの高速車道がその近くを通り、立派な展望台も造られて、辺りはすっかり様変わりしてしまいました。ちなみにこの旧トンネルの全長は九五四メートルもあって、その歴史を振り返ってみても、明治三十四年から始められた掘削工事は、多くの人命の犠牲を払って敢行された難工事だったのです。それでも一九〇七（明治四十）年にようやく開通し、その後半世紀以上も交通の要所として機能することになるのですが、やがて一九六六（昭和四十一）年に新路線の完成に伴ってついに廃止・封鎖されることになるのです。当初から機関手泣かせだった噴煙の吹き込みを軽減するため、後にトンネル両端の出入り口に風の侵入を予防する「排煙幕」と呼ばれる蛇腹状のシートが設置されて、上下に開閉する仕組みが特別に施されるという、厳しい難所でありながら全国でも珍しい個性的なトンネルだったのです。

思えばマコトの子ども時代には、広大な北海道中に膨大な苦労の末に張り巡らされた鉄道線路の上を、さわやかな青空の夏の日も、厳しい吹雪の冬の日も、蒸気機関車が縦横に駆けめぐっていたものです。何と言っても北海道は、日本で一番ＳＬの似合う土地風土でした。地平線の見える大地と新しい開拓の時代には、たくましい蒸気機関車こそ、交通の象徴的機関だと言えるのです。その無骨とも言える黒く重い鋼鉄の雄姿は、その後の合理化の中で登場してくる電車のようにモダンでスマートなものとはおよそ言えないものの、まことにロマンある男らしさの象徴でした。鉄道をこよなく愛し、石炭にまみれながら少年のような誇りを胸に秘めた国鉄マンたちの仕事は、人間と機械との幸運な絆すら感じさせてくれる、まさに男たちならではの仕事だったのです。さらば、郷愁の大地を駆け巡る郷愁の機関車！

一方、機関車の動力源だった石炭は、当時「黒いダイヤ」などと呼ばれた重要な燃料でした。そのため北海道には、その石炭を採掘する炭坑が開設され、多くの炭坑町が栄えていました。鉄道と石炭と炭坑は、当時一体のものだったのです。とくに石狩と十勝のあいだの空知地方には豊富な鉱脈が眠っており、明治時代から大正時代にかけて、幌内、三笠、歌志内、砂川、芦別、赤平の炭坑が、続いて昭和初期に夕張炭坑が開鉱され、それ以外にも、釧路方面の阿寒でも大正時代に雄別炭坑が開かれるなど、南の九州地方と並んで活況を呈していたものです。けれど一時代を築いたそれらの炭坑も、近代化の波が全国各地に押し寄せて来る中、昭和四十年代から五十年代にかけて次々と閉山を余儀なくされていきました。そうして、世界のエネルギー事情の新しい変化とともに、敗戦後の日本を奇跡的に復興させた昭和の古き逞しき一時代もまた終わりを告げることになるのです。

秋は、どこか物悲しく、そして人恋しい季節です。北の彼方に狩勝峠を遠望する種畜場一帯には、いかにも秋らしい清涼な大気が張りつめ、母なるオダッシュ山とそれに連なる山々や原野にも、冬へと向かって色づき始めた多彩な紅葉模様が一面に広がっていました。日々微妙に移りゆく大自然の静寂の中に居ると、なぜか人は、そこはかとなく湧いてくる寂寥感としみじみ胸に迫ってくる人恋しさの情感に捉えられるものです。しかし、のんびり感傷に浸っている余裕はありません。霜や雪の白いヴェールが大地を覆う前に、冬支度のひと仕事を済ませておかなければなりません。普段はボケているようなマコトの母サエにも、ふたたび思い出したようにスイッチが入ります。すでに夏場にも、田舎の汲み取り便所から長柄の柄杓で桶へ汲み取る難儀な作業を、嫌な顔もせずに一人で頑張っていました。マコトは、そんな母の姿を半ば感心しながら見ていました。それは、汲み取り桶を家の反対側にある畑まで運んで撒いて人肥にする力仕事でした。サエはどちらかと言うと痩せぎすの体躯でしたが、わりに丈夫で「火事場の馬鹿力」を秘めているのでした。

そんな夏場からこの秋口に移ると、今度は漬物作りで忙しくなります。自分で人肥を撒いた畑から沢山の大根を抜いてきて、付着した黒土をタワシで擦りながら冷たい水で丁寧に洗い流し、二本ずつ緑の長い葉っぱを結わえてからぶら下げます。手がかじかむような長時間の作業です。家の南側にある花壇と野菜畑のあいだを通る小道の脇に、父が二本の丸太を立てて作った物干しが立っています。上下二段に干せる大きな物干しでした。そこへ重みに耐える太い竹竿を横渡しにして、その竿へ茎葉を結わえた大根を、支え棒を使いながら一ペアずつ跨がせるようにぶら下げていくのです。それはかなりの重労働なのですが、完了してみると、まるでズラッと並んだ色白の大根足のラインダンスのようで、なかなかの壮観なのです。このひと仕事をサエは、大根運びを見かねたマコトが少しだけ手伝いはしたものの、ほとんど一人で愚痴も言わずにやり終えました。サエは、頭上のラインダンスを見上げると、「やれやれ、やっと終わったかい」と呟きながら疲れた腰に手を当ててグッと伸びをしました。

大根は何日か天日干しにして水気を抜いた後で、今度はいよいよ桶に漬けて沢庵漬けにします。これで冬の間と言わず、一年を凌ぐには十分な保存食が出来るのです。この漬物作りは、場のほとんどの家庭で行われる奥さんたちの女仕事になっていました。マコトは、隣の吉川さんの家でも、おばさんが同じように頑張っている姿を見かけました。それも、この季節の風物詩の一つなのです。

そして、いよいよ冬が到来して北国の人々も家に籠る日が増えてくると、苦心の産物である沢庵の味見がそろそろ始まります。家ごとに味が微妙に異なるので、各家の奥さんたちが、暇つぶしのお喋りを兼ねて、よその家の沢庵はどうかと訪問し合うようになるのです。そんな時期に入ったある寒い日、隣の吉川さんのおばさんが、マコトの家に茶飲み話にやって来ました。ところが、熊の冬眠まがいの冬籠りに入っていた母サエは、今はまた普段の状態に戻っていました。ペチカにつながる薪ストーブだけは威勢よく燃えていました。ストーブから横に突き出た煙突は、湯沸かし器を貫徹してペチカに接続しています。銅と真鍮の合金で出来た湯沸かし器は、ドラム缶の横っ腹に筒を通したような特殊構造になっていて、その筒にぴったり通された煙突を通り抜けるストーブの熱気がよく伝わるので、冷たい水でも効率よくお湯に変わります。このお湯は、湯たんぽに利用したり、そのほか冬場には色々役に立つのです。こんな独特の設備にも、貴重なエネルギーを無駄にしない合理精神が発揮されているのです。

それはそうとサエは、お馴染みの「お隣さん」をどうにかストーブの傍に招いて座布団に座ってもらい、自家製の沢庵にお茶を添えて運んで来ると、ちょっとの間だけおばさんに何かボツボツ言っています。「あずましくない」という言葉がときどきマコトにも聞こえます。マコトにはまだ意味不明であったこの言葉は、「心持ちがよくない」という意味の方言で、普段から母がよく使っているのをマコトも覚えていました。そんな「あずましくない」母サエも、その昔元気な若い頃には、働き者でけっこうテキパキした人だった、とマコトも聞いたことがあります。けれども末っ子のマコトが実際知っている目の前のサエは、片手に余る子どもたちを、しかも異常な戦時下に育ててきた気苦労が重なったものか、どこか心を病んだように変わった人だったのです。ときどき、誰とも会話のない自分だけの世界に閉じこもったようになり、ブツブツと独り言を呟きながら、思い出し笑いとも薄笑いともつかない笑いを浮かべていることが多かったのです。親しい吉川さんのおばさんが来ていたこのときも、生憎ふっとそんな状態に陥っていたのでした。精神のマジック・スポットに閉じこもって。

「ねえマーちゃん、お母さん変だね。また何だか笑ってるみたいだよ」

おばさんが呆れたように小声で囁きました。マコトは答えようもなく、ただ無言のままそんなサエを見ていましたが、内心では何とも言えない遣る瀬無い気持ちに襲われるのでした。おばさんは、サエが苦労して漬けた沢庵の味見をゆっくり済ませ、薪ストーブの薬缶のお湯で淹れたお茶をもう一杯すすり終わると、折悪く会話の進まないサエに言葉をかけました。

「じゃあ、どうも御馳走さまでしたね。そのうち、うちにも味見に来て下さいよ」

おばさんは、今度は傍でじっと見ていたマコトに帰り際に言いました。

「ねえ、マーちゃん。お母さんの煙草の火、気をつけときよ。今度うちでついた餅、少し分けてあげるから。それじゃ、またね」

おばさんが帰った後も、サエは羨ましいほど悠々自適な自由人の趣で、自分の世界に浸っていました。そんなサエは、フジトが不在で一人のときには、当時庶民に流通していた刻み煙草の「しんせい」を自分専用の煙管に手際よく詰めて、いかにも旨そうに目を細めながらふかしていたり、そうかと思うと、こっそりと当時の安酒だった焼酎をチビリチビリとこれまた旨そうに飲んでいることもあったのです。サエのそんな体裁の悪い女だてらの気晴らしも、幼いマコトにとってはごく日常的な光景でした。戦時下の抑圧された異常な気苦労が、どうやらサエの繊細な性格に悪影響を与えたことだけは確かなようです。繊細で純な神経の持ち主は、ハードでしばしば権謀術数に満ちた現実世界との摩擦や葛藤に苛まれて傷つきやすいものです。一方でマコトは、生まれてこのかた、この母親に叱られたという記憶がまったくありませんでした。そのこともあって、マコトはそんなサエの生活態度を、気味が悪いというよりも、何か気の毒な運命の人が取らざるを得ない、生き延びるための止むを得ない態度のようにも感じていたのです。

この一見風変わりな母サエは、元来は柔和で繊細な神経の持ち主であり、どこかしら子どもじみた詩人的資質、後にみずから詩人となったマコトにも遺伝した資質を隠し持っていたのかも知れません。ただサエには、気の毒なことにそれを表現する手段が恵まれていなかったのです。それで、そんなサエに向かってマコトが小言を言ったり、まして声を荒げて怒鳴ったりするようなことは、一生を通じても無かったのでした。そんなサエのうちに隠れている「無償の愛」、ほとんど無限の愛と言ってよい無条件の愛を、どこかで感じていたからかも知れません。ただこのサエには、優しい愛を支えるだけの精神の強さが欠けていたのでしょう。優しさは、しばしば弱さと表裏一体なのです。優しさと強さを兼ね備えることは、とても稀なことなのでしょう。それでも、人が最後の最後に惹かれるのは、おそらく権威を誇示する強さよりも、愛を感じさせる優しさの方なのです。

半分ボケたようなセンチメンタルな無言の詩人サエ、それでも分け隔てのない天性の慈愛心の持ち主にも思える母サエに対して、父親のフジトは、明治生まれの頑固さと気骨がある反面で、大正デモクラシー時代に育った神戸っ子のハイカラ趣味と関西人のユーモア感覚もあったようです。ときには、家の板の間で、内心嫌がっているマコトを相手にペアダンスを踊りながら、ニコニコと表情を緩めているような面もあったのです。「三つ子の魂」は明治期に作られ、青春の人間形成は大正期に行われた複雑な人物の典型だったのかも知れません。硬軟両面を併せ持つ人と言うのか、末息子のマコトには、怖いところと優しいところが共存しているような何か不可解な人でした。

そんなフジトが、この冬のある夜、それも寒気の底に沈んだような深夜近くに、酔っ払って帰宅したことがありました。何かの酒席の帰りのようでした。すでに布団の中でウトウトしていたマコトの傍へ酒臭い息をしながらフラフラやって来ると、顔だけでなく禿げた頭まで赤くなったようなフジトは、いきなりマコトの頬へキスしたのでした。酒臭くておまけに髯でザラザラした強引なキスに寝入りばなを起こされて、マコトは正直イヤァな気持ちになって布団にもぐり込みました。そんな酔ったフジトの振る舞いは、サエの無償の愛とはどこか異なった、父性の人格的な愛情表現だったのかも知れません。フジトは、以前にも酒宴の席などで、サエの日頃の異状を知っている周囲の人から酒の勢いで離縁を勧められたこともあったのですが、「子どもたちが居るからね」と取り合わずに、じっと耐えていくことを心に決めていたのです。日頃人前でもサエのことを「愚妻」などと呼び、そしてたまに酔って帰宅したときなど、我慢のタガが外れたようにサエをなじることもあったのですが、フジトの人生という作品には美学があったようです。広い世界で出会うことになった一組の男女が、たとえ紆余曲折があろうとも一生添い遂げるということ、それはモラルと言うよりも、もはや美学に属する生き様なのです。

またしばらく経った別の日の夜、厳寒の冬場は何かと酒宴が多いようで、酒を飲んだ熱気のまだ冷めないフジトが、腹心の部下の嵐さんを連れて帰宅したことがありました。連れてと言うより、じつは押し掛けられたのでした。それも初めてではなくて何度目かのことで、夕食を済ませていたマコトも、（ああ、またうるさくなるなあ）とため息をついたものです。この酒好きの嵐さんは、とくに酒が入ると大声で遠慮なく話すタチなので、何を話しているか、嫌でもマコトの耳に入って来るのです。嵐さんは、ベテランの多い場では若い方でまだ独身者でしたが、酔った勢いにまかせて、フジトにしつこく絡んでいました。

「ねえ、場長っ。フミエちゃんを俺の嫁さんにくれないかなあ」

マコトは（へーえ）と腹の中でびっくりしましたが、日頃から次姉に好意を寄せていたらしい独身男の心中を、子ども心に呑み込んだものです。しかしフジトは、黙ってニヤニヤしながら受け流していたようです。嵐さんのその願いは、残念ながらけっきょく実現されることはありませんでした。

ところでマコトは、自由闊達で純朴な直情怪行型の若い嵐さんが決して嫌いではなかったのですが、日頃からマコトに向かって必ず「マーコ」と呼ぶのが嫌でなりませんでした。それはどうやら、父フジトがマコトを「マー公」と呼ぶのに倣ったらしいのですが、マコトにはどうしても「マー子」と聞こえてしまうのでした。フジトは、そんな珍しい人物の嵐さんを、部下の中でもとくに目をかけていたようです。フジトは、率直で飾り気のない人間が好みだったのかも知れません。ところがそのおかげで、嵐さんはとんだ迷惑を被ったことがあるのです。

それは、まだ初雪が降る前の晩秋の頃でしたが、フジトが何かの所用で新得の町まで種畜場所有の車を無免許で運転して行き、街中でついに警察に捕まってしまったのです。フジトは、今までに何度か無免許運転していたので、警察でもマークしていたのかも知れません。田舎町の警察だからと言って、法律違反を安易に見逃すわけにはいきません。それで、運悪くその日助手席に同乗していたのが嵐さんでした。ところがどう交渉したものか、けっきょくその嵐さんの方が警察署に一日留置されることになりました。共犯の責任はあるにしても、要するに「身代わり」にされたわけです。寒い一晩の間留置されていた嵐さんは、自分を普段から右腕として可愛がっていたフジトのことを、そのときばかりはさぞかし恨んだことでしょう。少なくともこの不祥事は、嵐さんの心の奥深くに、「インテリ嫌い」を益々つのらせるとともに、愚痴話の種を播いたことだけは確かでした。実際、その後四半世紀ほど経ってから、フジトが札幌で生涯を閉じることになったその通夜の席で、道東の根室から遠路駆けつけた律儀な嵐さんは、それまで誰にも伏せていたこの一件を吐き出すように愚痴ることになったのです。

そんな大胆と言うか無茶に近いことを、フジトはそれまでの人生でも、じつは何度か経験して来たようでした。すでに神戸での旧制中学時代にも、登山を趣味としていた父親ナガタカの影響なのか山登りが好きで、冬場の日本アルプス登山を級友と二人で敢行した際には、折悪しく吹雪に遭遇して、しばらく石室に閉じ込められていたこともあったようです。また、その後故郷の神戸から見知らぬ北海道にまで渡ったことも、当時としては大胆と言えば大胆かも知れません。

さらに、戦時中に従軍していた際のこんな逸話も残っています。それは、折しも日中戦争の真っ最中、太平洋戦争が始まる直前の昭和十五年頃で、フジトが三十三歳のとき、大阪の高槻にある工兵第四連隊駐屯地に居たときでした。その時分は、高槻の町に家族を伴って移り住み、末娘のヨシエはそこで生まれました。しかも日本で一番目出度い一月一日という日でした。マコトを含めると六人（幼死を入れて七人）居る子どもの中でも、ヨシエだけが唯一の本州生まれでした。それもまた、戦争がらみの珍事だったかも知れません。

その高槻にあった陸軍工兵隊の駐屯地は、信長時代のキリシタン大名だった高山右近にゆかりの高槻城城跡公園のそばにあったのですが、現在ではそれを記念した石碑が、日本刀の剣先のような形姿で立っています。その駐屯地へ、当時神戸で繊維貿易業を営んでいた義兄のトラ吉（長姉ヒコの夫）がその時分貴重であったウイスキーをねぎらいの差し入れに持っていくと、門番の若い兵が「一木閣下でありますか」と応じてからフジトを呼んで来ました。何しろ二十代の頃からみごとに頭が禿げて貫禄があったからでしょうか、陸軍曹長という将校未満の下士官でありながら、部下たちの間では「閣下」と呼ばれていたようです。そのときにフジトは、こともあろうに赤レンガの正門前で、義兄が唖然とするのもかまわず、即座に瓶ごとラッパ飲みに飲み干したということです。その当時酒が強かったのは確かなようですが、どうしてまた、そんな品格に欠ける無茶と言うべき振る舞いに及んだものか、持ち帰るとかえって都合が悪いと判断したのか、本人以外にはどうも定かではありません。ちなみに、その光景を目撃していたはずの営門と門番の歩哨兵用の小さなボックスは、はたして当時を覚えているかどうか、今でも古色蒼然とした風情で公園脇にひっそり立っています。

そのほかにも色々ありそうですが、一つマコトが承知している件は、種畜場の相撲大会で無理に出場をして、けっきょく足の骨にヒビが入ってしまったことです。通称ダンゴ山という場のはずれの小山の先に、共同浴場前の子ども用のとは別に、大人たち用の土俵が設けられていました。これも場の行事として、相撲大会が開催されたのです。子ども部門から大人部門まであって、ときどき共同浴場前の土俵でいくらか鍛えていたマコトも出場してみました。マコトが何とか無事に終了した後に大人部門が始まりました。すると審査員長として土俵下に陣取っていたフジトが、場長のメンツを賭けたのか、それとも旧制中学時代にサッカー部の選手だったスポーツ好きの血が騒いだのか、周りの制止も聞かず、齢五十に近づいていることも忘れて、「ワシも出るぞ」と飛び入り参加に及んだのです。そのとき真剣勝負の相手に倒されて出来た脛のヒビ痕は、フジトが亡くなってからも消えませんでした。葬式後の火葬場での骨拾いの際に、白手袋をした係員が、「おや、ここの骨には何か黒いヒビの痕がありますね」とわざわざ指をさして神妙に参会者に告げたのでした。

どうやら人間の内面には、孤独を好むのに寂しがり屋であるというような、一見相反する面が混在することが意外に多いものです。フジトの場合は、あるいは戦争体験のような外的強制力が、内に潜んでいた大胆な面を助長したのかも知れず、とくに太平洋戦争末期に露呈した日本軍国主義の追い詰められた無謀ぶりが、トラウマのようにその心にこびり付いたのかも知れません。ともあれ、日頃は優柔不断とも思える慎重さや緻密さを本領としているような人が、時として大胆な無茶を仕出かしたりするという人間の矛盾した性格が、フジトの行動にもあったようです。それが人間というものだと言えばそれまでなのですが、どうも戦争と軍隊のもつ二面性、抑圧的な規律とデモーニッシュな暴発という二律背反の性格が、フジトの人間性をどこか狂わせてしまったに違いありません。環境の変化に応じて現れてくる人間の二面性ということ、それはマコトの場合にも、内弁慶で人見知りが強い反面、気を許したひとには非常に人なつこいという面もあるという事実が示していることです。やはり人間は、単純には理解しがたい矛盾した生きものなのかも知れません。

やがて野山に肌寒い木枯らしが吹き始め、畑や牧草地にも霜が降りる頃になると、越冬準備に奔走していた自然の生きものたちは、それぞれのねぐらで冬籠りの準備に入ります。滅多に人前に姿を見せることのない山のヒグマや草原の野ウサギたちもどうしているのでしょうか。広い野山の中には、まだ準備不足のために慌ててうろうろしている落ちこぼれのはぐれ者も、どこかにいるのです。一方、多くの飼育動物たちを養わねばならない場の人たちの計画的で組織的な冬支度は、どうやら無事に進んでいるようです。それでも、厳しく長い冬に備える大人たちの仕事は、まだまだ山ほどあるのです。食料の蓄え、暖房準備や燃料の確保、家周りの手入れ、冬物衣服の点検、などなど。そのうち雪がちらつき、彼方の狩勝峠から「狩勝おろし」が雪崩のように激しく吹き下ろして来ると、もう本格的に冬将軍が襲来して居座り、白銀の世界がオダッシュ山の広大な山麓一面に出現するのです。

この冬にはかなり気温の低い「しばれる」日が続きましたが、マコトは無理な外遊びが祟ってひどい風邪をひいてしまい、何日か寝込んでいました。心配したサエが得意の卵酒をこっそり飲ませてくれ、フジトが出がけに塩水を作って痛む喉に吸入器をかけてくれました。ヨシエはブリキ製の湯たんぽで冷えた足を温めてくれました。おかげでようやく回復してからも、マコトはほとんど外へも行かず、家の中でコマを回したり、冬休み中のヨシエとトランプやいろはカルタや双六や福笑いのゲームをしたりして退屈な時間をつぶしていました。

左利きで手先が器用なマコトは、折り紙をしたり厚紙を使って工作したり、紙ヒコーキを作って家の中で飛ばしてみたり、さらに竹ヒゴに和紙を貼って凧作りも試みました。町で売っている奴凧のような壊れやすい代物とは違う自家製の凧です。まず、竹ヒゴを長短二本ずつに切り揃え、それを長方形にして四隅を糸でしっかり固定します。次に、その長方形を四等分するように竹ヒゴを十字に渡して四つの端と真ん中の交点をやはり糸で固定します。最後に、補強のダメ押しとして、長めの竹ヒゴを対角線に組んで糸で結わえつけるのです。これで、もう壊れることはまずありません。あとは、竹ヒゴ全体に糊を伸ばし付けて、そこに長方形の和紙を素早くぴったりと貼りつければ完成です。マコトは、父の性質を受け継いだのか、こういう細かい工作仕事がちっとも苦になりませんでした。それどころか、何かものを作るということに素直な喜びを感じていたのです。

そのうち、ようやく風邪のしつこい後遺症も治まって何とか体力が回復したように思えたので、冬晴れの屋外に出て凧揚げに挑戦することにしました。ところが自作の四角い凧は、クルクル回ってはすぐに雪の上に落下するばかりでした。そこでマコトは、少し思案してから家に戻ると、残り紙を張りつないで二本の細長い尻尾を作り、それを凧の左右の下端に貼り付けました。それからもう一度外に出て試してみると、今度はうまい具合に舞い上がってくれました。場の人たちや馬ソリの行き来で雪が踏み固められた通り道を白い息を吐きながら必死で走ると、白い凧は二本の尻尾をヒラヒラさせながらついて来ます。丈夫な凧糸は切れる心配はありませんでしたが、木の枝や電線に絡まると厄介なのでそれだけ気を配りながら、走っては止まり、走っては止まりを何度か繰り返しました。風があまり吹いていない好天の日だったので、立ち止まってじっとしていると、凧は尻尾を上にして墜落してしまいました。

マコトは久しぶりに走ってもう疲れたので、それでも一人きりの満足感を味わいながら、薪ストーブの燃える家の中に戻りました。また風邪が再発しては嫌なので、無理は出来ませんでした。(春が来るまで、しばらく大人しくしていよう)。そう思いながら、木箱から取り出したミカンの皮をむき始めました。今までは自然の中で自由気ままに過ごしてきたマコトも、今度の春からいよいよ小学生になることを何となく自覚していたのです。それに身の回りには、新しいランドセルに、新しい上着と半ズボン、それに校章の付いた新しい帽子も、すでに用意が出来ていました。弁当などを入れる小さい布袋も、母が珍しくミシンで縫ってくれました。肝心の文房具では、ノートや鉛筆や下敷きや定規や消しゴムに鉛筆入れ、それに鉛筆削りのナイフもあるし、あとは新しい教科書を学校で受け取ればいいのでした。細々したものが多いので、確認のチェックも怠りません。玄関向かいの吉川さんのしっかり者のヤッちゃんは、もう道具はもちろん心の準備まですっかり出来ている様子です。場には、ほかにもマコトとはまだ交流のない同じ年配の子たちが何人か居ましたが、みんな入学を控えて準備に抜かりはないようでした。戦後生まれの戦争を知らない子どもたちが、ここでも元気に育っていたのです。幼いマコトの同輩たちも、同じ牧野の空気を吸い、同じ自家製の酪農食品で成長し、もうすぐ同じ町の小学校で共に学んで世界を広げるために、それぞれ巣立ちの時を待っているのでした。

そうして、長いと思われた北国の冬も、待てば海路の日和ありで、今しばらくの辛抱です。まだ根雪の深い二月の日々が、吹雪いたり晴れたりを繰り返しながらもいつの間にか終わって、いよいよ三月に入ってからは、新しい一歩を踏み出す不安と期待の入り混じった奇妙な心境の日々が、マコトの傍らを光陰矢のごとく足早に過ぎていきました。陽光がどことなく和らいで来ると、ようやく本格的な雪解けも間近です。川辺のネコヤナギや草叢のフキノトウの新芽も、そろそろ待ちかねたように所どころで姿を現し始めました。

第二章　伸びゆく季節

早生まれのマコトは、六歳になって二カ月余りしか経たない四月に、新得では唯一の町立小学校にいよいよ入学することになりました。この春、「ベビーブーマー」と言われる戦後生まれの大勢の「戦争を知らない子どもたち」が、今や日本全国で新小学生となったのです。新得のこの小学校でも、木造二階建ての校舎がにわかに溢れるほど賑やかになりました。これまで野放し状態に近かったマコトも、ついに義務教育を受ける時期に来たのです。

小学校は、北側に広いグラウンドがあり、その奥には運動用に築かれたデコボコの土山が大きなジャガイモのように盛り上がっていて、さらにその脇には鉄棒が低いのから高いのまで幾つか並んでいました。道路を挟んだ西隣の敷地には中学校の校舎とグラウンドがありました。小学校校舎のすぐ南側には、石囲いの花壇が三ブロック造成されていて、パンジーや菊などの花が植わっていました。玄関口は、花壇に挟まれた日当たりのよい南東口、南西角の裏口、グラウンド側の北東口、北西口と四つもありました。そのうち正面玄関は、町の市街を見下ろす正門に一番近い北東口ということになるわけですが、二階から階段を降りたところに板床の玄関ホールがあり、その玄関脇に靴棚がずらっと並んでいました。一方、マコトが暮らす種畜場から一番近いのは南西角の裏玄関でした。四月一日の入学式の朝、新しいランドセルを背負って新しい制帽をかぶり、新しい上着に半ズボンを身につけ、黒の長いソックスに短靴を履いたマコトは、渋い着物姿の母に手を引かれてその裏口の方に向かいました。雪解けどきの汚れたまだら雪がまだ残っていて、真新しい足元が気になります。すると春先のぬかるみを避けながら何歩も進まないうちに、早速この晴れ晴れしい初日からマコトの悪い癖が出てしまいました。

入学してしばらく経ってから作られたクラス文集には、拙い字で綴られたこんな書き出しの作文がそのときの証拠として残っています。

「入学式の日、ぼくははずかしくて学校にはいれないのでした。母さんのうしろにかくれていたのでした。……」

以前よりは丈夫で度胸もついてきたとは言え、ひどく内気な性格はまだ相変わらずだったのです。一張羅の紬の着物を着てきた母サエは、マコトがチラチラと目にするほかの母親たちより随分年上に見えたものですが、そのサエが「しょうがないねえ」という困り顔をしていました。それでも、よく気のつく担任の男の先生が優しく親切に応じてくれたので、記念すべき入学式の日も何とか終えることが出来たのでした。その日から新しい学校生活に慣れるまでには、やはりしばらく時間がかかりました。しかし、人間の性格には一見相いれない性質がまま共存するもので、マコトも人見知りが強い半面、末っ子らしく人なつっこいところが幸いにしてあったのです。どうやらそれが救いとなって、とくに不登校に陥ることもなく、小学校に入ってからは、かえって交友範囲も広がり、遊びも豊富で活発なものになりました。

マコトが属するクラスは、男二十九人、女二十四人の総勢五十三人という大所帯で、男の子も女の子も、体つき、顔つき、性格などいろいろな個性の子たちが居ました。農家の子も居ましたし、町の商店の子、国鉄や拓鉄（主に材木を運搬する拓殖鉄道）の職員の子など、親の仕事もさまざまでした。もちろん場の子たちも居ました。初めて見る町の子たちのほかに、それまでは付き合いのなかった場の子らともだんだんと知り合うようになっていきました。マコトは、自分の方から寄って行くことはまずありませんでしたが、自分に寄って来る子とは分け隔てなく友達づき合い出来たのです。喧嘩などまずしない公平な性分が幸いして、仲良しも増えていきました。新学期の春の間に、今まで顔もあわせる機会がなかった場の同級生たちとも友達になりました。そして一番大きな変化は、町の同級生と付き合うことで、町が身近になったことでした。世界が少しだけ広がったのです。未知なものには用心深い人が、いざそれを知ってしまうと、かえってその虜になるという顛末は、世間によくあることです。マコトも、人見知りの警戒心が自然に解けて来るにつれて、新しい友達と学校や町で遊ぶこともほとんど苦にならなくなって来ました。

北国も五月に入ってようやく本格的な春に祝福される頃になると、マコトは、学校にも、担任の先生にも、そして同級生たちにも、すっかり馴染みを感じるほどになりました。兄弟数の多い家庭環境で育ったことが、ここに来て役立ったのかも知れません。恥ずかしがり屋ではあっても、もともと人間嫌いというわけではなかったのです。家から小学校までの道のりは三キロばかりあったのですが、その往復にもだいぶ慣れてきました。下校の途中で道端のタンポポやオオバコに誘われて道草を食うような余裕も、いつの間にか生まれて来たものです。学校での新鮮な刺激と梅や桜がほぼ同時に開花する風爽やかなこの季節の心地よさを、マコトは心身の全体で満喫するのでした。

それからしばらくして、梅雨に縁のない北海道も六月に入りましたが、マコトは小学校での生活にもだいぶ慣れ、場と学校とを往復する体力もついてきました。毎日の往復は、とくに足腰を鍛えてくれました。また、学校給食で出た粉ミルクや肝油なども成長に役立ったかも知れません。その頃、学校で一番のイベントが待っていました。全校運動会です。本州のようなじめじめした梅雨のない北海道では、本州より早い六月が運動会シーズンなのです。もちろんマコトには初めての運動会でしたから、前の晩から期待と不安の交じった特別な心持ちで本番の朝を迎えることになりました。もっとも、この日の準備のために先生たちが舞台裏であれこれ苦労していたことなど知る由もありませんでした。父兄や来賓など大勢の観客に囲まれたグラウンドには、ヨハン・シュトラウスの軽快な『ラデツキー行進曲』が響き渡り、いやが上にも気分が高揚して来るのでしたが、けっきょく最年少の一年生の出番はそんなに多くありませんでした。定番のかけっこ（五〇メートル走）、綱引き、玉入れ、といったまず危険のない競技だけでした。

マコトがその日むしろ楽しんだのは、重箱入りの豪華な弁当と、それから、風船玉やヨーヨー、プラスチックのお面や癇癪玉を撃鉄で打ち鳴らす鉄砲やフワフワの綿飴などを売っている屋台の出店でした。重箱入りの弁当は、のり巻、ちらし寿司、いなり寿司、甘納豆入りの赤飯、卵焼き、その他いろいろ詰め合わされた立派なものでした。朝早くから母サエが時間をかけて作り、姉も手伝って用意された力作でした。サエは、普段は半分ボケたような人だったのですが、不思議なことに何かイベントがあるようなときには、急に目が覚めたように振る舞ったものです。「昔取った杵柄」というのでしょうか。とにかく、普段食べられないその弁当を食べるのは、年に何度も味わえないマコトの楽しみでした。大勢の人たちが同じ時間に同じ場所で皆揃って食事をするという運動会の雰囲気には、また独特の和やかさがあります。このときばかりは、すべての諍いごとがどこかへ消えたようです。そんな楽しい昼食も済むと、午後の一年生の出番は早めに終わったので、マコトも友達を誘って、サエに貰った小銭を手に、並んでいる出店を物色しながら、何を買おうかと一緒に迷ったものです。

ちなみにマコトが知っている運動会と言えば、この全校運動会のほかに、毎年秋口に催される新得町地区対抗運動会というものがあり、やはり小学校の運動場を会場にしていました。それは、新得町の各地区や職域のメンツをかけた対抗戦で、国鉄地区、拓鉄地区、駅前地区その他に交じって種畜場地区もエントリーされていました。しかしそれは、大人たちや年長の子が活躍するもので、まだ年少のマコトなどが出る幕はなく、後に上級生になったときに、マコトも一度だけ地区対抗リレーに駆り出されたきりでした。

戦後もこの時代になると、生活事情が多少落ち着いてきたのか、北国でもスポーツブームが広まったようです。マコトたちの運動会の少し前にも、五月下旬に新得―帯広間を走る全道駅伝大会が行われたばかりでした。また夏場の八月には、国体が道都札幌で開催されるのに先立って、そのシンボルの国体旗が、全道を巡回する途次、新得町駅前の本通りを大勢の町民たちに見守られながら走り抜けて行くことになりました。

生まれつき虚弱だったマコトも、そんな運動ブームの中で、自分なりに体を鍛えたものでした。学校では、昼休み時間となれば外に出て、運動場を目いっぱい駆け回っていましたし、場に居るときも、家の裏地で走り幅跳びを練習したものです。こっそりと家の北裏の地面を畳一畳分ほどスコップで耕して、着地したときの衝撃を和らげる工夫までしました。脚力がついて来るにつれ、飛び上がったり跳び越したりするのが好きになったようでした。たまに子ども広場に行くと、ブランコの振り幅を利用して前方へ思い切ってジャンプするという少々危険な荒業に挑んでは得意になったものです。それなのに、走るのはそんなに速いというわけでもなく、とくに毎年行われるマラソンは、生まれつき心臓が弱かったせいか、どうも苦手というかむしろ苦痛に近いものでした。それでもこの時分は、家で机の前にじっと座って勉強するよりも、広い空の下で新鮮な空気を存分に吸いながら、運動や遊びで動き回ることの方がずっと多く、また楽しくて堪らなかったのです。

長いようで短かった初めての一学期も終わり、終業式の日に担任の優しい光橋先生から、マコトは初めての通信簿を渡されました。勉強らしい勉強をしたわけでもなく、遊び回ってばかりの記憶しかありませんでしたから、恐る恐る覗いてみましたが、まあまあという内容で安堵しました。この日ばかりは急いで家に帰って、無事に親にも手渡すことが出来ました。何とも言えない解放感が心地よく広がって来るのでした。（さあ、これから嬉しい夏休みだぞ！　何をしようかなあ）。それでも田舎のことですから、そんなに目新しい変化は期待できません。

ちょうどそんな矢先、札幌から長姉のイチエが思いがけずやって来たのです。ずいぶん久し振りのことなので、マコトはこの夏休みが期待の持てそうなものになる予感がしました。札幌ですでに幼稚園教諭を経て小学校の養護教諭になっていたイチエは、マコトとはせいぜい長期休暇のときぐらいしか会う機会がありませんでした。長女のイチエは、父フジトに似た丸顔にドングリ眼で、一木家の血統を最もよく受け継いでいました。おまけに闊達で男勝りの性格は、祖母フジによく似ていたのかも知れません。それにまたイチエは、フジのことを尊敬する熱心なプロテスタントでもあったのです。幼いマコトがこの長姉から受けた感化があるとすれば、何より「大いなるもの」への祈りのセンスとも言うべきものでした。人間は、人間を超えた何か大いなる存在によって生かされている、という「大いなるもの」への感覚を、マコトはクリスチャンであったこの長姉の何気ない言動から、一度も強制されることなしに、乾いたまっさらな砂が水をすんなり吸い込むように自然に吸収したのでした。

本州に比べて短いこの夏休みには、イチエと前後して次姉のフミエもやって来ました。次姉も、長姉が卒業した札幌のミッション系の北星短大に進んでいました。それで気が向くと、長姉は後輩にあたる次姉を誘って賛美歌を高い声を張り上げて合唱したりしていました。もちろん、父が不在のときのことです。そのほかにも、例えば食事を始める前に必ず黙して祈るというイチエの日常の習慣は、最初はマコトを不思議な気持ちにさせたものですが、そのうちに不可視な「大いなるもの」への漠然とした感覚を幼いマコトに植え付けていったのです。これは、その後のマコトの精神形成に少なからぬ意味をもつ要素となりました。人間の小賢しさなど超えた「大いなる存在」への祈り！　そのような独特の心境は、マコトの内部にも、いわく言い難い力を与えてくれたようです。

忙しいイチエが札幌に帰って間もない八月三日に、今度は皇族の義宮殿下（現常陸宮）が来場されました。そのためマコトの父フジトも、その接待や案内などの公務に忙しかったのでした。じつは前の年にも、秩父宮勢津子妃殿下が来道され、お召列車が新得駅を通過する際に、停車中の時間を利用してフジトが駅頭で場のご説明をしたことがあったのでした。マコトが自由気ままに遊び呆けている間にも、新生した種畜場は着実に発展を続け、それにつれて全国にもその名が伝わるようになり、とりわけ緑深く風爽やかな夏の期間は、各地から視察や見学や観光に訪れる人が増えて来ていたのでした。しかしそうした大人たちの事情は、マコトたち子どもにとってはまだまだ関心外のことでした。

眩しい日差しの広がる夏空の高みから見事な入道雲がのんびり見下ろしているある日の昼下がり、子どもらの間ではこんな出来事がありました。じつはこの場にも、悪ガキといってもよい喧嘩っ早い男の子が一人居たのです。マコトとは同じ年頃でした。マコトが炎天下の原っぱを手持ち無沙汰にぷらぷら通りかかると、ちょうどその子が自分より小さい子と喧嘩していじめているところでした。周りには、ほかの誰も見当たりませんでした。マコトは、末っ子生まれのせいか、自分より年下の子を可愛がる傾向が日頃からありました。それで、通りかかったマコトが見かねて止めに入ると、剣呑な形相をしたその子が、いきなりマコトの肩のあたりを建築廃材のような細い鉄の棒で殴ってきました。ところが、打ちどころが良かったのかどうしたものか、何の怪我もなければ、ほとんど痛みすらなかったのです。殴られたはずのマコトが平気な顔をしてその子を見たものですから、逆にその悪ガキの方がビックリして泣き出し、そのまま逃げて行ってしまったのです。

その後、その男の子が喧嘩をするのを見かけることはなくなりました。一方で、殴られて痛みすら感じなかったマコトは、自分でも何か不思議な思いがしたものです。奇跡を信じるような信心深い子どもではなかったのですが、何となく自分に超能力じみたパワーでもあるのでは、という気が湧いたのかも知れません。少なくとも、何か自分を超えた力が自分の中で働いてくれた、というような感覚だったのです。その後マコトは、もちろん特別な超能力者になることはありませんでしたが、自分が何か「大いなるもの」にどこかで繋がっている、という得難いセンスを内部に感得するようになったのでした。

また、別のある日曜日のことです。広い場の北寄りにあるマコトの家からは何軒も離れた南側奥の官舎に住んでいる赤城のおじいさんの家を、「渡し物をしてくれないか」という父の使いで訪ねたことがありました。赤城のおじいさんという人物は、この場に二人いる古老のうちの一人でした。他の一人は中野のおじいさんで、いつも鼻が赤いために酒飲みの噂が立っている人でしたが、本当はどうやら赤唐辛子を好物にしているせいのようでした。そんな赤鼻の中野さんにも、年取ってから生まれたまだ若い可愛げな娘さんが一人居て、場の庁舎で事務員をしていました。赤城のおじいさんの方は、父フジトの大学の大先輩でもあり、その人徳をもって用地買収の際に地主説得に奔走したこの場の草創期の功労者でした。そして、矜持心の強いフジトでも一目置くような知恵者でもありました。ただ気の毒なことに、つい最近奥さんを亡くしてからというもの、ヤモメの寂しい一人暮らしを続けていたのです。普段からとても穏やかな人格者で、マコトをまるで実の孫のように可愛がってくれたものです。

その赤城さんの家の玄関に続く通路の両側には、猫の額ほどながら、きれいに手入れされた花畑があって、その花畑の向こう陰に突き出たぼっくいに、見るからに怖い番犬が繋がれていました。それは、ブルドッグのような風貌の雑種でした。それは、玄関に入るにはどうしても避けられない関所になっていました。そのときマコトは、一瞬たじろいだ自分の心にグッと言い聞かせて、(この犬は前からの友達だから大丈夫だ、大丈夫なんだぞ)と自己暗示をかけたのです。それは、じつは冷静というより大胆と言うべき態度でした。それでもマコトは、けっきょく何の惨事にも遭遇することなく、その犬の横をそっと通り過ぎることができたのでした。どう見ても強面の犬は、何とも不思議なことながら、ただ黙ってうずくまったまま、上目遣いにマコトを見送っただけでした。そのときマコトは、何かしら恐れを超えたような開かれた気持ちが心中に生まれて来るのを感じていました。犬と実際に話すことは出来ませんでしたが、生きているもの同士でどこか暗黙裡に通じ合うような信愛の情だったのかも知れません。後で赤城さんから聞いたところでは、場の腕白どもにも恐れられていたこの犬は、実はかなりの老犬だったそうです。

ところでその日は、父からの用事が済むと、折よく機嫌の良かった赤城さんは、マコトに優しく声をかけました。

「マーちゃん、ちょっと待ってなさいや。おやつをあげるからね」

それから赤城さんは、厚切りの食パンに場で配給される牛乳をかけて手早く何やらフライパンで調理すると、二皿に分けてちゃぶ台の上に置きました。

「これはねえ、フレンチトーストっていう外国料理だよ。おいしいから食べてごらん」

もちろんマコトは、「フレンチトースト」など知るはずもありませんでしたが、甘くて柔らかいその「おやつ」をフォークを使っておいしく平らげたのでした。口の中いっぱいに蜂蜜の味が広がりました。

「甘くておいしいです」

「そうだろう。うちの場で作っている蜂蜜を入れてるんだよ」

この種畜場では、イタリアンの種蜂を飼育していました。マコトの家から小川を渡って子ども広場の横を通り、整然と並んだ多くの官舎を通り抜けて、さらに共同浴場に通じるまっすぐな砂利道を横切って越えると、赤城さんの家を含んだもう一つの官舎群があります。その奥が赤城さん宅なのですが、砂利道の手前の一角には大きな蜂塚がありました。その蜂塚は、ピラミッド型の小山になっていました。土の山でしたが、その表面はすでに短い雑草で一面覆われていました。大事なのはその内部で、土室のようになった薄暗い空間には、よく見れば何段もの網板が重ねられているのでした。その一番下には、長方形の浅い受け皿が付いており、網板を次々にしたたり落ちた蜜がそこに溜まっていくという仕組みです。そしてそれらのセットが、何棟かの高層団地のように土室いっぱいに並んでいました。じつは、この土室全体が大きな巣箱のような仕組みなのでした。

季節になると、広い牧野に咲き誇る花々の蜜を吸うため蜂たちが一斉に飛び立って行けるように、入り口の扉がすっかり開けっ放しにされます。以前にマコトがたまたま通りがかったときも見事に晴れた夏日のことでしたから、ちょうど大きな入り口が解放されていて、養蜂係のおじさんが「見てみるかい」と誘ってくれました。マコトはちょっとだけ覗いてみましたが、眩しい外光の影になって奥までよく見えませんでした。それでも数え切れない蜜蜂がいかにも忙しそうに出たり入ったりするので、怖くなってすぐ離れてしまいました。(あの蜂たちが、この蜂蜜を作っているんだなあ)。おいしいフレンチトーストに沁み込んだ深い甘味で、マコトはその蜂塚のことを思い出したのでした。

それから赤城さんは、花柄の上等なティーカップに紅茶も入れてくれました。そしてマコトを話し相手にして、独り言のように静かな声で、こんなことを語るのでした。

「マーちゃんや。あんたはまだ小さいから分からんと思うが、人間は自然に生きるのが一番だとわしは思うな。だからわしは、この場に今でも残って居るんだよ。人間の世の中っちゅうもんは、何しろゴチャゴチャしておる。悪い奴もいっぱいおる。あんたも小学生になって友達もできただろうが、自分がほんとに心を許せる友達を見つけることだねえ。この世の中には自分の知ってる人と知らない他人がいるけど、知ってる人と言ってもねえ、じつは他人以下の人が居るもんだよ。ほんとのことをよく知らないくせに、陰で悪口言ったり変な噂を立てたりする知ったかぶりが多いもんだ。そういう連中は、何にも知らない他人よりも嫌な他人以下の人間なんだよ。だから、そういう人は気にせずに、自分のことをほんとに思ってくれる人を見つけるようにすることだね。わしも長いこと生きてきたけどなあ、この世の中にゃあ知り合いと他人じゃなくて、ほんとに思ってくれる人と赤の他人と他人以下の人が居るってことだねえ。他人以下の人がけっこう多いから、世の中がうっとうしくて面倒になるんだよ。あんたも今のうちから気をつけなさいよ」

人生経験の乏しいマコトには、まだよく分からない話でしたが、何かためになるに違いないと思ってじっと我慢して聞いていたものです。

それからというもの、マコトは、ときどき暇なときに自分からこの赤城さんの家へ時間をつぶしに行くようになったのでした。「男やもめに蛆がわき、女やもめに花が咲く」と言われたりしますが、赤城さんのところは、花畑もよく手入れされ、家の中も小奇麗に片付いていて、そこに居るだけでマコトも何かほっとするようだったのです。そうして、ヤモメ古老の赤城さんは、マコトの良き理解者の一人になってくれただけでなく、身近に自分のおじいさんやおばあさんの居ないマコトにとって、時間つぶしどころか、色々とためになる人生話を優しく聞かせてくれる貴重な存在になったのです。その人生話は山ほどあったのですが、例えばある日は、指で虚空に字を書くようにしながら、こんなことを話してくれました。

「マーちゃんや。あんたの父さんとわしはなあ、真駒内の時代からずっといっしょに仕事してきたもんだ。だから、お前さんが生まれたときのこともよく知ってるよ。あんたのマコト(真)いう名前はな、ほらこういう字だろ……。この漢字は真実といっしょのことで、事実を通して見えてくる真(まこと)のことさ。あんたの父さんが、偽りのない、あるがままに現れる、そんな真実をお前さんに生きてほしいと願って付けたそうだ」

「ふうん。なんかむずかしそうな名前なんだなあ」

「いやいや、そんなことはないさ。とにかく、自分で出来ることを一所懸命にしっかりやることだ。それから、出来ないと思い込んでることにも思い切って挑戦してみる。それが立派な生きざまというもんだよ」

「ふうん。でもおじいさん。僕は生まれつき体も弱いし、引っ込み思案だって言われてるから」

「そりゃあ、誰だって欠点はあるもんだ。自分で自分に愛想が尽きることもあるさ。それでも、この世に生まれた以上は、自分をやめるわけにはいかないからね。……ひとに負けることはやむを得ないさ。それより、自分に負けることのほうが人生最大の敗北なんだよ。自殺するような気の毒な人もいるんだけど。まあとにかくね、いつの時代でも君らのような子どもは可能性のかたまりなんだからな。どんな時代でもね。自分を信じて、自分を裏切らないことだよ」

マコトは少し分かるような気がしながら、大人しく聞いていました。外では、夏空が高く澄み渡り、広い牧野に散在する樹林も緑深く、あちこちで蝉の鳴き声が響いていました。赤城さんの小さな花畑には、トンボやチョウやテントウムシも訪れていました。

おじいさんは、この日もマコトにおやつを用意するために、すぐ隣室の狭い台所に立ちました。マコトの新しい好物になった「フレンチトースト」です。例のように、食パンに種畜場産の牛乳をかけ、種畜場産の蜂蜜で上品な甘味をつけてフライパンで軽く焼く。おじいさんは、その手慣れた調理のあいだに、こんなことを独り言みたいに話してくれました。

「わしはなあ、いつも夜寝るときにゃ、これでさようならと思って床につくんだ。それで朝になって目が覚めたときにゃ、ああまたよみがえったわい、と思って起きるんだよ。そうすれば、毎日感謝の気持ちでありがたく一日一日を過ごせるというわけだね」

そしておじいさんは、流し台のガラス窓から遥かな「十勝晴れ」の青空を見上げるようにして、それからマコトの方を振り返って、こう言ったのです。

「この北海道の季節みたいに一生を爽やかに生きて終わることができたら、どんなにいいだろうね」

その日の赤城さんは、マコトの帰り際に珍しく頭をなでてくれ、玄関先まで見送ってくれました。あの老番犬も、今ではすっかりマコトになついていて、尻尾を振りながら見送ってくれました。

その後、北国の短い夏休みが終わるしばらく前の夕べ、場の正門横にある野球グラウンドで盆踊りが開催されました。皆が揃って楽しみにしている場の夏の年中行事でした。外野の広い芝生に立てられたにわか作りの櫓の上で、元気の余った若い衆が太鼓をたたき、珍しく浴衣を身につけた場の老若男女がその周りをゆるりと踊りまわる、それだけの盆踊り大会でした。マコトも太鼓を少しだけ叩かせてもらいました。屋台などはありません。特設スピーカーからは、北海道定番の『ソーラン節』や『北海盆歌』が賑やかに鳴っていました。ささやかながら、夏の風物詩を味わうことは出来たのです。この盆踊りは、古い伝統の祭りを持たない北海道の人たちが唯一共有している夏の代表的なイベントで、広い北海道中のどんな田舎町でも駅前広場などで行われる恒例行事になっていました。新得の町の駅前広場でも、やぐら太鼓に音頭が響き、こちらはいくつか食べ物屋台も出て、三々五々集まって来た町民たちが夏の夜のひとときを賑やかに楽しんだことはもちろんです。

マコトは、この夏休みの出来事を思い起こしながら、絵日記をまとめなければなりませんでした。初めての夏休みの宿題です。盆踊りのこと、虫取り網でトンボやチョウや蝉を捕まえたこと、友だちと野山や川で遊んだこと、ジョウロで何度も花の水やりをしたり、畑の雑草取りや夕飯用の野菜の収穫など家の手伝いをしたこと、そして毎日、緑屋根庁舎の南裏にあるテニスコート広場で小学生も中学生もみんな元気にラジオ体操をし、行儀よく列を作って年長者に出席表に判子をついてもらい、それが済むとようやく製乳所へ家から持参した一升瓶を提げて行ってその朝搾りたての牛乳を配給してもらったこと、そのほか思い出すことがいっぱいあって、どうも頭が混乱しそうでした。課題には、工作や絵や夏休み帳のドリルもありました。休暇中の次姉フミエから細かいアドバイスも受けて、それらを何とかギリギリで仕上げたとき、一年生の短い初めての夏休みはもう終わりなのでした。（ああ、また学校だ）

葉月八月とは言え下旬ともなれば、北海道ではそろそろ秋の気配が忍び寄って来ます。この北端の寒冷地では、道北や道東やそのほか地域によっては、すでにお盆を過ぎた頃から肌寒くなって来るのです。マコトが住む種畜場でも、もうその頃から高原の涼しげな、と言うよりうすら寒い秋風が、広くなだらかな牧草地を流れ始めます。そろそろ沢山の家畜たちのために、サイロへ牧草を取り入れる「牧草上げ」のシーズンがやって来ました。去年の今頃、母サエが「ダイヤの指輪紛失」事件を起こしたのも、出面のアルバイトで奥さんたちが活躍する「牧草上げ」の最中でした。でも今年は、広大な牧草地に点々と集められた牧草の束を、いくつも順番に大型運搬トラックに目いっぱい積み上げる作業が順調に進められていきました。もっともその当時は、現在のような大型機械ではなく、フォークのお化けのような農具（それはやはり「フォーク」とか「ホーク」とか言うのです）で牧草をすくい上げる手作業がまだ中心だったので、場の大人たちがほとんど総がかりで駆り出されていたものです。とくに奥さんたちの女手が貴重な労働力でした。それらの山のような牧草は、最終的にいくつかのサイロと大きな飼料庫に収納される手筈です。マコトの大先輩に当たるあの老サイロも、もちろんまだまだ現役で役立っていました。

そんな牧草上げのイベントもようやく一段落した頃、広大な種畜場を見守る母なるオダッシュ山とその周辺の野山には、眺める者の目も心も癒やしてくれる鮮やかな紅葉の季節がやって来ました。今年はドングリなど山の実が豊富で、山奥に潜んでいる熊の捕食活動も活発なようでした。中には麓の方まで降りてくる熊も稀にいたようで、危険なときには退治する必要もありました。この場には、東北地方の「またぎ」のような専門の狩人は居ませんでしたが、鉄砲と狩猟の心得のある人が何人か居たのです。この秋にも、熊狩り隊が至急組織され、運の悪い一頭の大きなヒグマが銃で仕留められました。そしてその夕べのこと、父フジトがその仕留められた熊の肉を分けてもらったらしく、新しい肉の塊をぶら下げて帰ってきたのです。

「熊の奴が牧場の方まで降りて来たから、ほらこのとおりだよ。ほっといたら家畜が危ないからなあ。まあ仕方ないさ」

マコトは思わず「ウエーッ」とのけ反りそうになり、一瞬背筋に虫酸が走るのを覚えました。もちろんその日の晩食では、熊の焼き肉なるものが追加で食卓に登場しました。マコトもフジトに勧められるままに、あの毛深くて怖いヒグマの姿を秘かに思い浮かべながら、恐る恐るかじって味見してみました。御馳走などあまり食べた経験もない子どもの乏しい味覚ではあったのですが、それはどうも黒っぽくて少し硬い歯ごたえの肉で、いかにも野性的な味がするように感じたものです。（ふーん、これが熊の肉なんだなあ）。それでも、別に不味いというわけではなかったので、三、四切れぐらい食べたでしょう。人生、後にも先にも熊食いの経験というのは、さすがにこれ一度きりのことでした。

名勝狩勝峠の麓一帯には、それからあっという間に晩秋がやって来ました。オダッシュ山とその周辺の野山を美しく彩っていた木々の紅葉も、今はすっかり散り落ちてしまいました。そうして、いつの間にか吹き始めた冬の使いの木枯らしが、枯れ敷いた色とりどりの落ち葉をヒラヒラ飛び散らし、裸になった樹々の梢のもの寂しい枯れ枝をヒューヒューと揺れ動かし、それまで美しい秋の風景に溶け込んでいた家々の軒端をカタカタと騒がし始めると、この内陸の高原の大地には、かけ値のない厳寒の冬がもうそろそろ訪れて来るのです。

それから程なく神無月の十月に入り、マコトの家の大事な花壇や畑にも夜のうちに冷たい初霜が舞い降りて、その霜の絨毯が天地に広がりゆく朝日にキラキラと輝くような日々がしばらく続きました。秋のうす寒さは冬の「しばれる」寒さへと日増しに深まり、マコトの家の中でも、そんな朝晩の冷え込みを凌ぐために、早々と暖炉のストーブや二階のストーブに薪がくべられる時期になりました。こうして今年も、とうとう本格的な冬のシーズンが始まったのです。どこの家々でも、大人たちが例年のように抜かりなく冬支度を済ませていました。冬場には特別に「石炭手当」が支給される北海道ならではの最初の仕事である、燃料としての石炭や薪の貯えはもちろんのこと、冬場に食べつなぐ沢庵の漬物作りや、厳寒をしのぐ冬物への衣替え、などなど……。

やがて霜月十一月になると、ご当地最高峰の大雪山（旭岳）を始めとする北海道の雄々しい山々は、暦上の霜どころではなく、世界の印象をすっかり一変させる初冠雪を迎えて、高い頂から下へと順々に歌舞伎役者の白塗りみたいな雪化粧で山肌が覆われるようになります。そうして広々した麓にも原っぱにも、この初雪を過ぎるやたちまち一挙に冬景色が広がって来ます。無言の自然もまたその摂理にしたがって冬支度を終え、そしてその自然の中で息づいている数々の生きものたちも、皆それぞれの習性にしたがって、それぞれの冬支度に必死なのです。

日本で最も寒冷なこの厳しい大地で生き抜いて自分たちの命をつなぐためには、人間に限らず誰であろうとも、それ相応の知恵と努力が求められるのです。

町の小学校でも、ベテランの「小使いさん」が大きな物置部屋からそろそろ石炭ストーブを取り出して、一階と二階の各教室の真ん中に据えつける時期がやって来ました。小学校の小使いさん（今は「用務員」と言うようです）の仕事はいろいろですが、毎日の仕事と言えば、中ぶりほどの手持ちの鐘を下げて、それを昼休み終了の合図に「カラーン、カラーン」と鳴らして廊下を回る姿をよく見かけたものです。しかし何と言っても一番骨が折れるのは、冬場のストーブ設置に違いありません。各教室や職員室のすべてに重いストーブを据え付けて、さらに煙突を付け足し付け足し延ばしていき、最後に壁の煙突穴から外へ突き出す作業は、結構面倒で煩瑣な繰り返しでしたから。その上さらにストーブの周りは、うっかり火傷などしないように金網で四角く囲って、みんなの机もさらにそれを取り囲むように並べ替えられるのです。さあこれで、何とか来年の春まで長い冬の寒さを乗り切らなくてはなりません。ところで、教室の真ん中にこの石炭ストーブが登場すると、同級生たちの会話もそのストーブに温められて自然に弾んでくるのです。やがて、「しばれる」早朝のストーブの周りでは、こんな会話が交わされるようになります。

「僕の手袋濡れちゃったから、ここに干しとくからな」

「ここに掛けてる帽子とマフラーは、わたしのだからね」

「ねえあんたたち、気をつけとかんと焦げてしまうっしょ」

「俺のゴム長靴と靴下、雪でグッショリになったべさ。ここに乾かしとくから誰も触んなよ」

「そうだ。俺は、弁当しゃっこくなったから昼まで温めとくべ」

こうして冬のストーブは、広い教室に暖を与えてくれるだけでなく、囲いの金網が物干し場に利用され、ストーブ周りがレンジ代わりになり、ストーブにのっているヤカンから立ち昇る水蒸気が湿度調節をしてくれるのです。また休み時間ごとに、寒がりの子らは、ストーブの周りに寄って来て霜焼けになりそうな手をかざして一息つきます。そんな具合に、ストーブが独特の社交の場を作り出し、心身ともにクラス全体の温もりの中心になるというわけです。

そうして、いよいよ暦も一年最後の十二月に変わって冬将軍が本格的に暴れ始めると、あたり一面すっかり雪景色の白銀世界に包まれて来るのです。やがて、場の山野はもちろん、新得の町も小学校も、その他の建物や家並みも、すべて見渡す限りが深い雪に埋もれるようになります。そんな厳しい真冬のある日のこと、道央地方に広がるここ新得の山麓地帯には、悪名高き「狩勝おろし」の北風が容赦なく吹きすさんでいました。牧野も町も、すべて白くぼやけていました。小学校からの帰路、あいにくその日はさらに新しい大雪が降り積もって、おまけに下校時にはひどい悪天候となり、横殴りの吹雪が視界を遮っていました。新得の町から帰って来る場の馬ソリにでも行き会えば、その後尾に後ろ向き座りの姿勢でちょこんと乗せてもらうこともできました。樫の木でできたような頑丈な馬ソリとそれを引っ張るがっしりした体躯の頼もしい労働馬。けれども、なぜかその日は下校前に天候が急変して、猛吹雪にすっかり埋もれてしまった帰り道には、覆い尽くした新雪以外には、馬ソリどころか誰の人影もまったくありませんでした。畑の防風林として植えられているカラ松の並木が、一丁ほどおきに列を作っていましたが、それも歯のすいた櫛のように侘しい裸木姿を真っ白い雪原に晒しているだけの一面のかすんだ雪景色で、丸太製の電信柱が立っていなければ、道路の見分けさえつきにくかったのです。

根室本線の新得駅から五〇〇メートルほど南へ行った線路脇には、林業の盛んなこの町らしい広い貯木場があって、まるで「材木団地」のように積み上げられた丸太の群れがいっぱい並んでいましたが、そのすぐ横の鉄道踏切から種畜場の正門まで、幅四メートルほどの砂利道がずうっと一直線に伸びていました。春が訪れると「馬糞風」が吹き抜け、夏にはそよ風に砂ぼこりが立つその砂利道も、真冬の今はすっぽり新雪に埋もれていました。新一年生のマコトは、誰の姿もまったく見えないその田舎道を、全身の隅々までも凍るような寒さや孤独な心細さと闘いながら歩き続けました。たった一人ぼっちの雪中行軍！　何しろそれは、生まれて初めての「死にそうな」経験だったのです。腰まで埋まりそうな雪道に泣きべそをこらえながら、毛糸編みのボッコ手袋の中の手もいつしかかじかんでしまい、目頭に思わず滲んでくる涙もがたちまちに「しばれる」ばかりの厳寒の吹雪のまっただ中を、それでもマコトは歯を食いしばって必死に歩き続けました。(もう少し頑張れ……もう少しだぞ)。一歩一歩進むゴム長靴の中にも「しゃっこい」雪が隙間という隙間にびっしり忍び込んで、これはきっと後で霜焼けになるに違いありません。(霜焼けになったら痛痒くて厭だなあ)。三キロ余りの道のりが、小さな少年にとってこのときほど果てしなく遠く感じられたことはありませんでした。それでも、ようやくにして種畜場の門に辿り着いたときの何とも言えない安堵感！

それはマコトに限らず、北国に暮らす者が誰でも強いられる忍耐の試練でもありました。しかしどんな苦労の経験でも、いつかは何かしら役に立つものです。北国の人々は、こうして厳しい自然という無言の教師から、下手な泣き言など言わない忍耐強さをたたき込まれるだけでなく、人間界でなら幅をきかす見かけの見栄やはったりなどはこういう素の自然に対しては一切通用しないということ、おのれの正味で正直に生きるしかないという教訓をみっちりたたき込まれるのです。しかも、道産子の取り柄と言えば、ただ受動的に忍耐するのではなく、忍耐をとおして合理的に工夫改良する進取の気質というものを、開拓者の厳しい歴史と精神風土のなかで培ってきたことなのです。そしてその逞しい合理精神こそ、フロンティア精神であり開拓者の遺産なのです。マコトも、このとき少しはそのことを体得したに違いありません。

雪に埋もれるほどの酷な経験は、幸いそれ一度きりで済みました。次の日からマコトは、父の勧めでスキー通学をすることにしたのでした。もともと学校には、地元ならではの生活の知恵というのでしょう、ちょうど場の方に近い裏玄関の片隅に、子どもたちのスキーを立て掛けておく場所が特別に用意されていました。とくに雪の多い日には、置き傘ならぬ置きスキーを使って下校することができるように、しっかり配慮されていたのです。マコトは、父のお下がりで手作りの古いシンプルな板スキーをそこの片隅に収めたとき、（さあ、これでもう心配ないぞ）と少し安堵したものです。実際それからというもの、通学時に泣くような惨めなことは二度とありませんでした。そうして間もなく変化に富んだ二学期も無事に終わり、今度は初めての長い冬休みを迎えました。

冬休みに入って数日経った頃、札幌の短大に在籍している次姉フミエがやって来ました。家族思いのフミエがやって来ると、家の中が何か和やかな空気になるので、マコトにも自然に笑顔が戻って来ました。そしてフミエは、クリスマス・イヴの二十四日に二階の押し入れから大きな箱に仕舞ってある小型クリスマスツリーを下ろしてきて、マコトの勉強机のある和室の床の間に据えつけてくれました。もちろん本物のモミの木ではありませんが、父フジトが子どもたちのために誂えた長年馴染みのクリスマス用品でした。マコトも一緒に手伝って、サンタクロース人形、橇や十字架の形をした飾り小物や色とりどりのオーナメントボール、それに松ぼっくりや綿雪などを小さなツリーに万遍無く丹念に飾りつけ、その上から金色銀色のクリスマスモールと赤青黄色の豆電球がついたコードを巻きつけるとようやく完了です。高校生の三姉ミサエと中学生の末姉ヨシエは、自分たちのことにかまけて興味がないようでした。ミサエは、自由な時間を趣味の油絵に費やしていましたし、食いしん坊のヨシエの方は、台所で何かお菓子をつまみながら、何やら流行歌のような歌を口ずさんでいました。外はまだ暗くなっていませんでしたが、フミエが試しに電球のコードをコンセントに差し込んでみました。無事に三色の明かりがツリーいっぱいに点滅し始めると、マコトも思わず顔がほころんでしまいました。

欧米とは異なり、当時の日本の田舎では、クリスマスを祝ったり、クリスマスプレゼントを贈ったりする風習はほとんどありませんでした。マコトも、プレゼントのことなどは頭になかったのでした。ただ何となく、西洋伝来の年末行事が楽しかったのです。四方を海で囲まれた島国の日本人は、もともとお祭り好きな民族でもあるので、海外から入ってくる文化をあまり抵抗なしに受け入れて、それをちゃっかり行事に取り込んでしまうのです。クリスマスも、特別な宗教心も無しに、年中行事の一つとして楽しんでいるのです。マコトもやはりそうした日本人の一人なのでした。でもクリスチャンである札幌の長姉イチエは、きっと札幌の町にある教会でのクリスマス・ミサに厳粛な気持ちで出かけているでしょう。たとえ純粋な信仰心を欠いた日本人であっても、本来粛々としたクリスマスの聖夜に、わずか一瞬でも清らかな思いに触れることが出来るなら、それはそれで十分意味のあることでしょう。ただし、そういう尊い「クリスマス体験」は、残念ながらこのときのマコトには縁がなかったようでした。そしてクリスマスの日が過ぎるとすぐに、家族伝来のツリーはまた箱に片付けられ、もとの暗い忘却の押し入れの奥に仕舞い込まれてしまいました。

ほかの家族たちは、正月準備の方にすっかり気が奪われていました。近所の人たちも毎年の要領にしたがって、おせち料理やら飾り付けの準備やら玄関先の雪かきに追われていました。母サエも、このときばかりは目が覚めたように、姉たちに手伝わせながら正月料理の支度に取りかかっていました。父フジトは、祝日には裏口のポールに日章旗を上げる律儀な習慣を守っていましたが、元日だけは特別に旗竿付きの日の丸を玄関横に立てるので、その準備点検にかかっていました。そんな生活のしきたりに忙しい師走の雰囲気の中で、その年も大晦日を迎えました。もちろん、お寺の除夜の鐘など聞こえません。一面の雪景色に静まり返った白銀世界、その中に官舎の家々の僅かな団欒の明かりがぽつぽつと灯っているだけです。田舎のなんとも平和な穏やかな年越しです。

明けて正月元旦は、朝から実に心地よい快晴でした。空高く冬の「十勝晴れ」です。しかし澄み切った外気は、シーンと冷え込んでいます。マコトは、父母や姉たちと正月の雑煮を食べ、おせち料理を少しだけつまんで腹に収めると、「御馳走さま」を言うのもそこそこに、外出の身支度を始めました。次姉フミエが編んでくれた、てっぺんにボンボリのついた青い毛糸の帽子をかぶり、それから毛糸の手袋をはめて、ジャンパー姿にマフラーを巻いた格好をしてから、裏口でゴム長靴を履くのももどかしく外へ飛び出しました。そして、父が日の丸を立てた玄関にまわると、その周りに降り積もった雪で、今年最初の雪だるま作りに取りかかったのでした。

最初に、まだ新鮮な純白の雪を両手で集めて塊を作り、その雪の塊をあちこち転がしているうちに段々大きくなっていきます。そうしてまずは大玉を作って手頃な位置に据え、その上に後から作った小玉を「よいしょ」とのせて、（さあ、顔はどうしよう）と思案しましたが、ちょうど目の前の玄関脇にはズングリした松が雪を被って立っています。その細長い緑の針葉をちょっと失敬して、目と鼻と口を何とか按配しました。雪だるまが一丁上がりです。

それが終わると、今度はさらに大人が使うスコップで辺り中の残り雪をかき集めると、スコップの裏でパンパン叩きながら、何やら長方形に雪を固めて整えました。こちらの作業は、けっこう骨が折れます。すでに体中がポカポカ温まって、吐く息も白くなっています。ようやく固め終えると、次に中を掘り下げて四角く階段状にくり抜きました。それから外回りを思案気な面持ちで慎重に削り始めました。それにはかなり時間を費やしたようですが、ようやく出来上がってみると、どうやら車らしき代物です。都会の遊園地にでもありそうな子ども用のオープンカーのようでした。中の階段は一人乗りの座席のつもりらしく、外回りには車輪らしき丸い彫り物が左右二カ所ずつありました。きっと何かの絵本で見たことがあったのでしょう。それからマコトは裏口に戻ると、父が大工道具などを仕舞ってある裏口横の物置部屋に忍び込みました。隅っこに重ねてある木材の中から手頃な板きれを一枚見つけてこっそり持ち出すと、それを自作の雪車の座席部分に敷きました。これで一応完成です。早速乗り込んでみると、少々窮屈ですが、まんざらでもない気分です。（うん、まあまあかな）

マコトは、自分が三歳になった昭和二十五年から始まった「さっぽろ雪まつり」のことは何も知りませんでしたが、雪をいろんな形に造形出来ることはよく知っていました。こうして、それ以来毎年雪が厚く積もる時期になると、マコトの「一人ぼっちの雪祭り」が秘かな楽しみになったのでした。このときも、マコトは早々と思いました。（来年は何を作ってやろうかなあ）

ところで、マコトが一心不乱に作業している姿を、隣家の吉川さんのマサル兄さんがそっと目撃していたのでした。普段ほとんど顔を合わせることもないマサルさんは、マコトが「車」に乗り込んで一人悦に入っているところへニコニコしながら近づいて来ると、珍しく声をかけました。

「マーちゃん、何作ったんだい。……ああ、これ自動車かい。上手いもんじゃないか。一人でよく作ったなあ。一人遊びが好きなんだね。……あのねえ、あしたなんだけど、うちで正月の餅つきするからおいでよ。お母さんといっしょにおいで。おばさんにちゃんと言っといてね。それじゃまたね」

マコトは餅は大好きでしたが、自分で餅つきしたことはまだありませんでした。それで早速このことを、母サエに嬉しそうに伝えました。そして翌日の午前中から、サエとマコトは家に保存してあったもち米を二人で抱えながら、吉川さん宅を訪れました。吉川さんのところには、マコトの家にはない立派な臼と杵があったのです。吉川さんのマサルさんとおじさんやおばさんも待っていてくれました。ヤッちゃんも手伝う気満々で後ろに控えて居ました。吉川さんちのもち米は、すでに炊き上がってお釜の中で湯気を立てていました。そして一同揃ったところで、玄関口のたたきに木臼を据えて合同の餅つきが賑やかに始まり、つき上がるごとに、すぐ隣の台所の薄く粉を引いた板の上で、ほかほかの餅を平たく伸ばし、少し冷ましてから出刃包丁で名刺大に切断していきます。そうして次々と、お盆や大皿の上に柔らかい出来たて餅が並びました。サエが後から炊いたもち米も、早速何種類かの餅に姿を変えました。白い切り餅のほかにヨモギを混ぜた草餅や小エビを散らしたエビ餅や煎り豆を入れた豆餅も少し作ったでしょうか。それに、十勝名産の小豆のアンコが入った丸餅も沢山作りました。マコトは初めて杵を持たせてもらい、少しだけつかせてもらいました。小さな子には、恐る恐るの難儀な力仕事でしたが、楽しい思い出の経験になったのでした。

また別の部屋では、母サエとおばさんとヤッちゃんの女組が、細く分かれた柳のしなやかな枝の何本かに色とりどりの繭玉をつけていました。繭玉は、外から見ると丸い小さな麩のようですが、中は空洞でした。半球に割れている片割れ同士を枝を挟むようにくっつけると丸い球に戻るのでした。もち米が含まれているのか、端を水で湿らせると簡単にくっつくようでした。マコトは、(可愛げな飾り物だなあ）と思いながら、それが何のためのものかは分かりませんでした。予定の作業がすべて終わると、まだ温もりの残る餅を沢山分けてもらい、家に抱えて帰って家族みんなといっしょに食べたときには、何とも言えない満足感が体中に広がって来ました。そのおかげで、この年の正月は忘れがたい特別な正月になったのでした。

　この一月二十三日の誕生日が来ると、マコトも七歳になります。小学校に入って漢字も少し覚えたので、姉たちがカルタ取りの仲間に加えてくれることになりました。凧揚げは、風さえ吹いていれば一人でも出来ますが、カルタ取りは相手が居なければ出来ません。その日は、姉たちが正月行事のカルタ取りをしようという日でした。二階の広い南向きの畳部屋に、フミエとミサエとヨシエが集まり、押し入れからカルタを取り出して畳の上に並べ始めていました。横においしそうなミカンが、山盛りになって控えていました。カルタと言っても北海道のカルタは、「小倉かるた」のような見栄えの良い多彩な絵札があるわけではなく、「板かるた」と言われるまったく地味なもので、板製の札に墨一色の筆文字で百人一首の歌を書いた大人向きのカルタでした。いかにも厳しい風土の中で考案された産物らしく、愛想がない代わりに、簡素で丈夫で長持ちする娯楽道具だったのです。取っつきにくくて子どもには難しいそのゲームを、マコトも「あんたも小学生だから、試しにちょっとやってごらん」と促され、行儀よく並べられた沢山の板カルタの前に、姉たちといっしょに正座する仕儀となりました。しかしやはり、草書体と言うのでしょうか、なめらかに崩れた筆文字は、たとえ平仮名であっても読めたものではありませんでした。とても歯が立たないうちに、足は痺れてくるわ、慣れない緊張のため疲れるわで、ついに我慢も限界に来たものです。

「ぼく、こわい（疲れる）から、もうやめるよ。横で見てるから」

「なんだい、やっぱり無理かい。しょうがないねえ」

ジーンと痺れた両足をやっと伸ばして一息つくと、そっとミカンに手を伸ばし、小さな片手に二つばかり摑み取りました。黄色く光る果皮を剝きながら、(こんなにめんどくさいゲームが、どうして面白いんだろうなあ。それより独楽回しの方がずっと面白いや) と腹の中で呟いたものです。ところが姉たちは、家での練習を何回かつんだ後で、緑屋根の庁舎の二階大広間で毎年開催される場の正月恒例のカルタ大会に出場したのでした。しかしその結果については、ほとんど興味のないマコトの耳にはけっきょく届かず仕舞いでした。

こうしてクリスマスから正月行事まで一通り終了し、マコトは残り少なくなった冬休みのことを案じながら、凍てつく戸外を見ていました。勉強机のある部屋に入り、机の前の背もたれ椅子に腰を掛け、北海道特有の二重窓になったガラス越しに、小道の向こうの一本の桜の木をじっと見つめました。それは、花の咲かないサクランボの木で、まだマコトと同じ年頃の若い木でしたが、冬の寒風の中、雪景色の中で、一糸まとわぬ健気な佇まいで、それでもめげずにしっかりと立っていました。マコトの日々の成長とともにそのサクランボの木も日々成長する、間違いなく「命の同志」と言ってよい存在でした。父のフジトがそこまで考えて植えたかどうかは分かりませんが、マコトには何となくそう思われたのでした。マコトの日々の生活の中で最も尊い経験と言えば、それはこの命の共感というべき経験だったのです。もっとも、そのことにマコトがしみじみと気づいたのは、ようやく人生も黄昏近くになった頃でしたけれど。

長いと思っていた初めての冬休みも、終わってみればつかの間の幕間劇でした。それでも、いろいろ遊びも楽しんだし、宿題も何とか済ますことが出来ました。これから入学後初めての、そして一年生の締め括りの三学期が始まります。そう言えば雪深い北国の学校では、この学期ならではの恒例行事が待っているのです。それは、「スキー授業」というものでした。町の小学校の北の方角には、佐幌川沿いに徒歩で行ってもさほど遠くないところに新得山という五〇〇メートルに満たない手頃な山があって、そこは町民のスキー場にもなっていました。ヒュッテも何も無いのですが、「新得山スキー場」と呼ばれていました。小学校では、冬期の体育の時間をまとめて、一日をそっくりそのまま「スキー授業」に当てるのです。みんなそれぞれが肩にスキーを担ぎ、正門脇で雪を被った二宮金次郎像に見送られて、もちろん背中のリュックには弁当や水筒詰めのお茶も忘れずに、町はずれの山に向かうのです。その物々しい行進は、傍目にはなかなか壮観な光景です。

そうして山に着くと、各学年ごとに時間配分しながら練習するのですが、集団行動の苦手なマコトにとって、これは楽な授業ではありませんでした。それでも、スキーを担いで汗をかきながら上まで登り、ときどき尻もちをつきながら何とか滑り下りて来る、その繰り返しを何度もやっていると、嫌でもスキーに馴染みが出来るものです。もちろんリフトなどという便利な代物はまだありません。すべてが、自分の体を張って行われるのです。そうしてスキーそのものが自然に体感されるというわけです。それはそうとマコトにとっては、雪の山腹に敷物を敷いて、みんなと一緒におにぎり弁当を食べるのが何より愉快なことでした。ともかくこのスキー授業と、そしてスキー通学の賜物で、マコトのような生来の虚弱児にさえ、スキーは身近ないわゆる「下駄のようなもの」になっていったのです。

冬休みのあと、正月と誕生日もすでに過ぎて、マコトは七歳になっていました。それでも「しばれる」冬場の通学は、相変わらず辛い修業のようなものでしたが、心中に多少の自覚が芽生えて来たのか、毎日何とか頑張って登校し、ひどい吹雪の日には置きスキーで下校したりもしました。学校では、昼休みには雪の積もったグラウンドへ真っ先に飛び出して、気の合った級友たちと雪合戦をしたりして時間を過ごしました。根雪が残るこの三学期の間には、新得山の「スキー授業」も何度か実施されました。そんな生活を続けていたおかげで、マコトの生まれつき虚弱な体にも、少しずつながら力が付いてきたようでした。学校から帰宅したあとでも、家の中にぬくぬく閉じこもっているよりは、むしろ寒い戸外に出て冷たい雪の中を遊び回ることが多くなりました。一人だけのときでも、何かしら遊びを考え出しては楽しんでいたものです。

そんなある日曜日のこと、窓から見ると広い空はカラッと冬晴れなので一人でブラリと外に出てみました。すると、白い砂利道を挟んでちょうど家の北側の向かい手にある雪が積もった馬場で、パッパッと激しく雪煙りが跳ね上がっているのが目に入りました。木柵まで近づいてよく目を凝らしてみると、がっしりした褐色の農耕馬が、これまたがっしりした馬ソリを引っ張って、ときどきいななきながら必死に突進しているのでした。馬ソリには、耳あて帽を深々とかぶった男が、これまた必死に手綱を操っているところです。

マコトが農耕馬と思った大きな馬は、じつはフランスから輸入したペルシュロン種の立派な種馬でした。そのチョコレート色に光る艶々とした馬体の肌からは、真冬の寒空の下というのに、盛んに汗が蒸気になって発散しているようでした。（ああ、そうか！　これが輓馬競争なんだな）。そうマコトは思ったのですが、帯広の名物行事になっている本当の「輓馬競争」というのは、馬ソリに砂俵を積み上げて、しかも坂をいくつも越えてゴールを目指すという、もっともっと過酷な、言わばプロの競争なのです。本番ではゴールに辿り着けない馬もいるほどなのです。ですから、マコトが見ていたのは、ただ冬場の運動不足を解消し、衰えた体力を回復するための訓練だったのかも知れません。

いずれにしても、この寒風の中で汗をかきながら頑張っているその姿を目にして、マコトは自分の中からも何かジワジワと力が湧いてくるような気がしたものです。はるか遠いフランスからやって来たこの一頭の馬が、この北海道の地でさらに一段と逞しく成長している。それは生きものというか、生命そのものの限りない可能性を感じさせる光景でもありました。マコトは、この見事な馬が激しく雪煙りを立てながら重いソリを引っ張って白い馬場を何度か周回するのを見届けてから、何を思いついたものか、もう一度家に戻ってソリを持ち出したのでした。

そのソリと言うのは、父が荷物運びに使ったりするもので、ガッシリした樫か何かの木材で組み立てた、やや大き目の立派なソリでした。冬場には父がいつも裏口横に立て掛けてあったものを、マコトは黙って持ち出したのです。そして、繋いであるロープで力いっぱい引きずりながら、まず庁舎前の雪道を通り過ぎ、それからオダッシュ山の裾野を流れ下るヤスダ川に架けられた大きい方の橋を渡りました。そのすぐ先には、まるで母なるオダッシュ山の裾にすがりつく子どもみたいな丸っぽい山、通称ダンゴ山がちんまりとうずくまっています。

マコトは、新雪に覆われたその穏やかなスロープを、ソリと縺れ合うようになりながら、ゆっくりはすかいに登っていきました。丘と言ってもよい小山ですが、ソリ滑りをするには十分です。背中にうっすら汗をかきながらテッペンに辿り着くと、ホッと一息ついてから麓を見渡しました。ちょうど真っすぐ降りたところに、ヤスダ川の傍流に架かった小さい方の木橋が見えます。ソリが何とか通れるほどの狭い橋です。（よし、あそこを通り抜けてみよう）。父からの性格遺伝か、マコトには無茶な冒険心が湧いてきました。

その橋に続く小道の両側には、冬枯れの林が広がっており、さらにその向こう側には、子どもたちには立ち入り禁止区域である種馬畜舎と人工授精所が並んでいます。大人に見つかったりしたときは、必ず「子どもはあっちへ行け」と叱られるのです。そこで念のためもう一度周りを見渡すと、どうやら誰も居ない様子でひっそりしています。（よし、あの橋を滑り抜けてやるぞ）。マコトは再度自分に言い聞かせると、重いソリを慎重にその方向に向けました。

前方の狭い橋の上にはうっすら雪が積もっており、わずかに顔を覗かせている川面にもうっすら氷が張って雪がかぶさっています。「よしっ」とマコトは、真っ白な静寂の中で自分に合図を発してソリに乗り込むと、ある限りの全体重を前方へ傾けました。ソリの先端が坂に沿って下を向くと同時に、いよいよ滑走が開始されました。そのまま順調に加速しながら滑り降りていきます。そして、ほとんど「アッ」と言う間もなく目標の橋が目の前に迫り、そして「アッ」と言う間もなく、鉄の滑り板を貼ったソリの右足が橋の端をわずかに踏み外して、そして「アッ」と思った瞬間に、マコトはソリと運命を共にしていたのです。

惜しくも計算の狂ったソリは薄く張った氷を破り、マコトは冷たい川の水に膝から下が浸かっていました。不幸中の幸いか悪運が強いのか、ここの流れは細く浅い小川になっていました。予想外の悪夢を見たようなマコトは、それでも我に返るなり必死でソリを引き上げたあとで、自分の生身が凍りつきそうなのに改めて気づきました。よく晴れているのに、吹き下ろしの寒風が強く、濡れたズボンはたちまちパリパリになり、氷水の入り込んだゴム長靴の中の靴下と足も、とっくに冷え切っていました。それでもこのときは、泣くことも忘れて不思議に冷静な気持ちになっていたのです。何しろ自分で招いた災難でしたから、凍えた我が身に鞭を打って、濡れて一層重くなったソリを引きずりながら、何とか家まで辿り着いたのでした。

ちょうどこの日は父が朝から留守でしたから、マコトはすぐさま裏口で長靴を脱ぎ棄てると、薪が赤々と燃えるストーブにこの世の救いを求めるように駆け寄りました。折しもその傍で、いかにものんびりとキセルをふかして自分の世界に浸っていた母サエが、急に安眠から起こされたような目をしばたたきながら言いました。

「まあ、どうしたんだい。……なしてズボン濡れてるんだい」

「ソリでダンゴ山の川に落ちたんだ」

「やれやれ、何するもんだか」

それでもサエは気を利かせて、濡れたズボンと靴下を脱がせてくれました。マコトは、急いで着替えてからストーブにかじかんだ両手をかざして「ほうっ」と息をつくと、ストーブに載っているブリキヤカンの口から蒸気が元気な音を立てて立ち昇るのを見て、寒中暖を得られることの有難味というものを、今さらながらつくづく感じるのでした。サエは、そんなマコトの心中にはとんと無関心な様子で、お盆にのせた餅と金網を持って来ると、おもむろにストーブの上で焼き始めました。やがて焦げのおいしそうな匂いが漂い始めました。

「おなかすいたべさ。餅でも食べるといい」

「うん。それ正月に吉川さんとこで一緒についた餅だね。まだあったの」

「そうさ。まだ沢山残ってるから、いっぱい食べるといいさ」

「このアンコ餅、甘くておいしい。熱いけど体があったまるなあ」

「そうかい。そっちのは黄粉で食べたらおいしいんだけどねえ」

「砂糖醤油でもおいしいよ」

「お茶もいるかい。……ああそうだ、沢庵も食べるかい」

「いや、お茶だけちょうだい」

こんなことを言い合っているうちに、マコトの「なまら、しばれてしまった」体も心も、ようやく元に戻って来たのでした。

見渡す限り根雪に閉ざされ、「狩勝おろし」の寒風が吹きすさぶ厳冬もそろそろ終わりに近づき、冷え切って張りつめていた大気にも、どことなく穏やかな明るさが感じられるようになって来ました。小学校一年目の三学期は、マコトにとって今までで一番つらい時期でしたが、風邪で寝込んだとき以外は何とか頑張って通学を続けました。雪道の登校も、ときどきは場の友達と一緒になることもあるので、けっして心細くも孤独でもありませんでした。何回かはスキーで登下校した日もありましたが、それも今ではむしろ楽しみの一つになっていました。学校の教室に入れば石炭ストーブが部屋の真ん中で元気に燃えているし、昼休みにはグラウンドに出て雪合戦も出来るし、それに寒い日には、屋内体育館に置いてある跳び箱や平均台で時間つぶしすることが出来るようになりました。

この三学期の目玉である「スキー授業」も、一月、二月の間にすでに何度か実施されました。「授業」と言っても、「スキー教室」とは違って特別のレッスンがあるわけではないのです。体育の先生が少しだけ基本指導してくれましたが、プロのインストラクターではないので、残りの時間はほとんど自由に遊ぶことが許されていました。それで、跳躍運動に少々自信があったマコトは、ゲレンデの端っこに有志の級友と組んで、雪を踏み固めた小さな飛び台を作り、スキージャンプの真似ごとを始めました。それまでジャンプなどしたことは無かったものの、けっこうスリルがあって爽快なのです。たいした距離は飛べないものの、気持ちだけはジャンパーになった気分でした。

どうやらマコトには、なぜか空中を飛ぶことに憧れがあるようでした。以前からよく見る夢と言えば、スーパーマンのように空を飛ぶ夢でした。当時はまだスーパーマンの映画など観たことがありませんでしたし、テレビで観るようになったのもずっと後のことですから、自分のイメージの中から生まれた夢だったのでしょう。人家の屋根の上をタタターッと助走したその勢いで空へサッと手を伸ばして飛び出すと、野山や町の家々を眼下に見下ろしながら、かなりの距離を飛び回るというパターンの夢を何度も見たものです。精神分析の夢判断で分析すれば、マコトの何か隠れた願望を象徴していたのかも知れませんが、とにかく空飛ぶ夢が自分でも痛快で、何回見ても飽きないのでした。

そんなこともあって、マコトにとってのスキーの楽しさは、ゲレンデを左右にクネクネ曲がりながら巧みに滑るクリスチャニアなどの回転競技よりも、空中に飛び出すジャンプ競技の方に感じられるようになったのです。そのほかには、日頃のスキー通学で足腰を多少鍛えたおかげで、クロスカントリーというか距離競技が馴染みと言えば馴染みでしたが、体力がもともと乏しいマコトには、マラソンと同じ疲労を伴うこの競技は、けっきょくあまり好きにはなれませんでした。いずれにしても、とにかく冬の三学期の思い出と言えば、おにぎり弁当持参で友らと「遊んだ」新得山でのこの「スキー授業」がやはり一番だったのです。

こうして、戦争を知らないベビーブーマーたちが初めての三学期を厳しい寒さに負けず平和に過ごしている頃、広い世界では不気味で不穏な出来事が起こっていました。暦の上では弥生の春めいた季節、しかし北海道ではまだこれからが雪解けという三月になって、暖かい太平洋マーシャル諸島のビキニ環礁では、大国アメリカによる水爆実験が強行され、ちょうど遠洋漁業中であった日本の漁船第五福竜丸が運悪く被爆したのでした。広島、長崎と核兵器原爆の破壊力と殺傷力を世界で唯一体験した被爆国日本が、十年も経たないうちに再び放射能の洗礼を受けることとなったのです。幼いマコトたちが、戦後の民主主義教育の中でのびのびと成長を始めたちょうどその時期に、無邪気な子どもたちの牧歌的なメルヘンの彼方の現実世界では、大人たちが実演する深刻で大きな悲劇、いやむしろ一種の悪魔の喜劇が起こっていたのでした。

破滅に繋がるそんな不穏な世界情勢とは反対に、マコトが住んでいる種畜場では、北見の手前にある訓子府の牧場（分場）に分散していた業務や人員を収容するため、この年も必要施設の拡張や増設が進められ、さらなる建設と発展が継続されつつありました。破壊と殺戮ではなく、建設と生産を志すことこそ、開拓者魂にふさわしいことなのです。「生きて創造せよ！」、それこそは厳しい風土と歴史を生き抜いた先人の開拓びとたちの誇りと熱意が残してくれた無言のメッセージなのです。けれど、そのような先人たちの汗と血から生まれた尊い志が、果たしてマコトのような気ままに遊び回っている子どもの心中にまでもしっかり受け継がれていたものかどうか、それは誰も知らない、神のみぞ知ることとしか言えません。

昭和二十九年、四月。早生まれで七歳のマコトは、無事に二年生に進級しました。「無事に」と言うのは、すぐ上の末姉のヨシエが小学校から中学校へ上がるときに、成績上の問題で一悶着あったからなのです。教師からも「はんかくさい」生徒と暗黙のレッテルを貼られていたヨシエは、父の尽力のおかげで何とか中学生になれたのでした。中学校はすぐ隣にあったのに、ヨシエが実際に中学校に移る際にはひと苦労あったのでした。そんなこともあって、父はマコトの学校生活にも、陰で気を配っていたようです。しかし父の心配をよそに、マコトは相変わらず大いに遊び回り、そして適当に勉強もし、自分のペースで過ごしていました。

ただし、いざ始業式の日に登校して二年生の教室に恐る恐る入ってみると、級友の顔ぶれはそのままでしたが、担任の先生が交代していました。(あれっ、どうしたんだろ)。ようやく慣れた男の光橋先生から知らない女先生に代わっていたのです。松原先生という若い新任の教師でした。それでも、光橋先生と同じように優しげな印象を受けたので、今までのペースのままで行けそうな気がしたマコトは、そこでひとまず安心したのでした。何となくホッとしたマコトは、日頃姉たちに何かと面倒を見てもらっている末っ子の経験から、(女先生の方がいいかも知れないな)などと、この大事な初日から一人勝手なことを考えていたものです。

その後マコトは、松原先生とはほとんど会話の機会もなく過ごしていたのですが、（先生は、クラスのみんなと同じように自分のことも考えてくれている）と何となく嬉しくなったことが一度ありました。それは、一学期も大分進んだ頃、五月の春の遠足のときでした。五月は、北海道では一年のうちでも気持ちのいい春本番の季節なのです。そして、二学年の遠足の行き先は、意外にも種畜場ということになりました。学校から三キロほどの道を、皆で行列を作ってぞろぞろと徒歩で行きました。マコトは、自分がいつも通い慣れた道を町の同級生らと歩くのは、何か変な気持ちがしたものです。遠足に行くというよりも、家に帰るという思いがしたものです。

丸太造りの正門を長い行列が通り、広い場内の道を進んで行くと、やがてクローバーの原っぱと白樺並木の向こうに、赤い屋根に白壁の場長宅がみえて来ました。ちょうどその北側の道を通りかかったとき、松原先生が皆に聞こえるように「あれが一木さんの家でしょ」とふいに言ったので、マコトは（どうしてそんなこと知っているんだろ）と訝りながら、町の同級生たちが「へえーっ」と驚いているので、何となく恥ずかしいような誇らしいような妙な気分がしました。自分たちの生活の場が同時に観光地でもあるような土地柄の人たちには、きっとそれに近いような心持ちがあるのでしょう。遠足の一行は、今度は緑屋根の庁舎を眺め、それから赤屋根の大きな畜舎の群れを傍で見上げ、牛や馬や珍しい動物たちをひとしきり見学して回りました。お昼には、通りすがりに見かけたクローバーの原っぱで弁当を広げることになりました。普段マコトの遊び場の一つになっていたその草っ原は、至る所にクローバーの白い花が顔を出していて、ゆっくり休憩するのに手頃な雰囲気の場所だったので、きっと先生も事前に目をつけていたのでしょう。

そうして場内見学も食事も済んで、それからひとときも自由にくつろいだあと、先生と町の子たちはもと来た道をまた帰って行くのでしたが、場の子たちはそのまま現地解散で放免になりました。その夜マコトは、寝床の中でその日の松原先生のあの一言を思い出していました。(先生は、きっと僕のことを気にかけてくれているんだ)。マコトが松原先生のことが好きになったのは、まことに単純ながらその日からのことでした。

また小学校には、小崎先生という音楽の女先生が居ました。その先生のおかげで、マコトがその後の人生を通して音楽好きになった大きなきっかけが得られた、と言っても過言ではないのです。じつはその頃マコトは、父フジトに「お前は音痴だな」と決めつけられていたのでした。

家には、歌好きなすぐ上の末姉ヨシエが居ました。この姉は、生まれつき脳に支障があって何かと振る舞いが不器用で、まだ赤ん坊だったマコトを子守中に床に落としてしまったこともありました。それに勉強もさっぱり身に付かず、中学で落第するほどの気の毒な劣等生だったのです。父は、そんなヨシエを半ば蔑み半ば諦めたように、「ノータリン」つまり脳足りんと、ときどき薬名めかして冗談半分に呼んでいました。反抗はしなかったものの、当人にしてみれば、さぞかし嫌な思いをしていたに違いありません。誰しも自分の「生まれつき」を自分で選ぶことなど出来ないからです。それでも末姉のヨシエは、歌うことだけは得意だったのです。それでほとんど毎日のように、その当時ラジオや蓄音機のレコードSP版を通して流行っていた歌謡曲のような流行歌を好んで口ずさんでいました。もちろん、父の前では低俗芸能の愛好者として馬鹿にされるに決まっていましたから、家にマコトやサエしか居ないようなときを選んで、楽しそうに大きないい声で上手に歌っていたものです。そんなときのヨシエの表情は、じつに生き生きと充実感に溢れていて、マコトもその姿を横目で見ながら、歌の魔力のようなものを感じたのでした。近所の人もそんなヨシエの歌好きを知っていて、「ヨッちゃん、歌謡大会に出てみたら」と勧めるのでした。けれども、大きな農機具収納庫を片付けた広いスペースの奥の特設舞台で年に一度だけ開催されるその「場内歌謡大会」にいざ出場する段になると、けっきょく人前で上がる性分が災いして、ヨシエの普段の実力は思うように発揮されないのでした。それでもめげずに家では、当時ラジオなどで全国的に流行していた美空ひばりの歌などを相変わらずよく歌っていたものです。おかげで当時流行っていた歌は、マコトの耳から自然に忍び込んで、良くも悪くも後々まで記憶の底にこびりつくことになりました。ともかくも、日常の中に音楽があり歌がある生活というのは、それだけでとても素晴らしいことだったのです。

ところであるとき、父フジトが何を思ったものか、そんなヨシエとマコトを並ばせて順に歌わせたことがありました。そのあげくに「お前は音痴だな」とあっさり酷評されて内心傷ついたのは、もちろんマコトの方でした。

そんなことがあった矢先に、落ち込みかけたマコトを立ち直らせてくれたのが小崎先生だったのです。小崎先生は、松原先生よりずっと年輩の女の先生で、眼鏡をかけた目元の優しい先生でした。いつも穏やかな声でゆっくりと話すのでした。小崎先生の音楽の授業では、手軽なカスタネットやトライアングル、それにタンバリンやリコーダーなどの楽器の演奏練習と合唱や輪唱などの歌唱指導が行われました。一学期には、生徒の声域を知るためか、オルガンの伴奏に合わせて一人ずつ順番に歌わせて、その都度一言ずつアドバイスしたのですが、「音痴」と貶されたマコトも、ここは一所懸命気持ちを込めて歌いました。そのとき小崎先生は、落ち着いた真実味のある声で、「歌う音程がしっかりしていますよ」と指摘してくれました。マコトは意外にも褒められた気がして、(僕にもいいところがあるのかなあ)と半信半疑ながらも、内心かすかに自信めいたものが生まれて来たのです。

また、一度だけレコード鑑賞に充てた別の時間では、クラシック音楽を聴かせて感想文を書かせたことがありました。作曲者も曲名もまったく分かりませんでしたが、マコトは、「夕方に海辺の砂浜を歩いていると……」というような何やら大人びた書き出しの文章を書いたのでした。ひょっとすると、あの広尾のだだっぴろい砂浜の記憶が浮かんだのかも知れません。それでも、この感想文の場合は、以前に「お池のおじいさん」のことを書いた受け売り情報とは違って、マコト自身が感じたままの真情をそのまま綴ったものには違いなかったのです。ですから、小崎先生がマコトの感想文を愛情深く褒めてくれたときには、素直な嬉しさが湧いて来ました。けれども小崎先生は、もしかすると内容より文章の方を褒めたのかも知れません。

いったい文章表現への嗜好は、まれに短歌など詠む心得もあった父の中にも幾分か存在しているものでしたが、とくにマコトと次姉フミエとに受け継がれたようです。それは増幅された表現志向として、マコトやちょうど一回り年上の次姉に現れたのです。次姉はマコトと干支も同じで、モノを作ったり表現することがとても好きで、何かとよく気が合うのでした。

ともかく小崎先生は、内容がよかったのか文章がよかったのかは触れませんでしたが、マコトの感想文をみんなの前で特別に読んでくれました。そんな有難い経験が重なって、マコトは、父の酷評にも災いされることなく音楽にもいくらか自信が持てるようになり、次第に歌や音楽を愛好する人間へと成長することが出来たのでした。ですから、マコトに自信を持たせてくれた第一の恩人、それが小崎先生なのです。とくに小さな子どもにとっては、教師の一言とくに褒め言葉は、それほど大きな影響力を持つものなのです。こうして小崎先生と出会って以来、マコトの人生にとって音楽芸術は、書物の世界と並んで無くてはならない魂の寄る辺になったのでした。

実際それからというもの、マコトは、縦笛やハーモニカ、そして次姉がプレゼントしてくれたウクレレなどの楽器に親しむようになり、学校で習った唱歌を家で（父の居ないとき）口ずさむようになり、さらには自分でちょっとした歌を五線譜に作曲してみたりするまでに変わったのでした。それから口笛の練習をして、何とか吹けるようになったのもこの頃でした。もっとも母サエには、「口笛なんか止めなさい」となぜか珍しくたしなめられて、(母さんは何か嫌な思い出でもあるんだろうか)と思ったものです。

そんなわけで、マコトはその後の人生では歌を歌うことの好きな大人に成長し、おまけに「語るな、歌え!」というニーチェの箴言などをときどき酒飲み友だちなどに吹聴したりするまでに変貌したのです。今では言葉の音楽性を尊ぶ詩人となっているマコトですが、音楽と言えばまず小学校時代の小崎先生のことが懐かしく思い出されるのです。マコト自身が初老を迎えてしまった今では、その恩師小崎先生もすでに亡くなられたことでしょう。かつて小崎先生がオルガンを弾いていた学校は、北国の片田舎の小学校ではありましたけれども、日本の戦後の民主主義教育を背景にした心ある良き教師たちと、自由で創造的な雰囲気とに溢れていたのです。

さて、北国の心ときめく春の季節も盛りを終え、梅雨のない六月ながら曇り空のある日、小学校の全校生徒が屋外グラウンドに集合してガヤガヤと行列を作っていました。小学校の木造校舎は、新得山の麓につながる一帯で、町の西はずれに一段小高くせり上がった土地に建っていました。そして、町の中心を見下ろす正門の傍には、薪を背負って書を読みながら歩む二宮金次郎の銅像がご多分に漏れず立っていました。その正門を通って、学年ごとの順に並んだ全校生徒が蟻のような長い列を作って、町中へ向かう坂道を下りていくのでした。じつはこの小学校では、全国でヒット中の映画作品がこの町で一軒だけのひなびた映画館にも遅ればせながら回って来たようなときには、年に一回だけ映画授業に行くという企画が始められました。それを知らされて、皆ワクワクしながら行列を作っていたのです。とくに初めて映画を観る子どもたちの喜びはひとしおでした。

当時の映画は、戦後の日本人にとって貴重な娯楽の一つになっていたのです。マコトが二年生のこの年に観た映画は、全国で上映されるやたちまち怪獣映画の人気に火をつけた特撮大作『ゴジラ』で、みんなワクワク、ドキドキしながら観ていました。この映画鑑賞の年中行事は、マコトたちが三年生の年では壺井栄原作の文芸映画『二十四の瞳』と続いたのですが、四年生の年には適当な作品がなくて中止したものか、マコトの記憶には残っていません。五年生では『喜びも悲しみも幾歳月』でしたが、初めて観るカラー映画とまだ訪れたこともない各地の海と灯台が珍しく、若山彰が声高らかにヒットさせた「おいら岬の灯台守は……」という主題歌は、幼い子ども心ながら胸に沁みたものです。子どもたちが目を輝かせて観たそれらの白黒映画や珍しいカラー映画は、今ではどれもが印象に残る懐かしい作品です。

ところで映画と言えば、マコトたちが暮らす場でも、娯楽のための映画上映が年中行事のようになっていました。緑屋根の庁舎の二階に畳敷きの大広間があり、期待を胸に集まって来た場の大人たちや子どもたちでいっぱいになったものです。上映作品は片岡千恵蔵や市川石太衛門らが登場する東映時代劇が定番でしたが、美空ひばり主演の子役映画も人気がありました。年に一、二回開催されたこの白黒映画大会は、日頃から町に出かける機会も少ないお年寄りや奥さんたちにとくに歓迎されたようでした。皆ときどき「ワアッ」と甲高い歓声を上げたりしながら楽しんでいる様子が、垂れ幕上に映る白黒画面や特設スピーカーから聞こえる台詞といっしょに、映写機に近い一番うしろの暗がりで立ち見しているマコトにも伝わって来ました。ちょうどマコトたちが小学生だった昭和三十年代に、戦後の日本は邦画だけでなく洋画も含めた映画全盛期を迎えていたのです。

こうして、以前より学校の授業や行事に楽しみを感じられるようになって来たマコトは、場で遊び呆けているよりは、学校生活の方が大事に思えて来ました。三キロ近くも歩いて学校に通うことに、自分なりに意味を感じるようになったのです。そんな折、小さな出会いがありました。

牧場よりもさらに奥の、マコトが怖くて行ったこともない山のほうから学校に通っている少年がいました。その子の一家がもともとそんな奥地に住んでいたものか、それとも牧場の開発で追いやられた先住入植者であったものかは定かでなく、当時のマコトの考え及ぶことではありませんでした。学校から場へ向かう帰り道で、マコトはその男の子とたまたま一緒になったことがありました。学年も名前も何も知らない子でしたが、マコトは善良でおとなしそうな雰囲気に何となく親しみを感じたのでした。何か大きな親和力が働いたのかも知れません。場では見かけなかったので、「ねえ、どこまで帰るの」と珍しくマコトの方から声を掛けました。その子は、最初は話しにくそうに躊躇っていましたが、ようやく重い口を開くと、家庭が貧しく、家の手伝いで勉強時間もなく学校に行けないことさえあって苦労しているという事情を、道すがらポツポツとはにかみながら、それでも正直に打ち明けてくれました。その子もマコトに心を許したのかも知れません。けれどまだ子ども同士のことですから、山奥の方で炭焼きをしているのか、何の生業をしているのか、マコトもしつこく詮索する気にはなりませんでしたが、ともかく自然に同情心が湧いてくるような辛い逆境なのでした。

そのときちょうど場の正門近くまで来たところでした。「北海道立種畜場」と墨書きされた大きな板の看板がかかっている丸太の門は、二人の帰り道の分岐点でした。その子は門を通るのを憚って、少し手前にある細い脇道の方にそれて帰るのでした。マコトが別れ際に「ねえ、大変だけどしっかり頑張らないといけないよ」と自分でも不思議なほど大人びた調子で励ますと、男の子は少し悲しげな表情をしながら素直に頷きました。場の子どもではないのですが、いつも広い場の敷地を通り抜けて通学しているようでした。しかし、やはり家の手伝いが忙しいため不登校の日が多いようで、その子の姿を見かけることはその後もほとんど無かったのです。

その頃すでに教師になっていた姉たちの影響か、あるいは遠い神戸の由緒ある女学校で明治・大正と英語の教鞭をとった祖母からの隔世遺伝因子によるものだったのか、マコトの中には、どこか人道的な気持ちからひとを諭したりする、何やら教師じみた性分がその頃からチラチラ顔を出して来たようです。「人生の苦難は人を鍛え、苦労は人をつくる」というような人生智は無かったものの、弱い者には味方するという気風が何となくあったのでした。もっともそれは、何もマコトに限ったことでもなく、日本人好みの「判官びいき」というのか、当時の一般的な気風でもあったようです。実際には子ども仲間でもいわゆるガキ大将が居ましたが、そんな腕力自慢の子にも、まるで任侠王道を行く「清水次郎長」のように、「強きをくじき、弱きを助ける」気風があったようです。

戦争を知らないベビーブーマーの子どもたちは、終戦直後の物資乏しき時代に生まれて、それでも、同世代の仲間の中でイモ洗いのように揉まれつつ、何か命の大きな繋がりのような感覚を互いに共有しながら、幸いにも心豊かな成長をしていたに違いありません。

一方、色々な境遇にある子どもたちを等しく懐深く包んだ大自然の季節は日々休むことなく移ろい続け、視界の及ぶ辺り一帯の風景も萌黄色の春から緑豊かな初夏へとすでに衣替えしていました。抜けるような青空の「十勝晴れ」も今や本番を迎えていました。小学校に入学してから二度目の夏休みがやがて始まるのですが、マコトは一年目のような初々しい感激もないかわりに、経験済みのクールな気持ちで一学期の終業式とこれからの夏休みを待っていました。足腰がしっかりして体力もつき、精神的にも知情意全体の成長がうかがえました。虚弱な生まれつきの者でも、首尾よく鍛えられさえすれば、心身ともに逞しく成長することが不可能ではないのです。厳しい自然との関係、周りの人間との関係、いずれを生き抜くためにも、その逞しさが支えとなるのです。そして何より、生命の大きな繋がりを深く実感することこそ、心底からの生きる勇気を授けてくれるのです。

　昭和二十九年のマコトの夏休みは、こうして静かに始まりました。これまで狭く限られていた交友範囲も広がり、場の官舎に住む子どもたちと一緒に行動することも多くなりました。年上の子や同学年の子や年下の子、男の子や女の子、今まで関わることもほとんど無かった子どもたちが、この種畜場にはじつは沢山暮らしていたのでした。今までは子ども広場でちょっと見かけるだけであった子たちとも、親しく遊ぶようになっていきました。一緒に早朝のラジオ体操をし、配給の牛乳を受け取りに行き、一緒に子ども広場で遊びました。ブランコを勢いよく漕いだり、鉄棒にぶら下がって必死に逆上がりに挑戦したり、シーソーや滑り台を何度も楽しんだあと、砂場で自由な造形の時間を過ごしたりしました。官舎の横の路地や空き地でも、女の子たちはマリつきやゴム飛びやケンケンパ、男の子たちはパッチやビー玉遊び、釘を地面に投げ刺しながら陣を取り合うちょっと危ない陣取りゲーム、そしてみんな一緒になって楽しむかくれんぼや缶蹴りなど、次から次と誰かが思いつくので、遊びには事欠きませんでした。そう言えば、馬跳びもたまにやりました。みんな遊びの天才だったのです。跳躍運動が好きだったマコトは、ゴム飛びやケンケンパがとても面白そうだったので、飛び入りで女の子たちと遊ぶことも稀にありました。とにかく家の中に閉じ籠っている子はほとんど居らず、みんな北国の澄んだ大空のもと、明るい戸外の夏を精いっぱい楽しんでいたのです。マコトも、太陽が南中に輝いて暖かくなると、どうにも尻がムズムズしては外へ飛び出したものです。

そんな元気な子たちに交じって、大分年上なのに動きのぎこちない矢島のお兄さんも頑張っていました。弟や妹の居る長男なので「矢島のお兄さん」と言うのですが、ヒョロンとした体つきをしていて、自分からみんなと一緒に交じり合っているのがいかにも楽しい様子でした。マコトは、足も言葉も不自由であるのに、いつもニコニコしているこのお兄さんが嫌いではありませんでした。よだれを垂らしたり、障碍のある足でびっこを引いていましたけれども、マコトはそんな矢島のお兄さんを、ちょっと風変わりな個性の持ち主だくらいに思っていたのでした。周りのみんなも、別段何か差別意識を持っているふうもなく、一緒に和気あいあいと遊んでいました。

思えばこの時代というのは、確かに現在のような人権意識が発達した時代ではなかったのですが、それにもかかわらず、変に陰湿で意地の悪い差別意識やいじめもまた希薄だったようです。強い者も弱い者も、それぞれの個性を自然に受け入れて、何となく助け合いながら生きていたのです。そして、それは何も特別なことではなく、むしろ自然なことだったのです。そこには、いわく言い難い命の共同体意識のようなものが共有されていたのかも知れません。いろんな個性がごく自然に共存し、しかも何気なく命の共感で繋がれているということ、そんな素晴らしい大らかなメルヘンの世界はどこを探せば見つかるでしょう。とりわけ、何かと人を利用しがちな大人たちの打算的な利害社会を隈なく探したとしても。

こうしてみんなと一緒に遊ぶことの楽しみや喜びに次第に目覚めてきたマコトでしたが、その一方では、依然として一人遊びに没頭することも少なくありませんでした。人と交わることの喜びを知るとともに、孤独で居ることの楽しみを味わえる人間は、二倍にも恵まれた人生を送れるかも知れません。それに、人と交わることで出会える真実もあれば、孤独の中でこそ見出される真実というものがあるのです。

一人遊びの好きなマコトは、外では相変わらず野原を探し回ってトンボやチョウチョウやバッタなどの昆虫採りをしたり、雨が降った後に飛び回る可愛らしい雨蛙の子などを捕まえると、そのオモチャのような子蛙を手の平に乗せて観察してから放してやったりしたものです。また家の中に居るときには、小刀を使って竹トンボを手作りしたり、厚紙を切って風車を作ったり、カシワの木の周りで拾い集めて仕舞っておいた大き目のドングリに爪楊枝を刺してコマをこしらえたりしました。ドングリのコマは、買った独楽のようにはなかなか上手く回ってくれませんでしたが、何と言っても手作りの楽しさがありました。さらにマコトが挑戦したのが、夏休み前に町の玩具屋で買っておいた模型飛行機の細かい材料を組み立てて完成させることでした。一本の細木を胴体にして、付属の竹ヒゴを繋いで縁取ってから支え木を挟んだ両翼と尾翼を、その胴体にセメダインで接着したあと薄い和紙を貼り、胴体の先頭部に木製のプロペラを取り付けてから最後に動力のゴムを繋ぐという一連の作業は、一度慣れてしまうと苦にもならず、その後も壊れるたびに何機か作ったものです。工作好きの父に似たものか、一旦何か物作りを始めると時が経つのも忘れるほど没頭してしまうのでした。

みんなと一緒に遊んだり、一人遊びに熱中したり、また夏休みの宿題を思い出しては取り組んでみたり、そんな日々に明けくれて夏休みもあと半分ほどになったある日、札幌の短大に行っている次姉フミエがやって来ました。家族思いのフミエは、教職試験の準備やら自分の用事で忙しかったのですが、こうして欠かさずに帰省するのでした。

家庭科関係の勉強をしているフミエは、よくマコトたちにお菓子を手作りしてくれたのですが、この夏休みには暑い中「焼きリンゴ」と「焼き煎餅」に取り組んでくれました。家の台所には、父が気を利かせてしつらえたセメント造りのカマドがあって、今で言うレンジの昔版に当たる「天火」をのせて炭か薪で焚いてあぶるわけですが、それで「焼きリンゴ」を程よく仕上げるのです。その焼き具合が、フミエはさすがに絶妙でした。マコトは、この「焼きリンゴ」が大好物で、田舎に住みながら美味しいものが食べられて、ひととき幸せな気持ちを味わうことが出来たのでした。「焼き煎餅」の方は、家になぜか鉄製の焼き器があったので、メリケン粉（小麦粉）か米粉さえあれば簡単に出来るお菓子でした。それでも、正月に食べ飽きたお餅とは一味違って、パリパリと食べる感触が何とも言えないのでした。そのほかにも、赤ざらめ糖を使ったカルメラ（カルメ焼き）なども作ってくれました。

マコトは、フミエが自分の時間を犠牲にして家族に用意してくれた手作りのおやつを味わいながら、家にいつも置いてある（缶ドロップなんか比べ物にならないなあ）と思ったものです。その後で何か思いついたマコトは、外に出て畑まで駆けて行くと、長く白いヒゲを伸ばしたトウモロコシを何本かもぎ取って、急いで家に持って帰りました。

「姉さん、これ食べてみて。春に畑を耕したり、種蒔いたりするの、僕も手伝ったんだよ」

いつも世話を焼いてくれる次姉へのお礼のつもりだったようです。新鮮な生のトウモロコシは、茹でて食べたり、焼いてからバターを塗って食べたりするのが定番ですが、軒端に吊るして乾燥させておくと、ポップコーンに変身も出来るし、何より来年また畑に撒く大事な種になるのです。おやつを作ってくれたり、一緒にトウモロコシを食べたりしたフミエは、ほんの数日滞在しただけで、教職試験の準備などのため札幌へ帰っていきました。そしてマコトの夏休みの残りの日々は、またみんなと一緒に遊んだり、一人遊びに没頭したり、宿題を思い出して片づけたりしているうちに、いつしか終わってしまいました。

子ども時代は、時間が大人より長く感じられるのが通例のようですが、やはり月日の経つのは早いものなのです。北国には、もう秋の気配が忍び寄って来ていました。辺り一帯の山野にも、秋を告げるススキの穂がうすら寒い風にそよぎ始めています。もちろん、向こうにどっしり聳えているオダッシュ山には、すでに頂の方から紅葉の絨毯が広がり始めています。まだまだ長いと思っていた夏休みも、いざ終わってみるとアッと言う間のようです。子どもたちがあれこれ遊びに熱中しているうちに、出面の奥さんたちを含む大人たちは恒例の牧草上げの大仕事をほとんど済ませてしまい、これから各家々でも本格的な冬支度の準備に追われる繁忙期に入っていました。

そんな矢先の九月も下旬のこと、ラジオからある臨時ニュースが流れました。この年は、大型台風が青森を越えてめずらしく北海道にも近づいて来たのですが、これまであまり台風慣れしていなかった風土のせいもあるのか、北海道の玄関と言われる道南の港町函館のすぐ沖で思わぬ大事故が起こったのでした。九月二十六日夜半近く、津軽海峡を折悪しく旋回しながら接近した台風十五号に襲われて、無理に出港して間もない青函連絡船の洞爺丸が無残にも転覆してしまい、死者・行方不明者一一五五人もの犠牲者が出るという、日本海難史上最大の惨事となりました。おまけにその際には、「娘夫婦が遭難した」という誤報のせいでその父親がショック死し、直後に（娘夫婦は）「乗船せず」の電報が届いたという、何とも嘘のような悲喜劇まであったのでした。この未曾有の海難事故は、北海道だけでなく日本中に、単なる悲しみを越えて、自然の威力に対する人間の謙虚で適切な対応というものについて、大きな警告を発する先例となりました。もっとも、函館も連絡船もまだ当時は知らないマコトのような子どもたちには、それほどの痛ましい大惨事も遠い世界の出来事だったのです。

二学期が進んで外気がひんやり沈殿してくると、体育の授業も屋外グラウンドよりは屋内体育館で行われることが多くなりました。一年生のときより体力がついて来ると、ドッジボールや跳び箱やマット練習のほかに、平均台によるバランス訓練など、難しい種目が増えてきました。マコトは、両手を鳥のように広げてソロソロ渡るスリリングな平均台の運動が面白くなって、昼休み時間になると、われ先に体育館に駆けつけては練習に余念がありませんでした。ところが、あるときその平均台で何人か一緒に遊んでいるうちに、マコトがうっかり足を滑らせて転落したことがありました。しかも運悪くマコトは、頭を打って脳震とうを起こしたらしく、そのまま気絶してしまったのです。

どれくらい時間が過ぎたものか、フッと我に返ったとき、広い体育館はひっそりして、まわりには誰の姿もありませんでした。そのときマコトは、何が起こったのか一瞬分からず、ただポカンとしていました。ようやく事態が呑み込めたとき、昼休みはとっくに過ぎて、渡り廊下の先の教室ではもう授業が始まって先生の声が聞こえていました。マコトは自分が気を失ったままたった一人放置されていた事実にやっと気づいたのです。その途端、ぼんやりしたショックのような、何かやり切れない気持ちがマコトを襲いました。それでもマコトは、何とか立ち上がって歩き出し、廊下の先にある教室に辿り着くと、後方の引き戸をそっと開けて席に戻ったのでした。幸いマコトの席は廊下寄りの一番後ろだったので、ちょうど生徒たちに背を向けて黒板に何か板書していた先生には気づかれなかったようです。何しろ五十人以上の大所帯なので、先生も後ろの方まで注意が届かないわけです。何とも伸び伸びした鷹揚な田舎の学校らしい椿事《ちんじ》だと言えばそれまでなのですが、やはりその無頓着さというのは保護管理のうるさい少子化の現在ではとても考えられないもので、生徒も教師も（おまけに保護者たちまで）良くも悪くも大らかな時代だったのです。

そんなのんびりしたような学校に、あるとき「花の都東京」から一人の男の子が転校して来ました。きっと父親の仕事の関係なのでしょう。なにしろ片田舎の学校では珍しい出来事には違いなく、ことさら体育館で全員集合している前でわざわざ紹介されたものです。腹の中にフジト譲りの反骨心が住んでいるらしいマコトは、なぜか反感めいた妙な気持ちが湧いてくるのを禁じ得ませんでした。

確かに便利で賑やかな都会は、どんな人間をも知らず知らずのうちに洗練させ、ソフィストケイトし、スマートにする「憧れ」の人間工場でもあるのですが、またその裏で、何かしら鼻につく性格と言うのでしょうか、キザな虚飾や虚栄を感じさせる性格を身につけさせるものです。その垢ぬけした男の子にも、どことなくそんな雰囲気が感じられました。もちろんそれは、何も小さな子ども自身のせいでもなかったのです。余程鈍感な生まれでもないかぎり、都会の慌ただしい人混みに揉まれ、狡猾な人間力学の中で暮らしていれば、芋洗い後の芋のようにおのずから「すれて」しまうのもむしろ自然なことでしょう。けれども反骨的な、というより負けず嫌いでへそ曲がりと言った方がいいようなマコトの感受性は、そういう漠然とした雰囲気を過敏に感じ取ってしまうのでした。もっともそういう感受性は、「すれた」人間の目から見れば、かえって土が付いたままの芋のように素朴で野暮ったい性質ということになるのです。ともあれ、泥臭いカントリーチャイルドたちの中に、磨きのかかったシティーボーイが突然一人だけ紛れ込んで来た、という格好でした。

ちなみにその男の子は、マコトとは学年が少し違い、もちろんクラスも別でしたから、その後マコトとの文化的交流が生まれる機会は幸か不幸か無かったのでした。

そんな具合で、ときたま心の中にへそ曲がりな好き嫌いが湧いて来たりするマコトでしたが、学校生活にすっかり慣れて来てからは、場の子も町の同級生も、ほとんど例外なく遊び仲間になっていました。とくにこの頃仲の良い友となったのが、同じ場から学校に通っていた剛田君でした。ある日、たまたま二人きりで学校から帰る道すがら、剛田君は「これからは親友になろうよ」と内気なマコトに話しかけてくれたのです。

けれども剛田君は、マコトとはおよそ正反対の人物でした。きゃしゃなマコトとは反対にがっしりしていましたし、内気で人見知りな性格のマコトとは対照的に活発で行動的な子だったのです。勉強の方でも、国語や算数が好きなマコトに対して、剛田君は、マコトの苦手な社会や理科が得意でした。こんな正反対な二人が仲良くなったのは不思議なことでしたが、実際この世の中では、対照的で正反対なものが結びつくことが意外に多いものです。かえって似た者同士よりも、自分に無いところや弱いところを互いに補い合うという特別の関係が生まれるのかも知れません。ですからこれは、マコトにとって貴重な出会いだったと言えるのです。行動派で偉丈夫の剛田君は、遊びの方でもマコトの出来ないことをいろいろ実行していました。トランペットの練習をしたり、空気銃をいじったり、大人に交じって登山に出掛けたりと、すべてマコトにはとても手の出ないことをやっていたのです。大人たちが集まっているところへも、平気でよく出掛けていたようです。

剛田君の家は、「フレンチトースト」の赤城さんの近くの官舎でしたが、沢山並んだ官舎の中でも一番南の奥に建っていて、正反対の一番北側にあるマコトの家からはずっと離れていました。それでも親友の契りを結んで以来、剛田君はマコトをよく自宅へ誘ってくれるようになりました。

一人っ子の剛田君は、両親やおばあさんに大事にされているようでした。自分の好きなことを自由にやっている様子で、気ままに遊び回っていたマコトでさえ、少し羨ましく思ったものです。そんな剛田君が、あるとき愛用の空気銃をマコトに見せてくれました。マコトは、学校の運動会の屋台で癇癪玉のピストルを手に入れて遊んだことはありましたが、それは子ども騙しのオモチャというものです。剛田君が大事そうに見せてくれた空気銃は、ライフル銃のような長身の銃で、鉛の玉を詰めて実際に発砲出来るものでした。剛田君の家の南側は畑になっていましたが、剛田君はその畑の奥に標的の空き缶を据え、畑に面した部屋の窓際で銃を構えると、ここは慎重に狙いを定めました。マコトはその所作をじっと見つめていましたが、何か子ども離れした雰囲気を感じたものです。小箱に沢山仕舞ってある小さな鉛玉を何回か詰めては発射しましたが、ようやく五回目くらいに命中しました。剛田君も、（やっと当たったよ）という顔でニヤリとしました。マコトは感心した顔で応えながら、（ほんとの射撃はむずかしいもんだなあ）と思ったものです。

「やってみるかい」

剛田君は、マコトの返事を待たずに外へ出ると、また標的の空き缶を立て直して戻って来ました。

「玉をこめて、こうやって構えて、あとはあの空き缶を狙って引き金を引くだけだよ」

剛田君は、手本を一度示してから空気銃をマコトに手渡しました。マコトは剛田君の真似をしながら何度か試してみましたが、一度も上手く命中しませんでした。それでもマコトは、初めての「実弾射撃」に満足でした。心の片隅で何か父に咎められそうな気がしながらも、密かな楽しみを味わうことの出来たマコトは小声で言いました。

「むずかしいけど、面白いね」

剛田君も満足そうな顔で頷きました。その後また別の日にこの「射撃練習」は何度か実行されて、マコトも玉が的に命中したときの独特の感覚を経験したのです。そういう剛田君は、マコトの世界を広げてくれた人たちの一人でした。マコトの父フジトも、そんな行動的で活発な剛田君のことはよく知っていて、マコトの貴重な親友として可愛がっていたようです。

そのほかにも遊びはいくらでもありました。剛田君の家の畑のさらに南側には、オダッシュ山から下って来た冷たい小川が流れていて、その傍らに立派な楡の大樹が立っていました。その緑豊かな樹の木陰には、夏でも爽やかな風が通り抜けていました。そんなこんもりした場所に、澄んだ小川が流れていたのです。マコトがよく覚えているのは、その小川で剛田君といっしょに船遊びをしたことです。木漏れ日が落ちる川面での涼しい船遊びです。その当時は、ロウソクの炎熱で動く簡単な仕掛けの、小さなブリキ製のポンポン蒸気の船が流行っていました。小さなオモチャの船ですが、確かに「ポンポン、ポンポン」という音がささやかながら聞こえるのです。内陸に住む子どもにとって、船はたとえオモチャであっても、特別な想像を呼び起こすものです。

オモチャの船と言えば、本州のような竹林のない北海道でも自生している笹の葉を利用して、手作りの笹舟を浮かべて楽しんだこともありました。小川の静かな流れとともに自然に流れて行く笹舟は、子ども心にも風流を感じさせる遊びの一つでした。また、樹林の主のような楡の大樹は枝振りが見事だったので、木登りに挑戦したり、その樹上に廃材でちょっとした仮小屋を造り、太い枝からロープ代わりに縄をぶら下げてターザンごっこをして遊んだこともありました。映画や漫画が大好きな当時の子どもたちにとって、密林の「ターザン」はすでにヒーローの一人だったのです。

そんな遊びへの熱中は、いくら元気な子どもであっても、徐々に疲れを蓄積していくものです。おまけに晩秋になって来ると、北国では野山だけでなく家々の庭や畑にも、朝晩寒々しい霜が降りて来ます。そんな冷え込んだ朝、遊び疲れのマコトはつい寝坊してしまいました。朝ご飯もそっちのけで家を出ると、いつもの道を一人ぽっちで小走りに急ぎました。そして、町へ向かうまっすぐの長い砂利道を半ばまで来たとき、後ろから自転車がやって来ました。自転車には、中学校に通う矢島の二番目のお兄さんが乗っていました。

「やあ、マーちゃんかい。ほら遅刻するから、うしろに乗んなよ」

そう言うと、矢島の二番目のお兄さんは返事も待たずに、止めた自転車の荷台にマコトを抱え上げて乗せると、重くなった自転車をふたたび全速力で走らせたのでした。そのお陰で、内心焦っていたマコトは何とか恥ずかしい思いをせずに授業が受けられたのでした。

矢島の二番目のお兄さんは二男でしたから、下の妹たちのほかに、障碍を抱えた長男の「矢島のお兄さん」がその上に居ました。それで他人には分からない苦労も多かったに違いないのですが、この矢島の二番目のお兄さんはとてもよく出来た優しい人柄だったのです。苦労で鍛えられた人の優しさは、持続的な本物の優しさでした。それに、困ったときの助けほど人の心に残るものはありません。マコトが自転車に乗せてもらったのはそれ一度きりでしたが、何気ない自然な思いやりに触れることの出来たこの経験は、その後もマコトの心の底にいつまでも消えずに記憶されているのです。

冷え込みがグンと増した晩秋のある日曜日、早々と午前中から野菜畑に入って一人作業していた父フジトが、昼食前に鍬をかついで戻って来ました。ちょっと疲れたような顔で、家に入る前に一度大きく伸びをしました。それからフジトは、手と顔を洗い終えると、マコトを見つけて言いました。

「肩が凝ったから、ご飯の前に叩いてくれないか」

マコトが初めて頼まれた肩叩きでした。畳部屋に胡坐をかいて座ったフジトの後ろに立って、マコトはそろそろと肩を叩き始めました。

「もう少し強く頼むよ」

マコトは拳骨を作った手に力を込めながら、父親の体を自分が叩いていることに何か妙な感じがして来るのでした。

「もう少し下の方も叩いてくれるか」

「下って背中を叩くの」

少し気持ちよくなって来たのか、フジトは黙ったまま頷きました。

「まだ力が弱いな。もっと強く」

段々慣れて来たマコトは、いつか妙な感じも消えて、いつもは怖くもある父の肩から背中の方までを、今は遠慮なく叩き続けるのでした。

「ありがとう、マー公。体が軽くなったようだ」

生まれて初めて父に礼を言われたような気がしたマコトは、何となく嬉しいようでもあり、むず痒いようでもありました。（また今度頼まれたら、もっと上手にしてあげよう）と思いながら。

野菜の収穫もほぼ終わって、母サエの漬物作りも一段落した頃、木枯らしが木々の枯れ葉を散らし、「狩勝おろし」がオダッシュ山の広い麓一帯に白い初雪を舞わせる厳しい季節が今年もついに訪れて来ました。こうしてまた長い冬が始まるのですが、二学期を学校のみんなと共に乗り切れば、北国ならではの冬休みが待っています。今年の冬休みは入学してから二度目の冬休みなので、マコトにも過ごし方に目算がありました。頭の中には大体の予定が立ててあるので、長い休みの日々を持て余すことも無いはずです。ところがその冬休みが実際に始まってみると、自分の予定には入っていないことが何かしら起こって来るものです。

十二月の屋外には、見渡す限りもうすっかり根雪が居座っています。野山が深い雪に閉ざされる冬、家にこもりがちなこの時期、フジトはペチカのある板の間で、まれに興が乗るとマコトを相手にダンスをすることがありました。サエはもちろん娘たちを相手にすることも無かったのに、マコトだけが目を付けられたのです。いったいいつどこで覚えたものか分かりませんが、ハイカラ文化の環境で育った神戸っ子ともなれば何の不思議も無いのかも知れません。しかし女性のパートナー代わりに選ばれたマコトにとっては、迷惑と言うか困惑と言うのか、とにかく出来れば止めてもらいたいことだったのです。しかしフジトは、すっかり悦にいったようにニコニコしながら、小さいマコトの手を取り、どこかで身に付けたのであろう軽やかなステップを踏んで、即席の踊りをしばらく楽しむのでした。

それは、ダンス教室の社交ダンスとはまた違ったステップで、どうもワルツのような趣のダンスでした。マコトはそんな父の様子を感じて、抵抗することもせず身を任せていたのでした。それは確かに内心嫌々ながらのダンスではあったのですが、マコトの気持ちとは裏腹に、いつの間にか体がそのリズムを覚えてしまったようでした。ここで語ることは控えておきますが、じつはマコトが大人になってから、このダンスのリズム感が役立つときが来るのです。実際、子ども時代に経験したことで、その人の人生にとってまったく無駄なことなどほとんど無い、と言ってもいいでしょう。ともかく、マコトの予定外であったこの経験は、父との思い出の中でも、父の茶目っ気を感じさせる何かほのぼのとするような記憶を残してくれたのです。

冬休みの日々は、そのほかには「狩勝おろし」の吹雪で天候が荒れた以外は特別な異変も無く、ほぼマコトの予定どおりに過ぎていきました。十勝川で獲れた新巻鮭丸一匹が届いた以外はいつも通りのお正月を過ごし、小さなかまくら作りや雪だるま作りや雪合戦、凧揚げやスキー滑りで雪景色の中を白い息を吐きながら動き回り、家に居るときは双六ゲームや独楽回しで遊んだり絵日記その他の課題も真面目に片付け、ときどきは家事を手伝おうと裏口で薪割りしたり家の周りの雪掻きをしたりして汗をかき、万事マコトが予定したことばかりでした。そして、元気な家族の中でマコトだけが唯一風邪をひいてしまい、父に吸入器をかけてもらったり、母にこっそり卵酒を飲まされたりしたことも、やはり例年通りのことでした。

その後一月二十三日に八歳の誕生日を迎え、二年生で最後の三学期が始まって、例年通りの「スキー授業」も何回か実施されました。しかし、何事も二度目の経験となると、自然に場慣れした心の余裕が生まれると同時に、同じことの繰り返しのためにどうしても新鮮な感動が失われてしまうものです。そうして、身の回りのすべてがほぼ予定した通りに進行し、一年生のときのようなトキメキも感じられないままに二月も通り過ぎ、学年を締め括る三月に入りました。弥生三月と言えば、本州各地ではすでに梅の盛りも過ぎて、そろそろ桜の開花が待ち遠しい頃ですが、厳寒の北海道ではこの時期は実際には晩冬であり、雪解けがようやく始まろうかという「春未だき」の季節なのです。それでも、悪役の「狩勝おろし」がいつの間にやら影を潜め、陽光も日増しに柔らか味を帯びて来て、トタン屋根に積もっていた年越しの雪が、好天の日には軒先のツララとともに「ドサッ、ドサッ」と軒下へ滑り落ち始めます。根雪で白く覆われていた野山でも、川面に張った氷のところどころから水の流れが顔をのぞかせ、川辺で辛抱していたネコヤナギもいち早く芽吹き始めます。子どもたちを無言で抱擁する自然界もまた、とくに大きな異変を見せることもなく推移しているようでした。

学校でも六年生の卒業式が済んでほどなく、マコトたちが終業式の日を迎え、一年を共に過ごした子どもたちも、先生からめいめい手渡された通信簿を神妙に携えて、それでもみんなでワイワイ言い合いながら、雪解けの始まった泥んこ道を長靴履きで下校するのでした。どうやらこの年は、自然においても、場や町においても、そして学校においても、少なくともマコトの周辺では、おおむね順調に物事が進んでいたようで、マコトの記憶の中を探しても、とくに大きな災害や悪い出来事のことは残っていないのです。

昭和三十年というこの年は、ちょうど戦後十年の節目に当たり、敗戦からの復興ぶりを象徴する好景気が訪れた年でした。それは、昭和二十五年に始まり昭和二十八年まで続いた隣国での朝鮮戦争の犠牲を踏み台にした「朝鮮特需」あっての好景気でもあったのです。しかしともかく戦後日本に、いわゆる「神武景気」と呼ばれる高度経済成長の時期がやって来たのでした。北国の片田舎にさほど大きな変化があったとも思われませんが、それでも何となく活気が出てきたようで、女性の服装も心なしか明るく華やいだものに変わりつつあったのです。

この年の四月、マコトは三年生になりました。クラスは二年生の持ち上がりで同級生も顔馴染みばかり、担任も同じ松原先生でみんな気楽な雰囲気で新学期を迎えました。男の子とは遊び仲間になり、女の子とは一緒に遊ぶことはなかったものの、姿かたちや性格の違いにも以前より詳しくなっていました。そんな同級生の女の子の中に、松原先生が下宿先にしている町の大きな雑貨屋の娘がいました。それはマコトも母サエと買い物に寄ったことのある店でしたが、そこの娘が橋本という名の成績優等生のしっかり者だったのです。おまけに体格もマコトより大きく丈夫そうで、性格も気が強そうでした。いつもクラスで一番の成績を続けてマコトの上をいっていたので、マコトは何となく煙たい気持ちでその子を見ていたものです。それでもそのうちに、どうやら松原先生がその子の店の二階に下宿していて、おまけに橋本さんに家庭教師をしているそうだという噂が耳に入って来ました。それでマコトは、（ふーん、そうだったのか。なんかずるいなあ。でも、しょうがないや）とようやく納得したのでした。

そんな煙たい女の子が居る一方、マコトが幼心に淡い好意を感じていたのは、鉄道官舎に住んでいる舟山道子という名前の小柄でほっそりした、可愛げな佇まいを帯びた物静かな女の子でした。ある日の放課後のこと、マコトは帰り支度のまま下級生の教室に向かいました。場でときどき遊び相手にして可愛がっていた三人組の男の子たちが、この春そろって新一年生で入学してきたので、その後輩たちと一緒に帰ろうと思ったのでした。末っ子に生まれたマコトは、目上の子とはどうも付き合いが苦手で、自分より年下の子の方を遊び相手として好む傾向がありました。父フジトは、そんなマコトに「マー公、お前は小さい子を大事にするから偉いな」と言って褒めてくれたことがありました。けれどもそういう傾向は、マコトからごく自然に出て来るものでした。いつも姉や兄に上から見られていたマコトは、自分が先輩としてリード出来る年下の子を求めていたのかも知れません。それで、同級生だけでなく下の子とも交流するようになっていたのです。

そんなマコトが可愛がっていたその子たちは、ちょうど下校時の教室掃除当番に当たって苦労している最中でした。マコトは、まだ慣れない手つきで掃除していた後輩たちを、何の躊躇もなく手伝い始めたのでした。机を教室の脇に寄せ、箒で床を掃いて雑巾がけをする、そんな小さい子にはけっこう大変な掃除を、後輩を含む何人かの一年生を励ましながら続けたのでした。ところが折も折、たまたま横の廊下を橋本さんと舟山さんの二人連れが通りかかる姿がマコトにチラッと見えました。二人は、開け放った入り口越しにこちらの様子が目に入ったようで、何か囁きながら笑っているようでした。事情を知らない二人は、さぞや（妙なことをする同級生がいるものね）とでも思ったのでしょう、ニヤニヤ顔を見合せながら行ってしまいました。

彼女たちは、マコトにはおよそ正反対に見える女の子だったのですが、家が近かったこともあり、学校ではほとんどいつも二人一緒に居るのでした。このときマコトは、通り過ぎて行った舟山さんの心中をフッと忖度しながら、なぜか恥ずかしさではなく、もっと複雑な心の動きを感じたのです。もともとマコトが子ども心に好ましく思っていた女性は、控え目でいながら芯のあるようなひとでした。いわば武士の妻のような、大和撫子らしい女性とでも言うのでしょうか。そんな理想の面影を舟山さんに秘かに重ね合わせていたらしいマコトには、このときの舟山さんの態度が、そんな面影にはそぐわない、どこか軽薄なものに映ったのかも知れません。おまけに煙たい橋本さんと一緒だったことに、むしろ不快なものさえ感じたのです。

見えざる心の交流は、しばしば苦いすれ違いを味わうものなのでしょう。他人に煩わされない二人だけの素直な対話を重ねてみなければ、相手の人柄などなかなか分かる道理もないのですが、生憎そんな千載一遇のチャンスに恵まれるはずもありませんから、マコトがこのたった一人の小さな女の子の心中の真実を覗き見ることも、所詮は叶わない夢の話でした。そんな淡く密かな思いがマコトのうちに芽生えたことは確かに真実だったものの、まだこの時代には内気なマコトが言葉で伝えるすべもなく、けっきょくは幼き日のかすかに胸痛む片思い以上のものに進展することはなかったのでした。マコトのそんなほろ苦くてほの哀しい追憶に住む懐しい「心のマドンナ」は、今頃どうしていることでしょう！　どこかで可愛げなおばあさんになっているでしょうか。

四月最後の日曜日、五月の連休が間近に迫っていたその日、父フジトが午前中から外に出て、何かゴソゴソと作業を始めました。どうやら細身の長い丸太の木を運んで来て、鉈で残り枝を払っているようです。松のようでしたが、珍しくまっすぐな木で、六、七メートルばかりあるようでした。

「おおい、マー公。外に来て手伝ってくれないか」

フジトが、家の窓から覗いているマコトに向かって大声で呼びました。マコトは何だろうと思いながら、退屈でもあったので急いで飛び出しました。すると裏口を出てすぐ横の空き地で、フジトがスコップで穴掘りをしていました。それが終わると、綺麗に枝を払われ皮も剥がれて横たわっている一本の丸太を指差しながら、フジトが言いました。

「その丸太をこの穴に立てるから、ちょっと手伝ってほしいんだ」

「うん。だけど、その木で何するの」

「ハハハ。これはな、鯉のぼりを立てるポールさ。もうすぐ子どもの日だからね」

マコトも「鯉のぼり」という名ぐらいは聞いたことがありましたが、まだ実物は見た経験がありませんでした。マコトが実際に見たことがあるのは、場の池で泳いでいる大きな錦鯉だけでした。どうやらフジトは、マコトのためにいつの間にかその鯉のぼりを手に入れてくれたようです。それでマコトは、何となく期待が膨らんでくるのを感じながら、フジトが苦労して垂直に立てた丸太の根元の穴にスコップで土を入れ戻しました。いっぱいに溢れたところで、フジトは長靴を履いた足で何回もしっかりと踏み固めました。根元にはさらに添え木を打ちこんで縛りました。ポールのテッペンには、丈夫なロープを通した滑車がくくり付けてありました。これでひとまず準備完了です。その夜マコトは布団の中で、まだ見ぬ鯉のぼりのことをぼんやり想像しながら眠りにつきました。

そして五月の連休がやって来て、五月五日の子どもの日の当日、フジトは朝からマコトを起こすと、押し入れに隠していたソレを出してきて言いました。

「さあ、それじゃあ一緒に鯉のぼりを取り付けようか」

二人は外に出てソレを広げていきました。ソレは、畳んでいるときには分からなかったのですが、広げてみると布製の大きな鯉のぼりでした。三メートルはあったでしょう。しかも、黒い真鯉と赤い緋鯉のつがいが揃っていました。フジトはロープを引き寄せて、最初に真鯉を、次にその少し下に緋鯉を結わえつけると、珍しくニコニコしながらマコトに言いました。

「こっちのロープの方を少しずつ引いてごらん。上がっていくからね」

ちょうどその日は、折よく皐月の薫風が伸びやかに吹いていました。段々上昇していくにつれ、二ひきの鯉は風の流れに乗って泳ぎ始め、テッペンまで辿り着いたときには元気に川登りを楽しんでいるようでした。マコトはそれを眩しそうに見上げながら、（これが鯉のぼりか。なんかワクワクするなあ）と嬉しさがこみ上げてくるのでした。

「ロープは取れないように、ここん所でしっかり結んでおくんだ」

それからフジトはマコトの肩に背後から両手を乗せて、二人は揃って頭上を見上げました。生き生きと体をくねらせて泳ぐつがいの鯉のぼりと北国の爽やかな五月の青空を。

そののちこの常設のポールは、フジトが天気の良い祝日の日には日の丸の国旗を取り付ける大事な聖地にもなったのでした。

この年、一緒に新得に移住していた三姉のミサエは、高校三年生になっていました。ミサエは、次姉のフミエほどマコトの面倒は見てくれませんでした。自分のことで精一杯の多感な青春期を過ごしていたのです。それでもミサエは、幼いマコトの芸術的感性を刺激し育ててくれた恩人の一人なのでした。ミサエは、瓜実顔に富士額の綺麗な色白の姉で、高校生のときからどこか大人びた雰囲気を持っていました。母サエの粋な部分を最もよく受け継いでいたのかも知れません。父から二階の六畳の畳部屋を個室として与えられ、そこで自分の趣味の世界に生きていたのでした。自分を大切にしようという思いがとても強かったのか、あまり外を出歩くこともなく、場でも崎田さんの三姉妹以外にはほとんど付き合いがなかったようです。その三姉妹の長女ユリさんとは高校の同級生ということもあって特別に親しかったようですが、もともと誰とでも気さくに話すような性格ではなかったのです。ミサエは、隣町の清水高校まで、毎日ユリさんと一緒に汽車で通っていました。今思うと、さぞや大変な日々だったことでしょう。そのせいか、マコトはミサエの機嫌のよい顔をあまり見たことがありませんでした。

それでもミサエは、中学時代から絵を描くのが好きで、とくに高校に入ってからの三年間は油絵に熱心に打ち込んで、家でもよく洒落た赤いベレー帽なぞかぶってパリのモンマルトルの画家のような雰囲気を漂わせていたものです。そう言えば、「禿山人」と自称する父フジトも外出時にはよく帽子をかぶることが多く、まれに禿げ頭にベレー帽で出掛けることもありましたが、こちらは黒色でした。赤いベレー帽の似合うミサエの影響もあって、マコトも小学校では絵を描くのがとても好きで、ある日松原先生に「コンクールに出すので描いてくれる」と急に頼まれ、放課後に残って描いたクレヨン画が、地元の十勝地方の学校絵画コンクールに入賞したこともありました。

ミサエの芸術的趣味に飾られた個室には、マコトも普段入るのが躊躇われたものですが、あるとき一度だけ止むを得ず入り込んだことがありました。それは、晩春の何やらエアポケットのような日でした。マコトが学校から三キロの砂利道を帰ってみると、玄関はもちろん裏口の鍵も全部締まっていて、家の中もひっそりと物音ひとつせず誰も居ない気配なのです。父は仕事、ミサエは高校でヨシエは中学校、おまけに母サエまでどこに出掛けたのか留守のようです。都会のカギっ子と違って鍵などもちろん所持していないマコトは、一人困り果ててしばし途方に暮れました。しかし少しずつでも逞しくなっていたマコトは、そこで諦めずに（悪）知恵を巡らしました。一階が駄目でも、二階はどうだろうかと閃いたのです。

さあ、それからマコトは、まず背中のランドセルを降ろし、南側の窓下にいつも横たえてある大きな梯子に目を付けました。子ども一人では大変ですが、今は非常事態なのです。これまで培ってきた体力を振り絞って長い梯子を抱えると、裏口の北脇の壁に運んで何とか立て掛けました。その梯子を登れば裏口と石炭収納庫を覆う赤屋根に上がることが出来、さらにその屋根伝いに這って進むと、じつはミサエの部屋の人目に付き難い西壁に設えてある明かり採りの高窓に手が届くのです。マコトは一か八か試しに登ってみました。その小さな高窓は左右の開き窓になっていて、マコトなら何とか通れるほどの大きさはあるのです。「よし」とマコトは一気合い入れてから、右側のガラス窓を利き手の左手に力を入れて横に引いてみました。すると、最初抵抗していると感じられた窓が、グッと動いたのでした。ミサエが換気のために施錠しないままにしていたらしく、マコトの勘が見事に的中したわけです。マコトは思わず「しめたっ」と声を上げそうになりながら、その窓を開けきると、体を「よいしょ」と持ち上げてそこから中へ滑り込もうとしました。ところが、その小窓は通常より高い位置に付いていたので、マコトも頭から中に入るのは危険なことに気づきました。そこで窓枠の上で態勢を立て直すと、足の方からそろそろと体を滑らせ、それから畳の床に思い切って飛び降りたのでした。

それから一階に下りると、静まり返った空間に向かって、「かあーさーんっ、かあーさーんっ」と何度も叫んでみましたが、どこからも一向に返事は返って来ません。そんなふうに恥ずかしい大声で呼ぶのは初めてのことでした。さてさて、やはり母サエはどこへ出掛けたものか不在のようで、ポツンと置いてきぼりにされた格好のマコトの全身には、ただの寂しさを越えて、次第に切なさが広がって来るのでした。確かに普段はあまり世話をやいてくれるような母ではなかったものの、いざ姿が消えてしまうとこんな気持ちになるのか、という思いもよぎりました。母親とは、とくに何をしてくれるわけではなくとも、ただそこに居てくれるだけで有難いものなのかも知れません。

しばらくして観念したマコトは、身も心もうす寒くなって来た一階の無人空間からもう一度二階のミサエの部屋に戻るや、布団の入った押し入れに潜り込んでふすま戸を閉めると、そのまま寝込んでしまったのです。どれくらい時が過ぎたのか、ようやくマコトが物音で目覚めたとき、押し入れは開けられていて、傍にはミサエが呆れ顔で立っていました。日暮れ前に帰宅してみると、何と小窓が開いているので（あれ、田舎なのに泥棒でも入ったのかしら）と一瞬驚いたそうです。しかし、裏口にマコトのランドセルが放置してあったのを思い出して、（さてはあの子の仕業に違いない）と推理を働かせた結果、押し入れで寝入っていた犯人を発見したのでした。ミサエが隣町の高校から帰宅したとき、幸いほかにはまだ誰も帰っていませんでした。マコトは、誰も居ない家の中が何となく怖いし、夕べが近づくと小冷えもしてくるし、おまけに住居侵入の運動で疲れてもいたのか、どうやら暗い押し入れに隠れてそのまま寝込んでしまったようでした。マコトは何もうまく釈明出来ませんでしたが、無口なミサエは何も咎めることもなく、もちろん誰にも口外しなかったのです。それで、この晩春のどこか切ない珍事は、二人だけの可笑しな秘密になったのでした。

それから六月の愚図ついた天気のある日曜日のこと、その日の午後も、家にはたまたまミサエとマコトだけが留守番していました。ミサエは珍しくマコトの相手をしてあげようと思い立ったものか、弟の勉強のためにと思ったものか、怪訝な面持ちのマコトを自分の膝の上に座らせて、一冊の本を広げました。それは、小さなマコトにとっては難解なロマン・ロラン作の『ジャン・クリストフ』でした。ミサエは、その本を開いておもむろに言いました。

「ここを読んでごらん」

「うん。これ何の本だろ」

「いいから、声を出して読んでごらん」

マコトは普段から本読みが好きでしたし、それに姉の膝が柔らかくて心地よかったこともあって、言われるまま素直に読み始めました。それは、内容もよく呑み込めていない唯の音読に過ぎませんでした。それでも漢字にはルビが振ってあったので、わりにスラスラと楽しく読み続けていました。しかしそのうちに、ときたま「接吻」だとか「抱擁」だとかいう大人世界の言葉が目に入ると、それくらいの理解はあったマコトもさすがに気恥ずかしくなってしまい、思わず読みあぐんでしまいました。するとミサエは、何事も無いように平然と、けれど諭すように促すのでした。

「何してるの、ちゃんと読みなさい」

ミサエは、まだ子どもであるマコトに対しても、世間一般のこだわり無しに接していたのでした。ミサエは、気質からして一種の自由人だったのかも知れません。そもそも芸術的感性にとって、あらゆる常識的な枠組みや垣根は、けっきょく束縛であり妨げでしかありません。

人生のキーワードが「美」であるような、そんなミサエは、今後は美術大学に進んで将来は画家になりたい、という夢を抱きながら田舎の高校生活に耐えていたのでした。ところが、長い髪に小粋な赤いベレー帽がよく似合うそのミサエも、頑固な父フジトの反対に阻まれて、けっきょく宿願であった絵の勉強を続ける道を諦めざるを得なかったようです。マコトにはよく分かりませんでしたが、美術の修練にはお金がかかるので、経済的な事情もあったはずです。所詮絵描きではこの先食べていけないという、老婆心的な親心が働いたかも知れません。マコトも、自分の父親が芸術の価値を理解できないただの偏屈者だとは思いたくありませんでしたが、それでも娘の進路を妨げたことは、理由はどうあれやはり悲しい事実なのでした。もっとも当のミサエの才能がどれほどのものだったかは神のみぞ知ることですが、もしそのまま望みが叶えられていたならどうなったか、人の人生とは本当に分からないものです。

ミサエ自身の未来はそんなに明るいものではありませんでしたが、マコトは三姉のミサエからは、善し悪しは別として、何より人間の自由な生き方というものを学んだように思うのでした。母サエにも幾分か見受けられた何か紫色でも似合いそうな粋な容姿と、どこか大人っぽい雰囲気に恵まれた芸術家肌のミサエは、マコトが幼いことなど一向に頓着することなく、引き出しに仕舞っていた「ウイスキーボンボン」を何かの折に箱ごと与えてくれたりしました。少しドキドキしながら開けてみると、一個ずつ綺麗な銀紙に包まれたソレが、絵の具セットのようにずらりと並んで入っていました。マコトは、その「ウイスキーボンボン」をそのときに初めて口にしたのですが、もちろんアルコールが入っていることなど知る由もありません。ところが、チョコレートとウイスキーが程良くミックスした大人っぽい初めての味は、マコトの新鮮な味覚を刺激し満足させてしまったのでした。ちなみに、田舎町で売られているはずもないこの珍しい洋風の菓子は、ミサエの話によれば「フィリピンの外人さんを絵のモデルにして描いてあげたら、そのお礼に貰った」ということでした。しかしおそらくそれは、当時日本に進駐していた駐留米軍のうち、当時まだ北海道の真駒内や千歳に在留していた「フィリピン戦線」の経験者が珍しく種畜場見学に訪れた際のエピソードであり、プレゼントだったのでしょう。

父の援助を得られず宿願を断念せざるを得なかったミサエは、その後卒業を待ちかねるようにして高校三年間の我慢にもようやく終止符を打つと、アルバイトをしながら美容学校に通うために再び札幌に戻っていきました。町の暮らしが好きな都会派のこの姉にとって、刺激の少ない田舎暮らしのアンニュイな生活は、退屈かつ不便で内心堪らなかったに違いありません。社交的には見えず、むしろ孤独を好むような雰囲気のミサエが、賑やかな都会が好きだというのは矛盾のようでもあるのですが、どうも人間の内面には、そんな割り切れないアンヴィバレントな両面性格が潜んでいるのかも知れません。

ともあれ、マコトが自分の人生を通じて、絵を好んで描いたり本を友とするような趣味教養を身に付けたのは、そんなミサエの影響もあったようです。ミサエの所持本の中で、マコトが興味を引かれたのは伝記物の類いでした。ヘレン・ケラーやエジソンや野口英世の伝記がありました。マコトはそれを譲ってもらって読み耽ったものです。そのほかには、父や次姉フミエからプレゼントされた『トムソーヤの冒険』とか『三銃士』や『ガリバー旅行記』などの冒険活劇物が大好きで、自分が暮らしている場の中で実際にその冒険やチャンバラの真似ごとをしようという気にさせられたものでした。

その一方でマコトは、子どもの常道である漫画本は自分では買わずに、たまに回覧されてくる漫画雑誌を読むことにしていました。というのも、怖い父フジトに咎められるのを何となく恐れていたからでした。それで夜などは、その父に見つからないように布団に頭までスッポリと潜って、懐中電灯でこっそり照らしながら読んだものです。そんな愚行は、逆にスリルのある楽しみでもありました。もっともそんな子どももじみたスリルも、すぐ横で寝ている母サエには気づかれて、「これ、何をしてるんだい。目が悪くなるよ」と、そっとたしなめられるのでした。そんなことをしているマコトは、確かに本好きには違いなかったものの、閉じこもった本の虫というのではなく、自分の暮らしている牧場そのものが広大な遊び場であると同時に、本の世界に出てくる冒険や発明や発見の実験場にもなっていたのです。本の世界と現実とを自分の空想のままに行き来できること、それはとてもすばらしい人生の幸運でした。

ところがその一方で、欺瞞と虚栄に満ちてどこか嘘っぽい現実によりも、かえって本の世界にこそ偽らない真実がある、と思うようになったのも、じつはこの頃からでした。マコトにとっては、幸いなことに本の世界が真実への扉を開いてくれたのです。それがずっとその後の人生においても、何かと神経をすり減らされる世間の現実とマコトの繊細な壊れやすい魂との間に、一種の緩衝地帯を形成してくれることになったのでした。もっとも、単純な実際家の考えでは、そんな本の世界こそ所詮単なる言葉の遊びごとであり、虚しい観念の世界に留まるものに過ぎないのです。しかし、実際の生活では見過ごされがちな人間の微妙な思いや心の機微、そして魂の叫びは、本の言霊世界にこそ宿るものなのです。そんな本の世界の持つ魅力に、マコトもこの頃気づいたのでした。
そんなマコトに比べると、母サエの場合には、このような本の世界に真実を発見して心慰められるという体験に恵まれなかったようです。明治期から大正期に生まれ育ち、家の事情で義務教育以上の高等教育を受けられなかったサエには、書物の魅力と出会うような機会も余裕も実際与えられなかったのでした。それできっとサエは、現実との摩擦に疲れたときなど、本の世界に救いを求める代わりに、次第に自分の中の妄想の世界に閉じこもる道を選ばざるを得なかったに違いありません。それが、マコトもしばしば身近に目にしている母の一見異常にも見える習性だったのでしょう。けれどもそこには、ひょっとすると他人には分からないサエ独自の悟りのような心境があったのかも知れません。

爽やかな初夏の風が優しく吹き渡り、丘辺に広がる放牧地では牛たちがのんびり草を食み、野山の花々や鳥や虫たちがそれぞれの命を謳歌し始める頃、三年生の一学期が終わり、待ちわびていた夏休みが来て、マコトは毎日忙しく、しかし自由に過ごしていました。家では夏休みの宿題をしたり、本を読んだり、好きな工作をしたり、そしてそれに飽きると外に飛び出して、子ども広場で時間をつぶしたり、友だちを見つけて野原で虫取りしたりと、することは幾らでもあったのです。剛田君の家にも遊びに行きましたが、行動派の剛田君は、大人と一緒に夏山登山に行ったり、キャンプに出掛けたりしていて、留守がちの日が続いていました。そんなときは、剛田君の筋向かいの官舎に住んでいる小山君をいつも誘いに行くのでした。剛田君と小山君は、家が近くて同学年でしたから、学校にはいつも連れ立って通学している近所仲間だったのです。でも小山君は、マコトに似て華奢な体格で、性格もマコトより大人しいくらいの控え目な子どもでした。そんな小山君が、マコトには誘いやすくて打ち解けやすい友達になったのでした。

「小山くーん、あそぼおーっ」

小山君の家の裏口の方から思い切り声を張り上げると、いつも白い割烹着を着たまだ若気なおばさんがそそくさと出てきました。

「ああ、マーちゃん。今ね、宿題してるとこだよ。マーちゃんは、もう宿題終わったんでしょ。勉強出来るからいいねえ」

これが、小山君のおばさんのいつもの台詞だったのですが、じつはマコトはその宿題などほっちゃらかして、というよりほぼ忘れたまま遊びに出たのでした。そこで、皮肉にも弱みを突かれたマコトは、返事のしようもなく頷く振りをしながら、いつも一呼吸置いてから言うのでした。

「小山君の宿題終わるまで、外で待ってるから」

マコトは、正直後ろめたい思いを引きずりながら、持ってきた虫取り網をぶら下げて、近くにある草原までしばらく時間をつぶしに行くのでした。

そんな夏休みもたけなわの八月に入って、昭和天皇の第五皇女に当たる清宮が来場されました。以前にマコトが六歳の年に早くも来場された義宮殿下のときは、皇族の初めての視察ということで、父フジトも何かと気をつかったようでしたが、勝手に遊び回っていたマコトは、そんな出来事などほとんど何も知らないまま過ごしていたのでした。しかし清宮貴子内親王殿下のご来場のことは、美しい思い出として記憶の底に留まっています。

というのも、このときにはマコトたち三年生も揃って駆り出されたからでした。しかもそれだけでなく、そのときの清宮内親王のさすがに洗練された爽やかな気品が、今でもマコトの脳裏に鮮やかな印象として残っているのです。都会人の鼻につくキザな洗練ではなく、芯からの洗練は自然な爽やかさを発するものです。狭縁の帽子と白い手袋を身につけ、左腕に小振りのハンドバッグを提げられた内親王のまだ若々しく軽快な半袖のワンピース姿は、澄み切った青空と緑豊かな牧場が高く遠く広がった北国の爽やかな夏の景色に輝くように映えていたものです。うら若い女性の明るい笑顔の魅力というものを、マコトは正直そのとき初めて知ったのでした。落ち着いた身のこなしからは想像できないことでしたが、そのとき内親王はわずか十六歳だったのです。こうした雰囲気は、戦後十年経過して早くも「神武景気」を迎えた当時の日本の活力を象徴していたのかも知れません。

その日呼び集められた場の子どもたちは、緑屋根に白壁の庁舎の正面玄関の車寄せまで続く、玉砂利を敷き詰めた道路の脇に沿って、日の丸の小旗を手に神妙な面持ちで並んでいました。

大人に命じられたその行為は、マコトには正直のところ気が進まないものだったのですが、やがて到着した黒塗りのお召し車から降り立った内親王の爽やかな笑顔が目に入るや、マコトのそんな気持ちもどこかへ他愛無く吹き飛んでしまいました。日頃から愛称で「おスタちゃん」と呼ばれ、気さくなところのある内親王は、それから程なく五年後には、民間の島津家に降嫁されて主婦島津貴子さんになられたのでした。

清宮が来場されてからほどなく、もうすぐお盆という頃に、東京で大学生活を過ごしている兄マサトが帰省しました。ブリキの円筒缶に入った浅草海苔を手土産にぶら下げていました。マサトは大学最後の四年生で、忙しいただ中を遠路はるばるやって来たのでした。ちょうどこの年マサトは、大学で弁論部長を務めながら、全国学生弁論大会でみごと優勝を飾ったのでした。その結果がこのとき皆に伝えられ、父フジトももちろん嬉しそうでしたが、年の離れた弟のマコトも何か誇らしい気持ちで（お兄ちゃんはすごいなあ）と感心したものです。国政選挙の際には、大物政治家の宣伝カーでアナウンス役を依頼されたりもしたようです。兄のマサトは、内気なマコトとは違って、父フジトの活動的なチャレンジ精神を受け継いでいたのかも知れません。それが、マコトには羨ましくもありました。（自分もあんなふうに活発になれないかなあ）とも思ったものです。

八月も半ばのお盆の頃になると、北国ではもう朝晩の外気がひんやりして来ます。一階の畳部屋には早くも特別にストーブが据えられ、マコトはマサトとその部屋で一緒に時間を過ごしました。けれど、一回り以上年の離れた二人は、あまり会話を交わすこともありませんでした。マコトはマコトでストーブのこちら側で黙って漫画か何かの本を読み、マサトはマサトでストーブの向こう側で、地方新聞に目を通したり、日頃の都会生活で溜まった疲れでも取るようにのんびり昼寝していました。こちら側はまだ幼い子どもの世界、向こう側は社会で活躍を始めた大人の世界、その年の離れた距離を、薪をくべられたストーブの温もりが辛うじて繋いでいるようでもありました。それでもこの夏休みには、随分久しぶりに家族が集合することになりました。両親に、イチエ、マサト、フミエ、ミサエ、ヨシエそしてマコトたちです。大人数の家族が一堂に会するということは、皆が成長して大人になるにつれて難しくなるものです。ですから、こうして集まるだけで、何も語ることは無くとも心強い気持ちにさせられるものです。このとき家の前に並んだ家族の記念写真が一枚、今ではセピア色に褪せてはいますが、マコトのアルバムに懐かしく残されています。ただ残念ながら、札幌で養護教諭の仕事をしている一番上のイチエだけは、撮影役をしたらしく一緒には写っていません。世間では「兄弟は他人の始まり」とは言うものの、やはり血の繋がりというものは特別のものに違いありません。そのことは、とくに家族思いの親にとっては言うまでもないことなのです。

なるほど、人は誰しも一人で生まれ一人で死ぬことは確かな宿命です。集団死の場合でさえ、たとえ見かけは集団でも、厳密には一人で死ぬのです。それは、個として生きているすべての生きものが受け入れざるを得ない定めなのです。けれど命というものは、一個の命として何かしら争いの中にありながらも、同時にすべての命とどこかで繋がっていて、全体として見れば大きな命の宇宙を創り出しているのです。家族の血の繋がりがマコトに感じさせた特別な思いとは、じつはその命の宇宙から生まれてくる自然な繋がりが、血縁共同体である家族というものに象徴的に凝縮された人間的情念だったのかも知れません。

牧場の南西のはずれに広がる小高い丘に伸びたまっすぐな道、裾野の広々したオダッシュ山の麓につながるそのゆるやかな坂道は、マコトや他の腕白連中にとって、人里の世界と未知の山奥の世界とを結ぶ関所のような道であると同時に、幼い日の何かゾクゾク、ワクワクとした心持ちを思い出させる、とても懐かしい特別な場所でもあります。実際、この丘の風景の懐かしいノスタルジックな心象は、有名な北イタリアのトスカーナ地方の丘陵風景が呼び起こすアルカイックな印象と比べても、マコトの記憶の中では、少なくともその郷愁の深みにおいて聊かも遜色がありません。けれどそれは、歴史の古いイタリアのアルカイックな郷愁とは違って、まだ歴史の新しい開拓者的な郷愁に近いものがあって、まるでフォスターのアメリカ民謡でも聞こえて来そうな雰囲気が漂っているのです。おそらく、広大なアメリカ風の牧場風景のためでしょう。

あの丘は　いつか見た丘

ああ　そうだよ
なぜか優しく　ぼくを招くよ。

この道は　いつか来た道
ああ　そうだよ
から松の並木が　ぼくに微笑む。

あの雲は　いつか見た雲
ああ　そうだよ
夏のみ空で　ぼくを見ている。

そんな懐かしい丘は、特別な境界領域でもあったのです。こちら側の牧場の畜舎や畑や人家が点在し、飼い慣れた家畜や顔見知りの人たちが住んでいる日常の世界と、向こう側の鬱蒼とした樹々が広がり、北海道で最もどう猛な獣である野生のヒグマが息を潜めているかも知れない非日常の恐れと好奇心を掻き立てる異界と、このような境目に伸びている丘の道、まだ人生も分からない少年の日にただ一度だけ通り抜けたことのあるこのちょっとした場所が、不思議に懐かしい思い出の点景となって、マコトの心に深く焼き付いているのです。

夏休みも終わりに近づき、北国ではそろそろ秋の気配が忍び寄る日のことでした。マコトと腕白連中は、から松の並木に沿ったそのなだらかに伸びた坂道を登り、さあ、いざ未知の山に向かって不安の交じった好奇心に心を躍らせながら、こんもりした草木の生い茂る山の中へと恐る恐る分け入って行きました。しかし麓から中腹にまだ達しないうちに、やはり不安の方に火がつきました。さあ、実際に熊笹のガサガサッという音が聞こえたような気がするや、皆いっせいに「あっ、出たぞっ！」という叫び声を上げながら、姿の見えない熊の影に怯えて一目散に山道をころがり下りて来たのでした。穏やかな丘の辺りまで戻り着いたとき、マコトの生まれつき弱い心臓はドキドキ早鐘を打っているようでした。

「ああ、びっくりしたなあ」

「あれは、ほんとに熊だったんべか」

「でも、なんか黒いものが見えたぞ」

「ちくしょう。残念だなあ」

じつはこの悪童たちのずっこけ冒険譚は、日頃大人たちから、「山には熊が出るから行ってはいかんぞ」とうるさく言い聞かされていたことへの、まさしく子どもじみた反抗心が生んだものでした。悪童たちは、自分たちの果敢な挑戦があっけなく頓挫した腹いせでもするつもりか、帰る途中で場の広大な飼料畑から「ルパシカ」という家畜用のかぶらをもちろん無断で引き抜いて、みんなしてそれを飢えた餓鬼のようにニコニコ笑いながら美味しそうに食べ合ったり、オダッシュ山から出て牧場を流れる川の水を手ですくって飲んで乾いた喉を潤し、さらには野末に人知れずひっそり隠れて咲いている野イチゴをわざわざ見つけ出して一つ残らず摘まんでしまったりしたのでした。そんな悪童たちの愚行三昧も、その後の飽食時代になってから振りかえれば、戦後の飢えた子どもたちだからこそ見逃されたような、奔放な自然児たちの懐かしい思い出の一コマになっているのです。

ところで、子どもたちにとって未知なる山、牧場の奥深くに聳えるそのオダッシュ山は、じつは標高一〇九八メートルもあって、北海道の背骨を形成する日高山脈の北辺に連なっているれっきとした名山なのでした。「オダッシュ」という風変わりな名は、砂と穴を意味するアイヌ語「オタシュイ（オタソイ）」に由来し、麓のオタソイ川が語源になっているという説があるのですが、もうひとつ定かではありません。その山腹は、鬱蒼とした山林に覆われ、北海道を象徴する熊笹や背丈を超えるラワンブキが密生しています。大人たちの話では、その山頂付近には水源地である「分水嶺」があるのですが、何しろ熊が出るそうなので、子どもなどが行く所ではなかったのです。しかしマコトは、以前からその秘密めいた奥深い場所までいつか行ってみたい気がしていたのです。どっしりとした山容をもって聳えるオダッシュ山は、マコトたちにとって懐の広い母なる故郷の山でした。故郷の山と言えば、かつて作家として自立する志を抱きながらも、家族を養うために明治四十年前後にこの北海道の地に渡って臨時教員から新聞記者となり、函館、小樽、釧路といった当時辺境であった北国の、しかしそれぞれに風情に溢れる個性豊かな港町を転々とした「流浪詩人」石川啄木は、かつて幼き頃の故郷岩手の岩手山を前にして「ふるさとの山に向かいて言うことなし、ふるさとの山はありがたきかな」と詠嘆したのでした。そして今マコトが仰ぎ見るオダッシュ山もまた、そのように下界を無言で見守り続ける母なる「ふるさとの山」にほかなりませんでした。ただこの母なる山は、まだ知識も経験もない幼い子どもにとっては、その向こう側があたかも未知なる黄泉の国のように思われたものです。そんな背後世界は、実際にこの当時は、鬱蒼とした原始林が広がる未開の地に違いなかったのでした。

ところが、それから半世紀以上の歳月を閲《けみ》した現在では、何とも驚くことに「トマム」という黄泉の国ならぬ一大リゾート地として大々的に開発され、スキーを楽しめる冬のみならず夏もまた快適なレジャーの穴場として脚光を浴び、今や全国各地から観光客が訪れるほどの人気スポットへと一変してしまいました。さらに、そのトマムから山を挟んでこちら側の新得へは、新路線である日勝線が開設され、マコトにも馴染み深い狩勝トンネルに代わって新狩勝トンネルが掘削され、長年続いた難所越えの苦労も解消されることになりました。けれどそれと同時に、この新トンネルを通って新得へ向かうモダンな特急列車が、牛馬が草を食む静寂な種畜場の一角を脅かして疾走するという、思いもかけなかった時代が到来しているのです。どこまでも効率を追求する人心と時勢が、豊かで美しい風土と故郷を限りなく侵食していくような光景は、かつて自然の豊かな恵みに感謝しつつ生きていた先住民アイヌの人たちの純朴な心情を偲ぶとき、決して喜ばしいとばかり言えません。便利、便利、便利の飽くなき追求！ それはやがて人間の生きる力を弱め、人間自らを駄目にすることでしょう。せめて、何事にも代えがたい心の故郷をみずから破壊するような真似だけは、やはり避けなければならないのです。

山麓に広がる風景は、利便を好む人間たちの手によって、時代の欲望とともに変えられていきます。しかし、それでも母なるオダッシュ山は、あくまでオダッシュ山としてそこに変わらずに無言で聳え続けているのです。広内の大地の西方に聳え立ち、あたかも、ものみなを腐敗させるジリジリした西日の逆光をもろ手を広げて遮るように、麓の緑野を護っている母なるオダッシュ山！

夏休みが終わって二学期が始まると、学校では秋の行事がいくつか待っていました。秋と言えば、まず芸術の秋です。名勝狩勝峠はもちろん、周辺の山々にもパレットにのせた多彩な絵の具を思わせる紅葉が華やかに色づいてきた頃、校外での写生授業が実施されました。マコトも絵を描くことは前から好きだったので、この野外写生授業は楽しい時間の一つでした。クラスの皆は、めいめいにクレヨン箱と画板を抱えて、正門脇の二宮尊徳像に見送られながら、ぞろぞろ蟻のように列を作って郊外に向かいました。郊外と言っても、目指すのは町の北部にある新得山の麓に鎮座する新得神社の付近でした。正門を出て左に折れると町中に続く坂道に行き当たるのですが、その曲がり角にマコトが弁当を持参していない日にいつも五円のコッペパンを買い食いしている小さなパン屋があります。そのパン屋の前の坂道を降りて行った途中に木橋があります。パンケシントク川に架かったその橋を山の方へ渡り、新得神社手前の細い山道を左へ折れると、見晴らしの良い細長い台地が山腹沿いに伸びているのです。そこに立って、目の前の草叢や林やパンケシントク川の向こう側を望むと、新得の町並みを遠く近く見下ろすことが出来ました。

皆は、松原先生からそれぞれ一枚ずつ真新しい画用紙を受け取ると、その一帯に思い思いに散らばって写生を始めました。女の子たちは誰もが真面目に取り組んでいましたが、男の子はどうも落ち着きが足らないようです。マコトも、絵を得意にしているだけに、クレヨンを手際よく走らせて風景画をさっさと仕上げてしまいました。それは、余った時間を初めて訪れたこの山腹で遊び回るためでした。マコトと何人かの男の子たちは、正直手抜き加減に描き上げた絵を先生に提出すると、早速あちこち走り回って騒ぎ始めました。松原先生は、そんな不真面目な男の子たちの元気ぶりを半ば諦めたような面持ちで見逃しているのでした。けれども、近場に寄り集まって写生していた女の子たちは、迷惑そうな顔を互いに見合わせながら、「またあの子ら馬鹿な事してる」と呆れ果てていたのです。それでもマコトたちには、何度も行き慣れた新得山のスキー場とは正反対側の、しかも南に面して日当たりの良いこの一角は、それまで知らない穴場だったので、ムズムズと好奇心が湧いて来たのでした。どうやら広々とした野外に出ると、マコトの体の中で遊びの虫が自然に騒ぎ出すようでした。

そのほかこの秋には、校内行事としてクラスごとの学芸会が計画されていました。マコトのクラスでも全員参加の方針で、それぞれ何をやるか考えたり悩んだりが始まりました。グループで劇を計画する子たちも居ましたし、何人かで楽器を演奏する予定の子たちも居ました。そんな中でマコトは、思い切って単独のマジックショーをやろうと思い立ったのでした。というのも、フミエからしばらく前にプレゼントされた手品セットが、手つかずのままになっていたのを思い出したからです。それまでは面倒で難しそうな気がしていたのですが、（学芸会は折角の機会だから、気を入れ直して練習しようか）と思ったのです。もともとこの手品セットは、フミエが手先の器用なマコトを思って買ってくれたものでした。無駄にしては罰が当たります。マコトは学校から帰宅すると、早速その日から暇をみては説明書きを横に練習を始めました。色とりどりのハンカチを手の平から取り出して見せるマジック、ただの新聞紙を三角に折りたたみ、空コップを机に置いて、一呼吸してから新聞紙を傾けると、そこから水が流れ出てコップに注がれるというマジックもありました。それらは、マコトでもコツを掴むと何とか出来る技でした。

ただ一つ難しかったのは、四個の木玉を片手五本の指の間に挟むマジックでした。これはまず、一個の木玉を親指と人差し指の間に挟んだところを皆に見せておき、そこから指を順に操りながら、人差し指と中指の間に一個、中指と薬指の間に一個、最後に薬指と小指の間に一個という要領で、順繰りに一個ずつ木玉を増やしてみせるという、文字通りの手品なのです。この手品の種明かしは、じつは木玉が玉ねぎのような重層構造を持っていて、まず芯となる一番小さく完全な木玉の上に、少しずつ大きさを増した薄い木製の半球が三個順番に被さっているのですが、それを表となる丸い側から見ればただ一個の木玉に見えるわけです。問題なのは、それらの玉ねぎ状に重なった半球を指先の巧みな操作でそれぞれの指で繰り出していくテクニックなのでした。器用と言われていたマコトも、この手品の練習には四苦八苦しました。そして案の定、学芸会の本番では、この手品だけはどうにも不首尾な出来具合でした。そして見守っていた同級生からは同情交じりの失笑も起こったのですが、すべて終わってマコトがお辞儀をしたときには、先生もクラスの皆も、揃って温かい拍手で応えてくれたのでした。諦めず何事も恥を覚悟でやってみるもので、内気なマコトも、人前で初めて演技した達成感とささやかな快感を相応に味わうことが出来たのです。

さらに秋には、年中行事のクラス遠足もありました。秋はスポーツ、運動の秋でもあります。しかし梅雨のない北海道では、運動会は六月開催が恒例なので、秋には徒歩運動を兼ねた遠足がスポーツ行事みたいなものです。その遠足の今年の行き先は「岩松ダム」でした。周辺の山々を領有する広大な高原の町新得には、地勢に恵まれていることもあってダムが幾つかあったのですが、十勝川上流の岩松ダムはその代表的なもので、すでに戦前に竣工された古株のダムでした。十勝川は、その全長が北海道では石狩川に次いで第二の一五六キロメートルあって、緑豊かな十勝平野を横切るように帯広を通過したあと、最後には太平洋の大海原に滔々と流れ込む十勝の大動脈になっています。その十勝川の上流で最初のダムがこの岩松ダムなのです。それは、フミエが中学教諭をしている屈足からさらに奥地に入ったトムラウシ地区に位置していて、鬱蒼と樹木溢れる山あいに如何にもゆったりと聳えている、勇壮にしてしかも秀麗な佇まいをしたダムでした。それでも、何とか途中までは路線バスで行くことが出来たので、歩く距離もさほど辛いものではありません。お昼の弁当だけ持って日帰りで出かけるには、ちょうど手頃なルートなのです。さらにもう少し山奥へ入れば、オソウシ温泉という鄙びた一軒宿もあるのでした。

クラスの一行は、遠く大雪山系に連なる二一四一メートルの秀峰トムラウシ山から流れ来る清冽な清水を湛えた大きな岩松ダムを一巡り見学してから、ダム湖近くの林間に開けた小さな原っぱで皆揃って弁当を広げて食べ、それから皆並んで記念写真を撮ってもらい、帰りまでの残り時間を自由に遊び回りました。この遠足は社会見学を兼ねていたはずなのですが、どうやら無頓着なマコトには、歴史ある立派なダムのことよりは、クラスの皆と弁当を食べて遊んだことだけが記憶に残ったようです。

そんなこんなで秋の主な行事が一通り済むと、実りの秋もすっかり深まって来ました。町の周辺の山野にも、マコトの住む場の牧野にも、ドングリなどの木の実が豊富に実り、樹木を彩る黄や赤の紅葉も日に日に色鮮やかさを増し、秋風が日増しに冷たく感じられるようになりました。野山に潜む動物たちも、それぞれに冬支度に忙しくなる季節です。またやって来る厳しい冬に備えて、人間たちも動き始めました。小学校では、そろそろ小使いさんが物置部屋に入り込んで沢山のストーブの点検に余念がないでしょう。北国に毎年巡って来る秋から冬への慌ただしい風物詩の中で、子どもたちだけは相変わらず明るく伸び伸びと遊んだり学んだりしていました。ただ時には、授業の休み時間に廊下の窓下の桟にヤモリみたいに飛びつく芸当を披露していたマコトを、長身の怖い体育出身の先生が見つけて厳しく叱りつけることもあったのでした。

そんな中、父フジトが東京へ出張に出かけることになりました。兄マサトと同じコースを辿っての上京です。根室本線の汽車で新得から富良野経由で滝川まで、さらに函館本線を札幌経由で函館まで、そして青函連絡船に乗船し本州青森まで、そこからまた汽車に乗り換えて東北本線を一路東京上野まで行くという長旅です。子どもにとっては気の遠くなりそうな遠距離を、大人たちは用あるごとに忍耐と諦めの交じった心境で出かけて行くのでした。ところでフジトは、関西出身にしては珍しくウドンよりソバを食べ慣れていて、上京した折にはいつも帰り際に上野でソバを楽しむのでした。それが今回は、帰途に岩手の盛岡にも下車したようで、盛岡名物の「わんこそば」まで楽しんできたようでした。遠路はるばる帰宅したフジトは、旅の疲れはそっちのけで、家族にそのことを自慢そうに話すのでした。誰それは何杯食べたそうだが、自分は何杯しか食べられなかった、という話に、マコトは（妙な食べ方をするもんだなあ。何杯だっていいじゃないか）と興味を示さず、何杯という記録数などちっとも頭に入りませんでした。

ところがフジトは、そんな体験談だけでは済まずに、「うちでもやってみよう」と言い出したのです。それも尤もな話で、新得は北海道のみならず全国でも有数のソバ名産地なのです。しかし、家族はそれからが大変でした。母サエと末姉ヨシエ、それからちょうど日曜日で場に来ていたフミエも加わった女性陣が、フジトの指図に従ってソバと有りたけのお椀を揃えてから、いよいよ「わんこそば」騒動が始まったのです。幸いマコトは、フジトと一緒に食べる側に回されました。とは言っても、一口食べる、というより一口吸い込んで飲み込むごとに、空になったお椀に背後からすかさず一口分のソバを入れる、何とも忙しく慌ただしい限りの食事風景です。それでも食べる方の側は多少面白くもありそうですが、お盆に何杯ものソバ椀をのせて待機しなければならない女性陣は、マコトでさえ気の毒になるほど煩わしい労働でした。フジトは、盛岡を思い出すように満足そうな按配でしたし、サエはとくに文句を言うこともなく、ただソバを茹でては椀に入れる単純作業にひたすら従事していましたが、若いヨシエはさすがにウンザリした様子でした。そして、ソバを注ぎ入れる役をしていたフミエは、ようやくこの騒動が一件落着してから、ヤレヤレという顔でマコトにそっと言ったものです。

「こんなことはもう二度と御免だねえ」

もちろんそのときフミエは、のちに皇太子殿下が訪場された際、お昼に特産新得ソバを差し上げる接待役に自分がなろうとは夢にも思わなかったのでした。そしてマコトは、「わんこそば」という珍しい盛岡名物に感心はしたものの、ソバに限らず食事というものは、（やっぱり、ゆっくり味わって食べるのがいいなあ）と正直思ったものです。それから以後というもの、マコトの家でこの「わんこそば」が再演されることはありませんでしたから、この騒動も最初で最後の珍光景となったのでした。ともかく秋は、やはり食欲の秋でもあります。

学校での年中行事と家でのソバ騒動のほかには、この北国の高原の秋の日々は、ほぼいつも通りの冬支度のペースで過ぎていき、やがて紅葉も散った野山の木々の梢をうら寂しい木枯しが揺らし始め、初霜が早朝の畑をうっすらと霜柱で覆うようになり、それからほどなく今年も「狩勝おろし」の北風と舞い散る粉雪を従えた冬将軍が、この山麓の大地にも忍び寄って来ました。そんな厳しい季節の移ろいの中で、戦争を知らない子どもたちは、ときどき些細な喧嘩はしながらも、男の子も女の子も元気に仲良く成長を続け、そしてまずまず「よく学び、よく遊べ」の毎日を過ごしていました。もちろん、すでにストーブが焚かれ始めた教室の中で、もうすぐやって来る冬休みを心待ちにしながら。

そしてその冬休みの初日、マコトはまずダンゴ山でスキーの初滑りを楽しみ、頬と鼻の頭を赤くしながら好きなだけ外遊びに耽りました。それでひとまず気が済んだので、あとはゆっくりやるだけです。そんな呑気ペースのマコトを鍛えようと思ったのか、自分のことは自分で出来るよう心掛けるという信条を持った中学教諭フミエが、誰にもあまり活用されずに眠ったままの足踏みミシンの扱い方をマコトに教えることになりました。その昔母サエがフジトと結婚する際に持参したというその旧式ミシンは、今ではマコトの勉強机のすぐ横に放置されていました。マコトがいつも気になっていたそのミシンを操作するのは、じつはこのときが初めてでした。備品の一部を黙って持ち出して遊び道具に転用したことで父から叱られた経験はあったものの、正式に裁縫道具として取り扱う経験は最初だったので、興味津々で少しドキドキしたものです。フミエが用意した布切れを使って作業を始めてみると意外に面白くて、マコトは、カタカタと特有の音を立てる足踏み板をシーソーのように踏み動かしながら、同時に布を手で送るという微妙な連係動作をしばらく練習してから、学校で必要なソロバン入れの細長い袋を縫ってみました。縫い筋が少しずれたものの、まあまあの出来具合でした。

さらにミシンのほかにも、家庭科教諭でもあるフミエからの指導が続きました。以前からフミエは、マコトのために毛糸のボッコ手袋、帽子、マフラー、それにセーターやカーディガンまで編んでくれ、ときどきマコトに毛糸巻きなどを手伝わせていたのですが、今度はマコト自身が、毛糸と編み針を使って実際に編み物を習うことになりました。マコトは、フミエが手慣れた指使いで左右交互に毛糸を絢っていく、その編み針の面倒な動かし方を見よう見まねで覚えてから、一番簡単そうなマフラー編みに挑戦してみました。ところが、それが裁縫よりずっと難しくて根気のいる作業であることに段々と気づいたマコトは、とうとう途中でギブアップしてしまったのでした。

「姉さん、もう駄目だよ。難しくてこわくなった（疲れちゃった）よ」

「しょうがないねえ。ちょっと貸してごらん。……まだ半分ぐらいだね。じゃあ、あとは私がしてあげるよ」

残りをフミエに任せてしまったマコトは、姉のモノ作りの根気強さに今更ながら感心するのでした。その根気強い気性は父フジトにも見受けられるものでしたが、あらためてマコトは（自分も、もっと我慢強くならなくちゃ駄目だな）と秘かに反省させられたのでした。

年末の気ぜわしい師走模様のあとにようやく迎えた昭和三十一年の正月でしたが、実際にはとくに変わったことも無く過ぎました。マコトは、朝から家周りの雪掻きをしたついでに、大小の雪玉を重ねて雪だるまも作りました。外では凧揚げで走り回り、家の中では末姉ヨシエと羽子板をしたり福笑いで遊んだりしました。毎年のように、お餅も沢山食べましたし、大きな木箱に詰まったミカンを毎日何個も食べました。ただこの冬には、ミカンに飽きると、干し柿や干しいもといった保存食が待っていました。とくに「神武景気」を反映したこの正月の食卓では、十勝川産の鮭やイクラのほかに、小樽や厚岸の方から送られた身欠き鰊も味わうことが出来ました。とくにマコトの好物は、母サエが身欠き鰊を白菜や大根と一緒に麹で漬けこんだ「鰊漬け」でした。それから鰊を日高産の昆布で巻いた「ニシンのこぶ巻き」も、そしてもちろんお目当ての数の子も今年のおせちには沢山含まれていました。そのほか、鮭を使った「三平汁」というあっさり味の鍋料理も、体が芯から温まるので大好きでした。

そんな北海道の定番料理を賞味することで例年通りの正月も満腹気分で過ごし、そして九歳の誕生日も終わって間もなく、二月の節分がやって来ました。暦で節分と言っても、本州のように恵方巻きを食べる習慣もなく、いつもの年は何気なく過ぎてしまうのでした。ところが珍しく今年の節分は、マコトの家では初めての豆まきが行われました。なぜか父フジトが言い出したのです。二月三日の夕食が済んだ夜、一階の畳敷きの部屋を綺麗に掃除して新聞紙を敷きつめてから、マコトとヨシエが一緒に大豆の豆を撒きました。しかしその日の主役は、厚紙製の手作りの鬼の面を被った父でした。何しろそれは、初めてのハプニング・サービスだったのです。とにかく豆はたっぷりありました。何しろ十勝は豆の名産地なので、大豆の調達には何の苦労もないのです。その日の父フジトは、煎り豆をぶつけられながら珍しくはしゃいで見せていました。日頃厳格に見えるフジトの心中で、なぜか家族愛が弾けていたのかも知れません。もちろん、マコトもヨシエもどこか遠慮しながら豆を投げていたのでした。八畳の部屋に散らばった沢山の豆を後で拾い集めて、母サエも加わって皆で食べました。子どもたちだけは、年の数だけ一個ずつ数え上げながらポリポリ食べました。けれど、この微笑ましい内輪の家族行事も、けっきょく最初で最後の一回きりのイベントに終わってしまいました。

気楽な下級生としては最後の三学期を過ごし、やがて春の気配を感じる雪解けの季節を迎えると、戦後生まれのマコトたちも、これまでと一味違う上級生の仲間入りをすることになります。本人たちの心掛けはともかくとして、周りの人たちからの扱い方にも、きっと微妙な変化が現れることでしょう。

第三章　実のなる季節

昭和三十一年四月、雪解けの泥んこシーズンのさ中、マコトは四年生になりました。やはりクラスは持ち上がりで、担任も松原先生のままです。

学校の行き帰りにもすっかり慣れたマコトは、天気の良い暖かな日和になって来ると、ときどき遊び心にまかせて道草を食うようになりました。場の正門から新得の町へまっすぐに伸びた砂利道の両側には、畑と雑草茂る草原とから松の防風林だけが続いていました。その長い砂利道が尽きる貯木場脇の国鉄線踏み切りを渡ると新得の市街地に入るのですが、そうはせずにその踏み切りの百メートルばかり手前にある、砂利道側溝に架かった小橋のところから左側つまり北に曲がって細い畑道をしばらく歩き続けると、マコトたちの小学校の裏入り口にようやく辿り着くのでした。

ところが、その左へ折れる正規の通学ルートを通らずに、そのさらに手前の雑草茂る道なき草っぱらへと、しかも側溝を飛び越えて突き進んで行くと、その秘かに奥まった一帯にはこぢんまりとした白樺林があり、下草の生えている所どころには、鈴蘭の白い可憐な花が顔を覗かせているのでした。その花たちは、とても小さなオモチャの釣り鐘のようにひっそり咲いていていました。北方の地方、日本ではとくにこの北海道に多く自生している微かに香しくていかにも可憐な鈴蘭は、じつは自ら身を守る有毒な植物だったのです。しかしマコトは、そんな鈴蘭の咲く白樺林が一目ですっかり気に入ってしまいました。そして、いつも遅刻しそうなときには、正規の通学路の砂利道から逸れた自分だけの秘密の近道として、人影のないその静かな白樺林を一人通り抜けて学校へ向かったものです。そこは、まるでおとぎ話の妖精でも出てきそうな雰囲気の漂う不思議な場所だったのです。夏の雨上がりなどには虹がかかり、林の奥ではカッコウの声も聞こえて来るのでした。おそらくこの場所は大昔から存在していて、アイヌの人たちも白樺の陰に群生するこの鈴蘭を見たに違いありません。しかし鈴蘭は、アイヌ語では「セタ・プクサ」つまりセタ（犬）の「プクサ」（行者ニンニク）と言うそうで、その葉は行者ニンニクに似ていても人間には有毒で食べられないために、犬の行者ニンニクとして警戒されていたようです。ですから、白樺林に隠れたこの鈴蘭の群れに彼らが近寄ることは、あまり無かったのかも知れません。

　また、この白樺林の近くには小さな池があって、マコトも下校時にはときどき道草を食ってはザリガニやドジョウを捕まえましたが、別に食用にするつもりなどないので、すぐにまた池に戻してやりました。池の縁には、産みつけられた蛙の卵が泡のヴェールで覆われ、その傍をオタマジャクシが何匹も泳いでいました。それらの生きものは、食い物などではなく友だちのようなものでした。マコトには、自然の草花や生きものにじかに触れること自体が、無上に楽しくて堪らなかったのでした。

そのほか、さらに思い出す別の道草と言えば、水車小屋の話があります。そのときは、確か剛田君か誰か友だちと一緒でした。それは場へ続くまっすぐな砂利道の南側、つまり白樺林とは反対側の場所のことです。砂利道の南側には、ジャガイモ畑のほかソバの畑も見かけられました。おそらく先住農家の畑でしょう。マコトは、まだそちらの方へは行ったことがありませんでした。それでそのときは、前から気になっていたその場所へ友だちを誘って行ってみようということになったのです。登校時には北へ曲がって学校へ向かう細い小道を、その日の下校時には反対の南側に折れて進みました。一反ほど広がった畑の尽きる辺りにこんもりした林があって、砂利道から見ただけでは定かでなかったのですが、林の陰にどうも変わった木造小屋が見えるのでした。周りを気遣いながら近づいてみると、それは絵本で一度見たことのある水車小屋なのでした。それは、オダッシュ山に端を発し、種畜場の敷地を通ってその林まで流れて来たペンケオタソイ川の岸辺に建っていました。

「これ、水車小屋だね」

「なしてこんなとこにあるんだべ」

「ちょっと入ってみようよ」

「やめとこうよ。見つかったら怒られるべさ」

「誰も居ないみたいだから大丈夫さ」

けっきょく好奇心の方が勝って、マコトたちはその無人の水車小屋にこっそり忍び込んだのでした。小屋の外では水車が威勢よく回っていましたが、小屋の中にはかなり大きなモーターのような機械がどっしり据えられています。そしてそのモーターと外の水車とは、木の壁を隔てて消防車のホースのような丈夫なベルトで繋がれています。それは、どうやら自家発電の装置のようでした。それはマコトにも、苦手な理科の知識だけでも何となく分かることでした。開拓が進んで電気が通じるまでの厳しい時代から、この古びた水車小屋は、ペンケオタソイ川の自然の水力を利用して電気を起こし、農家の明かりを灯したり、澱粉やソバの粉ひきをするのに役立って来たに違いありません。それどころかその発電機は、今でも現役で頑張っているらしく、丁寧に磨きこまれているのでした。マコトたちは、何となくこの地の古い歴史を感じさせるような小屋の空気を吸い込みながら、またそっと外へ出たのでした。幸いというのか、悪運が強いのか、大人に咎められることも無く家に帰ることが出来ました。けれどマコトは、その水車小屋に二度と行くことはありませんでした。地元の開拓時代の証人としてではなく、ただ「七人の小人」でもふいに出てきそうなワクワクする童話の中の水車小屋として、幼き日々の記憶の片隅にそっと仕舞ってあるばかりです。

そんなのどかな田舎道での道草も楽しいものでしたが、上級生になってからのマコトは、新得の町中にもときどき出没するようになりました。というのもこの頃のマコトは、人付き合いもそこそこ上手になり、クラスの学級委員にまで選ばれたりして、町の同級生にも友だちが増えてきたのです。学級委員はクラス全員の投票で決めるのですが、いつもトップの成績を維持している橋本さんが選ばれるのは当然として、自由気ままな遊びの方が好きなマコトが選出された理由は、おそらく休み時間のサービス活動にあったようです。というのもマコトは、休み時間になると得意になって、「鉄人28号」や戦艦などの鉛筆画を描いて級友にあげたりしていたのです。『鉄人28号』は、当時子どもたちの間で回し読みされるほど人気のあった月刊誌『少年』に連載中の横山光輝作の漫画で、マコトのお気に入りキャラクターでした。

そのほか休み時間には、机の上で垂直に立てた下敷きをシーソーのように繰り返しカタカタッ、カタカタッと律動させながら、馬が駆けて来てまた遠ざかる独特の足音を器用に表現してみせ、周りの友だちを感心させていました。この技もマコトの工夫でしたが、何か芸をして周囲の人を喜ばせることは、マコト自身の喜びにもなりました。そんなサービス精神は誰からの遺伝なのか分かりません。むしろ、常に年長者のご機嫌とりに腐心するという末っ子心理の副産物なのかも知れません。ともかくこの頃のマコトには、ある種の社交的な性格が現れて来たようでした。町に出入りするようになったことも、人慣れしてきた理由の一つだったでしょう。それで学校でも、自分から仲間を集めて遊ぶまでに変わりました。校舎の南側は日当たりも良く花壇が並んでいましたが、その東端に一本だけ立っている白樺の木の辺りにちょっとした空き地があるので、そこで「三角野球」をやろうと発案したのです。と言っても、バット以外には、軟式のテニスボールを使って素手で出来るという、「三角野球」よりもっと簡易な「三角ベース遊び」なのでした。それでも昼休みや放課後には、仲間を集めて何回か楽しんだものでした。形はどうあれ、とにかく仲間と一緒に遊ぶこと自体に、無上の喜びと充実を感じるようになって来たのでした。

生徒が五十人以上いるマコトのクラスには、個性的な子が沢山いました。というより、この時代は皆が皆、それぞれ持って生まれた特性に従って伸び伸びと生きていたようでした。中にはキューピーちゃんに顔がそっくりな可愛らしい男の子がいるかと思えば、「ばあちゃん」というあだ名の男の子もいました。「ばあちゃん」は高田君というおっとりした子で、体格はいいのですが、面持ちがいつもニコニコのお婆さん顔で、いかにも愛想のよい雰囲気があったのです。みんなは、そんなほんわかした個性を尊重し、親しみを込めて「ばあちゃん」と呼んでいたのでした。

そんなクラスの中で、マコトにまた一人同級生の新しい友だちが出来ました。藤木君という町の男の子で、放課後に向こうからマコトに「マーちゃん、家に来ないかい」と誘ってきたのです。マコトは別に用事もないことだし、町への好奇心も手伝って、ためらうこともなく藤木君について行きました。藤木君の家は、まず小学校から町中に入ると、駅前から佐幌川に向かって東へ下りていく広い坂道の途中の町角を右折した家並みにありました。いざ着いてみると、そこは理髪店でした。店先には赤青白のネジリ飴のような回転灯も回っています。

「姉さんがやってるんだよ」

藤木君の言葉にマコトはちょっと驚きましたが、入り口の引き戸を開けて一緒に中へ入りました。

「いらっしゃあーい」

まだ若いお姉さんが、お客さんと思ったのか挨拶してきたので、マコトも思わず頭をペコリとさげました。

「同級生のマーちゃんだよ。ほら、種畜場の場長さんとこの子だよ」

「へー、そうなの。どうぞよろしくね」

「姉さん、今誰もいないから頭してあげてよ」

「そうね。じゃあ散髪してあげるから、ここに座っててちょうだい」

二人の会話を黙って聞いていたマコトは、気さくそうなお姉さんの勧めに素直に従いました。四年生になってから髪を伸ばしっぱなしだったので、ちょうどよかったと思ったのでした。藤木君の年の離れたお姉さんは、手際良くハサミを扱いながら、マコトに場のことなどを尋ねました。マコトはポツポツと答えながら、頭が気持ち良くなって眠くなりそうなのをこらえていました。散髪と洗髪と乾燥が終わると、お姉さんはマコトの肩を軽く叩き始めました。大人へのサービスをマコトにもしてくれたのでした。父に肩叩きを頼まれたことは一度ありましたが、自分がしてもらうのはもちろん初めてでした。勿体ないような気持ちもしたのですが、何か体が軽くなるような良い気分でした。

「さあ、これで終わりよ」

マコトは椅子から降りると、あまり持ち合わせのないポケットに手を突っ込みながら言いました。

「いくらですか」

「いや、お金はいいのよ。サービスしておくから」

「どうもすみません。ありがとうございます」

それでマコトは、思いがけず無料で頭がサッパリし、藤木君と部屋でゲームをして時間を過ごした後で店を出たのでした。帰り道、申し訳ないような、嬉しいような妙な気分でしたが、いつもより軽い足取りで家に着いたのでした。その後も、仲良くなった藤木君に勧められて二、三度その理髪店でちゃっかり無料散髪してもらえたのは、マコトがこの町で経験出来た有難い幸運でした。町では何かとお金がかかると思っていたのでしたが、まだ当時はそんな人情味のある心意気商売もみられたのです。

それまでは、マコトの髪が伸びてくると、いつも父フジトが場の桜田さんに頼んでくれていました。桜田さんは、奥さんと一人息子と三人で、緑屋根の庁舎に唯一住み込んでいました。庁舎の裏玄関を入ってすぐ左横には、大きな炊事場とちょっとした食堂が備えてありました。その炊事場の奥に細長い八畳間ほどの畳部屋があって、押し入れだけ付いたその一部屋に桜田さん一家が住んでいたのです。マコトのような子どもでも、さぞ窮屈な生活だろうと察することが出来たのですが、桜田さん夫婦は、窮屈と不便に耐えながら、庁舎勤めの人たちや場を訪れた来客のために、賄い仕事や雑用に従事していました。そんな桜田のおじさんは、場でただ一人理髪の心得のある人で、押し入れの中にバリカン、ハサミ、カミソリなどの整髪用道具を一式所持しているのでした。それでマコトが「お願いします」と訪ねて行くと、事前にフジトからの依頼があったことなので、何か雑用しているときでも快く引き受けてくれました。

「どうもありがとうございました」

散髪が終わっての帰り道、マコトはいつも気分が爽快になり、何だか頭が冴えてきそうな気がして、鼻歌でも出そうなほど足取りが軽くなるのでした。また桜田のおばさんも優しくしてくれて、マコトが行ったときは、狭い部屋をわざわざ片付けて場所を空けてくれ、散髪が済むと、ときどき待っていたように「マーちゃん、おやつどうぞ」とお茶とお菓子まで出してくれたりしました。その小柄で優しいおばさんが、あるとき精神に変調をきたすという不幸に襲われたのです。マコトがまだ下級生の頃の晩春のある日のこと、朝食も用意していない朝早くからマコトの家に突然の来訪者がありました。それは、桜田さんちの一人息子で、マコトよりずっと年上のお兄さんでした。そのお兄さんが、マコトの母サエのところへ顔色を変えて飛込んできたのです。裏口の戸の隙間から「ごめん下さーい。すみません、すみません！」と叫ぶ声がするので、サエが珍しく急いで行ってみると、「おばさん、うちの母がちょっとおかしくなってしまって……。どうしたらいいんでしょう」と慌てたようにいきなり訴えるのでした。マコトにはよく事情が呑み込めませんでしたが、それでも、あの親子水入らずに見えた桜田さんちのおばさんに何か異変が起こったらしい、という不安が走りました。マコトは、いつも散髪に行ったときに優しくしてくれる大人しいお兄さんがいかにも辛そうな面持ちで涙ぐんでいる悲しい様子を目にして、思わず胸が苦しくなるような気がしたものです。マコトは、裏口の上がりがまちでサエの背にひっついたまま、早朝のこの突然の出来事に出くわして、子ども心にもどうなるのか気がかりでなりませんでした。

その後しばらくして、そのおばさんが札幌の精神科の病院に強制入院させられて電気ショックの治療をされたそうだ、という噂がマコトの耳にも入って来ました。今では古臭くて非人道的とも思えるショック療法が、当時は一般的に行われていたのでした。サエとは違って、煙草を吹かすようなこともなく焼酎も飲まなかった優しいおばさんの悲運を思うと、マコトは今でも心が痛むのです。そしてちょうどその頃から、マコトの頭は坊主頭に変わりました。家にも古い手動バリカンがあったので、父が素人でも出来る坊主刈りにしてくれたのです。それも、当時はまだ戦後の名残とでも言うのか、シラミが頭にたかることもそんなに珍しくなかった時代のこと、マコトにも防虫剤のＤＤＴを頭からかけられた嫌な記憶があるくらいなので、漫画『サザエさん』の波平さんによく似た禿げ頭の父フジトが、「マー公も、いっそ坊主にしたほうがいいな」と提案したからでした。それでマコトは、それからしばらくの月日は、一休さんのようなサッパリした坊主頭に黒い学生帽を被って学校に通うことになったのです。ただしそれも、寒い冬になるまでのことでしたけれど。おまけにその学生帽というのも、いつの間にか入学以来の自分のとは違うモノに替わっているのでした。よく世間では、大人たちが雨の日に酒を飲みに行った際に、いつの間にか他人の傘をさして帰ることがあるのと同じことです。もちろんマジックなどではなく、教室後方の持ち物置棚ですり替わったに違いないのです。それでもマコトは、そんなことにさほど頓着する性質ではなかったとみえて、(あれっ、僕のと違うな。でも、まあいいや)と思っただけでした。ケチケチした狭い私有欲にあまり囚われない時代、漫画本や雑誌も回し読みがほぼ常識、モノがある意味で自然に共有されていた、貧しいながらも心おおらかな時代のことです。

藤木君のお姉さんの理髪店のほかにも、マコトは放課後の自由時間を町に寄って満喫していました。町には自転車の荷台に商売道具一式を載せた紙芝居屋さんがときどきやって来ました。ポケットから小銭を出して、紙芝居のおじさんから硬めの水飴を割り箸の先に巻きつけた菓子を買ってペロペロ舐めながら、子どもたちは学校帰りのしばしの娯楽を味わったものです。夏が近づいて暑くなってくると、元気のあり余った連中と連れ立って、町では一番大きな佐幌川まで下りていって、小広い淵になっている泳ぎ場で下手な泳ぎを競い合いました。みんな揃って海のない内陸育ちでしたが、中にはけっこうやり手の子もいました。マコトは、場の共同浴場で犬かきを少しやったくらいで、まともな泳ぎなど全然習得してもいないのに、柄にもない見栄を張ったものか、こちら岸から十メートルほどの対岸まで無理に泳ぎ切ろうとして、あやうく溺れそうになったこともありました。水を少し飲みながら、息継ぎさえ上手く出来ない必死のクロール崩れで何とか浅瀬に足がついたときには、心臓がバクバクしていたものです。時折そんな無茶をするのは、どうやら父フジトの血筋だったかも知れません。

友だちと町で一遊びした後は、帰りがけによく炭酸飲料のラムネやサイダーを買って飲むのが楽しみでした。とくにラムネは、当時広く出回っていた飲み物で、マコトが暮らす場の小さな購買所でも売っていましたから、内栓をしているガラス玉を中にスポンと押し込んで飲んだ後は、腰に独特のクビレのある瓶を割って、そのクビレに引っ掛かっているガラス玉を取り出し、それをビー玉代わりに使うのが常道になっていました。と言うより、ビー玉が栓代わりに使われていたのかも知れません。そんなふうに、身の回りに転がっているものが、工夫次第で何かしら遊びに繋がる可能性を持っていました。とにかく当時の子どもたちは、出来合いでお仕着せの玩具が乏しい分、遊びを自由に作り出す発想がとても豊かだったと言えるのです。

そんな中、上級生の四年生になっても遊びに夢中になっているマコトを案じたものか、父フジトはマコトに習い事を勧めました。町のお寺の書道塾へ行くように命じたのでした。新得の町には、開拓時代のかなり初期の頃から宗教施設が開かれていたようで、すでに明治三十六年には新得神社や新得寺が礎定されていました。書道塾は、その古いお寺の畳敷きの大広間で週一回やっていました。マコトは生まれつき左利きだったもので、フジトがそれを気遣ったこともあったのでしょう。フジトは、マコトの左利きを見ては「ギッチョを無理に直すとドモリになるからな」と言っていたので、書道の訓練が自然で有効と思ったのかも知れません。ただ、学校でもすでに習字の時間が設けられていたのですが、マコトが苦手にしていることをフジトもうすうす承知していたのです。ともかく道具一式だけは一応揃っていました。

この塾には、町の男の子や女の子が真面目に通っていました。靴を脱いでお寺の大広間に上がると、ぐるりとロの字形に置かれた細長い平机の前にまずはきちんと正座し、バタバタした気持ちを静めてから硯を出して墨をすり終わると、今度はフェルトの下敷きの上に半紙を広げ、最上部に文鎮を置きます。それからようやく太筆に墨を付けて課題の語句を丁寧に心を込めて書き上げると、最後に細筆を使って学年と名前を書き添えます。もちろん、マコトには不慣れな右手書きの文字で。そして一枚仕上げるごとに、大広間の向こう隅に待機している師範、つまりお寺の住職さんのところに持って行くと、おもむろに朱の筆で添削してくれるのです。マコトはいつも師範から一番遠い奥の席に座ったので、これを何度か繰り返さなければならないというのは、確かに煩わしいことでした。それにマコトのこの習い事は、もともと自発的なものではなし、じっと正座しているのが苦痛なこともありで、しばらくは父の顔を立てて右手書きの修業に耐えていたのですが、けっきょく長続きはせずに、筆さばきの上達をみることなく自然消滅してしまいました。それでも、曲がりなりにも左右どちらの手でも字を書けるようになったことは、その後の人生で決して無駄にはなりませんでした。がとにかく当時のマコトとしては、友だちと自由に遊ぶ方が、よほど楽しく充実していたのです。

ふだんの学校生活でも、マコトは授業だけは真面目に受けていたものの、どちらかと言うと勉学よりも遊びにエネルギーの大半を割いていました。それほどガリガリ勉強しなくてもテストの出来はまあまあでしたし、算数の宿題などは朝起きてから思い出しては登校前に急いで計算して何とか間に合わせるという、およそ勉強家とは言えない生徒だったのですが、幸い成績だけは悪くありませんでした。ですから、「よく学び、よく遊ぶ」ような模範児童ではなかったものの、「よく遊ぶ」子どもの典型ではあったのです。放課後になっても、まっすぐ帰宅することはむしろ稀で、誘いがあれば町の友だちと町中で遊んだり、そうでなくとも何かしら道草を食ってから帰るのがマコトの習慣なのでした。例の白樺林の手前の小さな池は、下校時の道草のスポットになっていて、ザリガニやドジョウやオタマジャクシあるいは子蛙や親蛙などを素手で捕まえる練習に余念がありませんでした。もちろんそれらの小さな生きものは、すぐにまた池に戻ることが出来ましたけれども。とにかく学校でもそんなふうであったマコトですから、長い夏休みともなれば、遊びや娯楽のネタには事欠きませんでした。ただし学年が進むにつれ、遊びや娯楽もグレードアップしたようです。

この年の夏休みには気温もかなり高くなったので、マコトも川で遊ぶことが多くなりました。

オダッシュ山から発して場内を流れているヤスダ川が、その主な遊び場でした。ダンゴ山の手前を流れるヤスダ川の支流では、おどけた顔の河鹿を網ですくったり、ときにモリやヤスで刺して捕まえたりして、連れの友だちと「やったぞ」と自慢し合ったものです。モリやヤスで刺すのは正直可哀そうな気もしましたが、まだ生きている魚はもちろん川に戻してやりました。

川には、ときどき一人でも行きました。ある眩しい快晴の日、昼前のことでしたが、家にじっとして居られなくなったマコトは、一本竿の安い釣り竿を提げて外に飛び出しました。目指すは、支流をさらに下ったヤスダ川の本流です。しかし、まず餌を用意しなければなりません。アブがたかっている堆肥を積んだ場所に行けば立派なミミズもすぐ見つかるはずですが、釣りの餌にはイタドリの虫が最適だということを、未経験のマコトも人づてに聞いていました。川の手前の草むらに立ち寄れば、そのイタドリも沢山群生しているのです。マコトの背丈以上もあるイタドリを見つけると、マコトはまず力をこめて根元から折り取りました。その茎は竹のような構造をしていて、節と節の間の空洞部分に白い蚕のような幼虫が潜んでいるのです。その幾つ目かの空洞に、ようやくそのイタドリムシが見つかりました。何本かのイタドリから四、五匹取り出して空き缶に入れ、「よし、これからだ」とマコトは自分に言い聞かせると、いよいよ川へと向かいました。ポイントを探して川縁に続く草叢を掻き分けながら進むと、人目につかないこんもりした樹々の茂みに隠れて、それらしい淵が見つかりました。そこでマコトは、針に餌を取り付けて糸を深みに投げ入れると、たった一人で半信半疑の釣りを始めたのです。するとしばらく経ってからグイッと強い引きがあり、何と三〇センチほどもあるヤマメ（山女）が一気に釣れたのでした。初めて試みた釣りで、そんなに長い我慢もせずに恵まれた期待以上の収穫に、マコトも思わず叫びそうになりました。きっと人慣れしていない初心なヤマメだったのでしょう。その運命のヤマメは、マコトに釣り上げられた瞬間、木漏れ日にキラッと輝いて見えました。もうそれだけで、その日の初釣りには十分でした。そのたった一匹だけのヤマメを提げて一目散に家まで飛んで帰ったときの有頂天の喜びと満足感を、マコトは今でも新鮮な体験として忘れられないのです。そしてその奇特なヤマメは、母サエの手で焼かれ、昼ご飯の貴重なオカズとしてマコトの栄養になってくれました。

そのほかにもヤスダ川では、毎年のように真夏の暑い時期になると、場の年上の中高生たちが協力して、川をまるでビーバーのダム造りのように堰き止めて、皆のために自然のプールを造ってくれました。マコトが釣りをした秘密の淵からはもう少し上流に開けた明るい一等地でした。そこには場の男の子も女の子も集まって来て、めいめい水浴びしたり泳いだり、頼もしい兄貴分の中高生が古い丸太の廃材を組んで作った筏に乗せてもらうのでした。

そうした川遊び以外には、海の無い内陸のことですから、もちろん陸上の遊びに工夫を凝らすほかありません。四年生ともなると結構体力が付いてきますから、それまでの「かくれんぼ」のような簡単な遊びでは退屈になってきます。そこで、少し危ない遊びが加わってくるのです。竹馬がその一つでした。竹馬と言っても、空き缶に手綱となる紐を取り付けてカッポカッポと歩く竹馬もどきなのです。もともとその空き缶は、マコトの好物の缶詰ミカンやパイナップルが入っていたものです。ただしこの竹馬もどきは、缶からうっかり足を踏み外すと足を挫くので、危険と言えば危険な遊びでした。

それから、当時の映画の影響を背景にした遊び、つまり忍者ごっことかチャンバラごっこといった時代物の遊びが男の子の間で流行っていました。ちょうどこの頃に全国に知られた時代劇と言えば、ラジオ番組では昭和二十八年の『笛吹童子』や昭和三十二年の『赤胴鈴之助』があり、映画では何と言っても『鞍馬天狗』で、昭和二十九年の「あらかん」こと嵐寛寿郎主演の作品は人気がありました。それらのラジオや映画のヒーローたちは、漫画雑誌にも登場するようになり、全国の子どもたちが憧れる存在だったのです。それでマコトも、鞍馬天狗を真似てチャンバラをするようになりました。そこで工夫したのが、まず風呂敷を三角形に折って、二枚重ねになった一方の辺から頭を挟み入れ、他方の辺から目だけ出るようにして、あとは両隅の部分を頭の後ろで結べば即席黒頭巾の出来上がりという発明でした。マコトは、この偽黒頭巾を被って鞍馬天狗を気取り、三人組の後輩たちを仲間にしてチャンバラごっこにうつつを抜かしていたものです。

さらには、割れ竹の切れ端やしなやかな柳の枝に凧糸を張って弓を作り、そこら辺に生えているヨモギの茎を矢にして飛ばしてみたり、使い終わった花火の筒を吹き矢に再利用して遊んだり、また丸い円筒形の穂をもったチモシーというイネ科の牧草を細い茎の根元近くから抜き取って、それを槍のように投げて遊んだりもしました。穂の部分を後ろにして投げると安定よく飛ぶことを発見したのです。ちょうどダーツゲームの投げ矢のようなものでした。牧草のチモシーは、かの先発隊の人たちが原野に種を蒔いたものが、今では場のあちこちに広がって、雑草に交じって自生化しているのでした。これも、お金で買った玩具ではなく、自然が与えてくれた遊び道具の一つなのでした。

そのほかにもっと平和な遊びとして、紙筒と木綿糸で糸電話を作り上げ、糸がどこまで長く出来るか試したりしました。これは嬉しいことに、普段会話のない女の子とも実験と称して話が出来るのでした。電話があまり普及していない当時では、結構面白い遊びの一つだったのです。

春、夏、秋を通して楽しめる娯楽には、フジトを含む大人たちがテニスの試合で楽しんでいたのに対し、子どもたちには相撲やピンポンの娯楽がありました。相撲は、共同浴場のすぐ前に立派な土俵が設けられていたので、風呂場が開くまでの時間いつでも楽しむことが出来て、マコトも相撲好きになったのです。生まれつき華奢な体つきながら、けたぐり、はたき込み、内掛けなどの奇襲技で相手を倒したときには、随分自信が付いたものです。そうしてしばらく相撲をしているうちに、裏のボイラー室で釜焚きに汗を流していた風呂係のおじさんが浴場玄関を開錠に来ます。すると、砂を体に付けたままの男の子らが、われ先にと風呂場に走り込んで脱いだ服を棚にほうり込み、そして湯気の立つ洗い場に突進するのです。銭湯のように広い洗い場の奥にある大きな湯船には、沸きたての新鮮なお湯がゆったりと待っています。マコトも、ザッと砂を流してから、その湯船に飛び込んで、潜ったり軽く泳いだりして一番風呂を楽しむのでした。これは、一日の中でも極楽の時間でした。働き疲れてから風呂に来る大人たちのことを思えば、申し訳ないほど贅沢な時間でもあったのです。もちろんマコトたちが、そんな殊勝な思案を巡らすわけもなかったでしょう。

そのほかには、ピンポンが娯楽の一つでした。場の一角にトラクターなどの農機具を入れておく大きなカマボコ型の農具庫が並んでいて、その一つの広い空き場所に卓球台が二台据えられていました。歌謡大会の会場にもなるのでしたが、その一つですが、とくにマコトは、ピンポン玉の小気味よく弾む音が頭上の高くて広いカマボコ型の大屋根に響きわたるそのリズムに、何とも快い喜びを感ずるのでした。このピンポンの設備というのも、もとはと言えば大人たちの休憩時間の娯楽のためだったのでしょうが、大扉が施錠していないときは、子どもたちが自由に侵入して楽しんでも別に文句は言われませんでした。娯楽はみんなのもの、という寛大さがここでも共有されていたのです。

また天気の良い日曜日などには、ときどき草野球も行われ、若い大人たちに有志の子どもが交じり合って楽しむこともありました。試験場の丸太の正門を入ったすぐ横の区画には、誰の発案によるものか、広い野球グラウンドが造成してあって、甲子園球場と同じく、内野は土、外野は自然の芝生になっており、おまけに金網のバックネットまで備わっていました。場自慢のその野球グラウンドで、そのつど即席の混合チームを組んでは、大人も子どもも和気あいあいの草野球試合が行われ、北国の高く果てしなく広がる蒼空に元気あふれる掛け声と歓声が響き渡っていたものでした。

そんな具合で、とにかく遊びや娯楽には事欠きませんでしたが、さすがに四年生ともなれば、そうそう遊んでばかりもいられません。とくに夏休みなどは時間がたっぷりあるので、家の手伝いも日課の中に入っていました。早朝のラジオ体操が済んだ後の牛乳の受け取りは例年のことでしたが、少し体力の増したこの夏は、面倒な畑仕事が中心でした。春に鋤で耕し種まきした後ジョウロの水をたっぷり撒いておいた野菜を毎日少しずつ収穫するのです。黒い土の中で成長した馬鈴薯（じゃがいも）や大根や人参それに玉ねぎなどを、母や姉に頼まれた分だけ鍬で掘り出しました。成熟したトマトやナスビやエンドウ豆も、もぎ取って収穫しました。マコトの背丈より高い列をなして並んでいるトウモロコシ（トウキビ）は、見栄えが大きく白ヒゲの立派そうなものから順番に選別して、毎回四、五本くらいもぎ取るのです。それらの作物は人肥で育ったものなので、今で言う「有機野菜」なのですが、どれも新鮮で、色も味もしっかりしたものばかりでした。野菜屑などの生ゴミも畑に埋めて肥料代わりにしましたし、田舎では言わばエコロジーがごく自然に実践され、ほとんど無駄が無かったのです。

そのほかマコトは、素手でこまめに畑の雑草取りをしたり、鎌で畑の周りの草刈りもしました。さらに次姉フミエが来てからは、二人で広い野菜畑の脇にある猫の額ほどのいちご畑の手入れをして、赤く熟するのを待ちかねるように実を摘んでは、牛乳をかけて賞味したものです。また、家の裏手に立ち並んだ白樺並木の手前にちょっとした空き地があって、北側の土地だったものの、ニラや太いツルに生ったカボチャが周りの雑草にも負けずに成長していました。それらはとくに手入れもされず放置状態でしたが、ニラはよく採りに行かされたものです。ただそれが夕飯の味噌汁に入っているのが何とも苦手だったので、父の顔色をうかがいながら食べた振りして床にそっと落とすという悪知恵を働かせたこともありました。しかしそんなニラも、大人になってから食べたニラレバー炒めがきっかけで好物に転じたのですから、人の嗜好など分からないものです。ともかく、マコトにとって畑に入るのはワクワクすることで、野菜たちに囲まれて土いじりしていると、何か心が安らいで時間の経つのも忘れてしまうのでした。けれども畑仕事と言えば、小学校の同級生の中には農家の子も居て、毎年農繁期の季節には農作業の手伝いに駆り出され、授業のある日には嫌でも欠席しなければならない子も何人か居たのでした。マコトは、そんな同級生の辛い事情を思うと、畑仕事を自分から楽しんで出来ることがとても有難くさえ感じられるのでした。

夕方になると、今度は家で夕飯の支度を手伝わされました。姉たちは、マコトが手先の器用なのを知っていて、「大根おろしをしてくれる」とか「かつ節削りをしてちょうだい」とか、煩わしい下っぱ仕事を頼んできました。大根おろしは、大根が段々ちびてくると、ときに指先までおろしかけて擦り傷を作ったりすることもあったので、本当はやりたくない仕事でした。もう一つの「かつ節削り」の方は、当時は木製の箱の上面にカンナのような歯の付いた専用の削り器がありました。それでカチカチの鰹節を削ると、カンナ屑のように薄くなってフワフワ、モゴモゴとうごめく「かつ節」が次第に箱の引き出しをいっぱいに満たします。マコトは、鰹節のその忍者のような変身ぶりが面白くて、同じように危なっかしい手仕事ながら、こちらの方はいつも自分から「ぼくにやらせて」と申し出るのでした。もちろんそんな子どもの事情など、忙しい姉たちにはどうでもいいことでした。

しばらく前にやって来た次姉のフミエは、もう札幌の短大を卒業して、新得町に接した屈足《クッタリ》で新米の教師になっていました。この「クッタリ」という風変わりな地名は、どうやらイタドリを意味するアイヌ語「クッタラ」に由来するようなので、昔はおそらくイタドリの密生地だったと思われますが、フミエはその屈足中学校の英語と家庭科の教諭でした。正式の給料取りになったフミエは、以前にも増してマコトの身の回りを気遣ってくれるようになりました。休みのたびに場にやって来て、そのたびに何か贈り物を携えていました。楽器ではハーモニカや縦笛やウクレレなどがありましたし、勉強のためには顕微鏡や理科の実験セットなどがありました。そして時には、子ども用のカメラまで渡してくれました。それは超小型で、フィルムもミニサイズの可愛いオモチャのようなカメラでした。それでも、マコトがあちこち出掛けては写したフィルムは、場の写真マニアの人に頼んで現像してもらったところ、ちょっとした白黒作品になっていたので、マコトも満更ではありませんでした。ただこれには何分費用が掛かることもあり、カメラ道楽はあまり長続きしませんでした。

それでマコトは、家の中で暇なときには、学校で覚えた曲をハーモニカや縦笛で吹き鳴らし、ウクレレをポロンポロン奏でる練習をしました。しかしマコトには、どうも楽器を演奏する才能や根気が恵まれなかったようで、中途半端な遊びと趣味の域を出ることはなかったのです。それでも、それらの楽器を利用しながら作曲の真似ごとをして、二、三曲ほど学校唱歌のような短いメロディーを作ってみたことはありましたが、その出来具合には自分でも満足出来なかったようです。音楽そのものは大好きになっていたものの、どうやら楽器演奏に関しては、地道な訓練が性に合わないためか、その後中学生になってから手に入れたギターも含めて、あまり上達することはなかったのでした。

むしろマコトが熱中したのは、顕微鏡による「研究」でした。野山で捕まえてきた小さな虫たちをプレパラートに載せて、初めてレンズを覗いてみたときの拡大世界の何とも興味深いこと！　今まで肉眼で見ていた身近な生きものたちが、レンズを通したミクロ世界では別の神秘なものに思えました。それは、自然の理解をさらに深め、マコトの世界を広げてくれる体験の一つになりました。望遠鏡によるマクロな宇宙の星々の観察と、この顕微鏡によるミクロな生命の観察は、自然をいつもとはまた違った目で見ることをマコトに教えてくれたのです。また実験セットでは、畑のジャガイモを採って来て、それを潰したデンプン質を試験管に入れ、リトマス液を注いでガラス棒でかき混ぜてから色の変化をじっと観察するのです。それは、教室で理科の教科書を習うよりは、ずっと理科が身近になる実地の「研究」でした。学校の勉強で理科がどうも苦手だったマコトも、自然そのものと生きた触れ合いをすること自体が、単に好きと言うだけでなく、日々の生活の一部になっていたのです。

夏休みも残り少なくなって来た頃、フミエがマコトを札幌に連れて行くことになりました。札幌には長姉イチエが住んで居るので、そこを頼りにして「映画に連れて行ってあげる」と言うのでした。それを聞いて、映画好きのマコトは期待でドキドキしました。しかし当時の都会の映画館では、マコトが場の映画大会で観慣れている白黒時代劇よりも、現代劇やハイカラな洋画が盛んになっていたのです。

フミエとマコトは、朝早く新得駅から汽車で狩勝トンネルを通り抜けて札幌まで行き、夏休み終盤の日を過ごしました。札幌に着いた最初の日の午後、小学校で養護教諭（保健の先生）をしていたイチエは、夏休みもそんなに暇ではなさそうでしたが、最初の時期勤めていた市内の幼稚園にマコトを案内してくれました。田舎住まいで幼稚園というものの存在すら知らなかったマコトは、横で熱心に説明してくれるイチエの話などは上の空で、（都会の小さな子どもたちって、こんな立派な所で遊んでいるんだなあ）などと思っていたものです。その後でイチエは、札幌駅からほど近い馴染みのパーラーにマコトを連れて行き、チョコレートパフェを奢ってくれました。マコトもチョコレートは大好物でしたが、聞いたこともない「パフェ」となると、生まれて初めて食べる「都会のお菓子」でした。

　大きな札幌の街は、まだ三歳の頃に乞食のような白衣のおじさん達を見かけた戦後間もない時分とはすっかり別世界になっていました。はや戦後十年以上経過して、市街中心地には多くのビルも建ち、マコトが生まれた頃より人口もはるかに増えて、狸小路などの繁華街も驚くほど賑やかになっていました。それでも、マコトにとってこのだだっ広い都会は、依然としてどこか懐かしい情愛を呼び起こさせる町であることに変わりありませんでした。アカシアやポプラや楡の樹々が爽やかな夏風にそよぐ「田園都市」札幌は、やはり詩情を誘い、人恋しい気持ちにさせる町なのです。その昔、父フジトの生まれた年の翌年の明治四十年に、故郷岩手の渋民村を去って北海道に移住した石川啄木は、その年に知人に宛てた書簡で、「しめやかなる恋の沢山ありそうなる都」と札幌のことを書き送っています。そしてさらに、明治四十二年『スバル』所載の『秋風記』には、初めて札幌を訪れたときの感動をこう書き綴っています。

「札幌はまことに美しき北の都なり。初めて見たる我が喜びは何にかたとへむ。アカシアの並木を騒がせ、ポプラの葉を裏返して吹く風の冷たさ。札幌は秋風の国なり、木立の市なり。おほらかに静かにして人の香よりは樹の香こそ勝りたれ。大なる田舎町なり、しめやかなる恋の多くありそうなる郷なり、詩人の住むべき都会なり。」

　広漠とした石狩平野の一角に近代的な道都として計画的に建設されながら、それでもなお緑豊かな「田園都市」の風格をも失わないこのどこか不思議な都会は、「大いなる田舎町」にして、「しめやかなる」都会でもあるのです。もちろんマコトには、恋が多くあるかどうかまでは知る由もありませんが。そんなゆったりした包容力と道都としての活気に恵まれたこの札幌にも、当然新しい文化の息吹が満ちていました。小さなマコトにも、そんな雰囲気が何とはなしに心嬉しく感じられたものです。

翌日の午後になって、フミエが「さあ、映画に行こうね」とマコトを札幌のススキノの繁華街にある映画館へ連れ出しました。マコトは何の映画かよく知らないまま、それでもワクワクしながらフミエの後について行きました。ちょうどその頃の昭和三十年代の映画界は、娯楽と言える娯楽がさほど多くない中にあって歴史的な全盛期を迎えており、街ゆく人々は足繁く映画館に足を運んだものです。フミエはこの年やこの時だけではなしに、その後も何回かマコトを映画鑑賞に連れて行ってくれたものでしたが、若い女性向きのロマンス物はあえて控えて、いつも自分の好みよりもマコトのために上演作品を選んでくれたのでした。例えば、戦争帰りの俳優鶴田浩二の主演で中国大陸が舞台になったような戦争大作や、そのほか西部劇などの活劇洋画、またディズニーアニメの『ダンボ』やマコトの憧れでもあった『ターザン』、さらには田舎の小さな映画館ではとても観ることの叶わないスペクタクル大作、例えば『ベンハー』のような、当時流行りつつあった新しいカラー映画にも連れて行ってくれました。そのおかげで、マコトの限られた想像の世界も、随分と豊かに広がっていったのです。この日は映画鑑賞のあと、二人は狸小路のラーメン横丁で久しぶりのラーメンを味わいました。
翌日の朝、忙しいイチエに別れを告げて、フミエはまたマコトを伴って帰りの汽車に乗りました。下りの列車は、函館本線を「生まれの故郷」札幌から岩見沢、美唄、滝川へ、そこから根室本線に入って富良野から金山、幾寅、落合を通過し、そして難所狩勝トンネルを喘ぐように抜け出ると、さあいよいよ「育ちの故郷」新得に到着です。田舎町の寂しい小さな駅に降りたそのとき、マコトは札幌とはまた違った懐かしい安堵感が胸に溢れて来るのを覚えるのでした。同じ「故郷」でも都会と田舎では、こんなにも人の気持ちが変わるものなのでしょうか。いえいえ、郷愁を覚えるマコトの魂は、それでも唯一つしかありません。故郷を思う心の波動はさまざまであっても、けっきょく唯一つの郷愁に収斂するのです。

秋に入ると、広々した野山には小さな昆虫たちに替わって野鳥のカラスや雀が目立ち始めます。とくに人間に馴染みの小柄な雀は、畑や人家の近くまで寄って来て、餌の虫だけでなく作物も啄ばむようになります。マコトの家の近くにも雀たちが頻繁に飛んで来ました。そんな秋口のある晴れた日曜日、午前中から開け放っていた台所の窓から、一羽の雀が迷い込んで来たのです。ちょうど家に居たマコトは、咄嗟に捕まえようと思い立ちました。その茶色っぽい小さな雀が台所の調理台をチョンチョン飛び跳ねている間に、マコトは急いで愛用の虫取り網を取ってくると、何とか捕獲してやろうと奮闘したのでしたが、トンボやチョウとは勝手が違って、少しもじっとせずに、チュッチュッと鳴きながら絶えずすばしこく逃げ回るのです。けっきょく努力の甲斐もなく、まんまと雀はもと来た窓から飛び出して行ってしまいました。

それでも諦めの悪いマコトは、「ちぇっ、失敗しちゃったか。それじゃあ」というので、今度は屋外での捕獲作戦を実行することにしました。お米を研いだりする竹編みのザルを台所から持ち出すと、台所の窓のすぐ下の地面でカゴの片端に棒切れの支え木を上手くあてがい、それからザルの日影になっている地面に生の米粒を何粒か蒔きました。もちろん支えの棒切れには長い丈夫な凧糸を結びつけて、さあこれで罠の完成です。それでマコトは、凧糸をそろそろ伸ばしていくとその端を窓の中へ投げ込みました。そしてもう一度台所へ戻ると、糸をそっと手繰りながら、その長い糸をサーカスの綱渡りの綱のように慎重に張り渡しました。踏み台も用意して、そこから窓の外のザルがよく見えるような態勢を整え、後はじっくり監視を続けるばかりです。

それから二、三十分ほども我慢していたでしょうか。ときどき何羽かの雀が入れ替わりに飛び降りて来てはザルの様子をキョロキョロ窺っているようでしたが、とうとうその中の一羽が米粒を啄ばむ行動を敢行したのです。いささか待ちくたびれていたマコトは、「よしっ、今だぞっ」と手に握った凧糸を思い切り引っ張りました。首尾よく支えの棒切れが外れて、思惑通りザルがかぶさったとマコトは思ったのですが、一瞬早くその運命の雀は飛び去ってしまいました。羽のよく発達した、とくにすばしこい雀だったのでしょう。相手が一枚上手だったのです。それに、人間の身近に暮らしている雀は、なかなか賢い野鳥なのです。簡単に捕まるようなドジは滅多にしないのです。またしても捕獲に失敗したマコトは、やはり負けず嫌いの虫が収まらずに、（鳥餅でもあればよかったのになあ）と、まだ諦めがつかないのでした。

その日夕方まで、マコトは気分の乗らない時間を過ごしていたのですが、夕食の時間が近づいた頃、母サエから食事の手伝いを頼まれました。裏口前に七輪を出して、おかずの秋刀魚を焼くから「見ていてくれないかい」と言うのでした。使い古しの割烹着を着ているサエは、台所の物入れから持ってきた七輪を置き、黒々した炭を入れて火を焚きつけると、その上に金網を載せて秋刀魚をちょうど四匹並べました。それから機嫌の良くないマコトに長箸を持たせながら言いました。

「焦げないように見ててくれるかい。焼けたらこのお皿に全部移すんだよ。台所に居るから頼んだね」

マコトは、オダッシュ山が夕日を背に受けて徐々に陰って来た夕暮れ時の平和な、しかし何か侘しい夕焼けの中で、七輪の横にしゃがみ込んだままスラリとした秋刀魚の焼け具合をじっと見つめていました。しばらくしてジュワジュワッと秋刀魚の油が垂れ落ちるようになると、その度に七輪の赤い炭火から煙りが立ち昇り、ほどよく焦げた秋刀魚独特の匂いがマコトの鼻をつくのでした。しかし生臭くない旨そうな匂いなので、夕食が楽しみになって来ました。頃合いを見て裏返そうと長箸で挟みましたが、四匹もひっくり返すのは中々骨が折れました。それからまたじっと秋刀魚を見つめていると、そのうちまた油が垂れて煙りが上がり、マコトは今度は自分から旨そうな匂いを秋の空気とともに吸い込みました。

裏表を無事焼き終えたとき、マコトの気分もいつの間にか晴れ晴れしたものに変わっていました。このときのマコトの気分は、後に大学生になってから知った佐藤春夫の詩『秋刀魚の歌』に漂う「あわれ」な侘しさと比べると、まるで月とすっぽんの「月」のようなものです。

「まあ、うまいこと焼けたもんだね」

台所で忙しそうにしていたサエは、マコトが運んで来た大皿を見て珍しく褒めてくれました。そしてマコトは、すっかり気分が直っているのに満足でした。それでマコトは、また別の日に、山際を流れる川の近くで自分の背丈ほどのフキの群れを見つけたときには、フッと気を利かせて家に持ち帰り、台所で苦労しているサエに、「これ採って来たから、おかずに使っていいよ」と渡したこともあったのでした。成長したフキは、突然パラパラとにわか雨に襲われたときなどは、その葉を傘代わりに使えるほど大きなものでした。その他山菜では、大きな太い山ウドを何本もサエに持ち帰ったこともありました。そんなときサエは、「よくやったね」というように珍しく笑顔を見せるのでした。そのほかにも、外の空き地で焚き火をして焼き芋を作り、「これ焼いたから、みんなで食べようよ」とサエを驚かせたこともありました。もっとも、焚き火に直接放り込んだだけの直火焼きだったため、出来具合はあいにく半分生焼け状態の始末で、マコトの折角のサービス精神も気持ちだけの空振りに終わったのでした。

日増しに秋の気配が深まり、枯れ草交じりの草原に秋風がそよぐ頃になると、場では家畜たちの冬の飼料をサイロに蓄えたり、家々でもあれこれ冬支度に忙しくなります。父フジトも、冬の燃料となる薪や石炭の蓄えを確認し、新たに補充する作業に取りかかりました。薪の補充にはマコトも駆り出されました。丸太を鋸で手頃な長さに切る仕事は父の担当で、薪割りはマコトに任されました。太い丸太は斧で割り、細目の丸太は鉈で割るのでした。重い斧を扱うのはなかなかの苦労でしたが、マコトは全力をこめて斧を振り上げ、振り下ろすことを何度も繰り返しているうちに、我ながら段々上達してくるのが分かり、この汗かき仕事のやりがいを感じていました。おまけに足腰も鍛えられたのです。

「マー公、その調子だぞ。最後まで頑張れ」

父に励まされながらようやく仕事をやり終えたときには、額にうっすらかいた汗を拭っているうちに、腹の底からジワーッと達成感が湧いてくるのでした。そしてそのささやかな達成感には、自分が人の役に立っているという特別な喜びが含まれていました。マコトが苦労して割った新しい薪は、もうすぐ訪れる長い冬には、一階のペチカや二階の薪ストーブにくべられて、冷え切った家の中でパチパチと赤い炎をあげながら、家族みんなを温めてくれるのです。

薪割りが済むと、今度は裏口横の物置部屋で大工仕事の手伝いです。もと工兵隊である父フジトの大工仕事は素人離れしたもので、年の離れた兄マサトから末っ子のマコトに引き継がれた古い勉強机も、一昔前にフジトが本格的に造作した作品でした。四畳ほどの物置部屋には、農機具や肥料や野菜種や花の種が仕舞ってあるほかに、フジトが大切に愛用してきた大工道具が古びた道具箱に収まっています。金槌はもちろん、ペンチ、両刃鋸に片歯鋸、ノミにキリにネジまわし、それからカンナに釘抜き、さらに曲尺や墨壺のような本職の大工が使う道具までありました。あとは、釘にネジに針金、そして木やベニヤの板に小振りの角材など、探せば切りがないくらい所狭しと置かれていました。ただし小部屋の真ん中には、ちょっとした作業テーブルが陣取っていて、頑丈な木造でしたが、その表面はかなり傷だらけになっていました。その上でマコトは、ときどきフジトから、釘の打ち方から鋸の扱い方、キリの回し方やノミの使い方、さらにカンナのかけ方まで、大工仕事の基礎を少しずつ教わったものです。

父からそんな特訓を受けたマコトでしたが、やはりヘマをすることもありました。一人だけで作業中に金槌を打ち外して釘を支えていた指に血豆をこしらえて赤チンキを塗ったり、外で友だちと小刀で細工している際に、左利きだったマコトは、削っていた木片を握る右手の人差指の横面を二、三センチほどスパッと切ってしまい、真っ赤な血が流れ出て来たのを見た途端、今にも出血死でもしそうな泣き顔をしながら家に飛んで帰って、切断した肉片を急いでくっつけて包帯を巻いてもらったこともあったのです。命に別条はなかったものの、そのときの切り傷の痕は、痛い失敗経験の痕跡としてその後も残りました。しかし父が横に居る時には、そんな心配はまずありません。

その日の仕事は、冬に備えて木製の雪掻きを作ることとマコトの本立てを作ることでした。

木製の雪掻きは、金属のスコップと違って、雪の下に隠れた植物や地面を傷つけることがないのです。本立ては、マコトの所持本の数が増えて乱雑になっていたからでした。二人は狭い部屋で協力しながら、何とか夕方までに仕事を終えることが出来ました。そしてその日の夕食は、とくに御馳走ではなかったものの、マコトは何か満ち足りた素直な気分で「ごちそうさま」と言うことが出来たのです。

思えば、マコトが父フジトから吸収した最も尊い精神は、モノ作りに無上の喜びを感じることの出来る精神、一種の創造精神だったのでしょう。フジトは、一生を通じて変わらない金銭欲無き清廉な魂の持ち主で、金にガツガツするようなことは、まずありませんでした。親からの相続遺産として、故郷神戸の一等地にかなりの土地が残されていたのですが、戦後しばらくして神戸市にほとんど二束三文で売り払ってしまったのも、どうやら事実なのでした。もっとも、お坊ちゃん育ちと言うべきフジトが殊更「清貧の思想」を信奉していたとも思われませんが、とにかく、手作りで用意出来るものはなるべくそうしよう、という考えはあったようです。無用な贅沢はしない、それがフジトの信条だったのかも知れません。身の回りのものを出来る限り手作りで賄う、それがフジトの工作好きに隠されたポリシーだったのかも知れません。ずっと後年になって、マコトが亡くなった父フジトのことを思い返すようなとき、時に色々な欠点をさらけ出す不完全な人間でありながらも、生涯変わることの無かったそういう心意気の持ち主だったことが、何より尊く懐かしく偲ばれるのです。

それからしばらくして迎えた四度目の冬休みには、また新しい遊びを経験することが出来ました。と言うのも、これまでのスキーに加えて、さらにスケートをすることになったのです。遊びと言っても一種のスポーツです。ただしスケートとは言うものの、アイスリンクで滑り回る通常のスケート、つまりアイススケートではありません。妙な表現ながら、「雪スケート」とでも言えるでしょう。つまり、エッジの部分が平らになっている簡易式スケートで、長靴を履いた足に雪山登山で使うアイゼンみたいに付属のバンドで装着して固定すると、雪道でも硬くなっていれば簡単に滑ることが出来る、そんな雪国向きのスケートなのです。

もっとも、新得が位置する十勝地方は、北海道でも寒冷の地にして雪が全道でも比較的少なく、むしろ氷が容易に張りやすい土地柄なので、中心都市帯広を始めとして、もともと伝統的にアイススケートが盛んな地域でした。専用のスケート場が無くとも、厳寒の冬であれば、学校のグラウンドに一晩でも水を十分に撒いておけば、翌朝にはもうアイスリンクが出来上がっている、という具合なのです。ところが新得の辺りは例外と言ってよく、十勝平野の西北に奥まった内陸深くの高原にあるため、狩勝峠の麓に広がるこの一帯には、例年かなりの積雪が見られるのでした。十勝地方に降る雪が、まるでここに吹き溜まりでも作るようでした。ですから、アイススケートよりは、「雪スケート」の方が手っ取り早く活用できるわけです。ただ雪を踏み固めればいいわけなのです。わざわざ踏み固めるまでもなく、人の足や馬ソリやチェーンを着けた車が通行した後の自然の雪道をそのまま滑ればいいのでした。

マコトにとってのスケートリンクは、緑屋根の庁舎からマコトの家の前を通って野球グラウンドに向かう道路で、場でも行き来の多い雪道でした。そんな雪スケートの挑戦は、「下駄のようになった」スキーと勝手が違って、どう見てもヘッピリ腰での走行でしたが、少なくとも足腰を鍛える運動にはなったのです。ただ、スケート場で大勢と交じって滑るのとは違って、誰の手本もない寒い中での我流の一人遊びでしたから、スケートの腕ならぬ足の技術は、残念ながらさほど上達することもありませんでした。

ところで北国の長い冬休みでは、何をして時間を過ごすかが課題です。遊びにおいても然りなのです。そこで、この冬マコトたちの案出した面白い遊びがありました。それは一種の雪合戦なのですが、かなり雪が積もってからの遊びなのです。子ども広場から小道を隔ててすぐ東横にある官舎、それはかつて杉野サトル君が住んでいた一棟なのですが、その家の南側の畑には、冬本番になると一メートルくらい積雪がありました。たっぷり雪が降り積もったその雪野原に、網状に入り組んだトンネルを掘り、まるでモグラ叩きのような幾つかの顔出し穴を開けるのです。子ども一人がやっと通れる細いトンネルは、小さなシャベルを使って一心不乱に掘り進まなければ出来ません。この装置は、じつは雪合戦のための隠れ穴のようなもので、参加者は雪玉を何個か抱えてトンネルに潜り込み、時折顔出し穴から顔を出して辺りを窺い、そして誰かがほかの穴から顔を出したところを狙い澄まして雪玉をぶつける、というある意味で単純なゲームなのです。ただ通常の雪合戦では、まず敵と味方に分かれ、それぞれ雪を積み上げた城壁を作って、そこを砦に戦うことが多かったのです。ところがこの新種の遊びは、グループ分けされた紅白対抗ではなく、自分以外のみんなが敵となって、雪の下のトンネルを動き回り、見当をつけた穴から顔を出して雪玉をぶつけ合うという、至極風変わりな雪合戦なのです。これは、マコトがアイディアを出して皆で練ったゲームで、意外と面白く、しかも心身ともに運動になる遊びで、トンネルが崩れてしまうまで何日か続いたものでした。

そんな汗をかく激しい遊びのほかに、この冬思いついた大人しいアイディアとしては、アイスキャンディー作りがあります。フミエに贈ってもらった理科の実験セットの試験管が、思わぬ利用価値を発揮したのです。それはアイディアと言えるほどのことでもなかったのですが、北国の雪と寒さが生んだ思いつきでした。まずガラスの試験管に砂糖を少々混ぜた牛乳を満たし、それに使い古しの割り箸を一本差し込んでおいて、それを冷え込んだ夜になってから屋外の雪の中に、箸だけ頭を出すように埋めておくという、ごく簡単な思いつきでした。ただ念のために、目印の長い棒を脇に立てておくのを忘れてはなりませんでした。

次の日の朝、幸い昨夜は新雪が積もらなかったので、無事取り出された試験管の中では、牛乳が凍えたようにカチカチに固まっていました。何とかアイスキャンディーは出来ていたものの、もちろんそのまま食べることは出来ません。マコトは頭を捻って考えました。（どうしたらいいかなあ。ガラスにくっついてるから、ちょっと温めてみようか）。そこで家の中に戻って、試験管を空のコップの中に立てかけてから、溶けてしまわないように監視を始めました。

一分も経たないうちにストーブの暖気で温もって来た試験管から割り箸をそっと引っ張ると、どうにか形を保ったアイスキャンディーがスルリと抜け出てくれたので、ようやくマコトはしてやったりと満足しながら、初めての自家製アイスを残さず舐め尽くしたのでした。そんな他愛ないことも、ささやかな充足感に満ちた体験だったのです。

また、外がひどく吹雪いているような荒れ模様の日には、家の中で工作することも楽しみでした。町のオモチャ屋で手に入れた戦艦の模型セットがあって、それを匂い中毒になりそうなセメダインで接着しながら組み立てていく細かい作業は、マコトには少しも苦になりませんでした。むしろ、時が経つのも忘れてしまうという熱中振りで、何にせよモノを作り出すことの喜びを感じるのでした。こうして長い冬の日々は、その日の天候に応じて戸外に出たり、家の中で過ごしたりと、決して退屈している暇はないうちに過ぎていきました。子どもにとって、遊びはじつに尽きることがない自然活動なのです。ホイジンガが説いた「ホモ・ルーデンス」（遊戯人）としての人間の象徴が、まさにこの子どもにほかなりません。

あれこれと思う存分に遊び呆けたその年も暮れ、明けて昭和三十二年となったこの正月には、母サエと珍しく町まで出掛けて行って、獅子舞が見られるイベントを楽しんだりしました。そのあとは、例年通り餅を食べたり凧揚げをしたり、そして「モグラ叩き」風の雪合戦も、参加者は少なかったものの実行したのでした。ただし上級生らしく、冬休み中の課題も一つ残らず忘れずにこなしました。とくに大好きな工作は、厚紙製の家や木に脱脂綿を千切ってあしらった、箱庭風のミニチュア雪景色なるものを苦労して作り上げました。この労作は、フミエに見てもらって褒められた自信作でした。こうして遊びにも宿題にも、それなりに充実した冬休みを楽しんでいる間もなく、とうとう四年生最後の三学期が始まりました。そして一月二十三日の誕生日で、マコトもようやく二桁の十歳を迎えることになりました。年齢とともに、学年とともに、なぜか月日の経過が少しずつ早くなるような、そんな気がしたものです。

ちなみにこの年の一月には、日本から遥か遠隔の南極に、戦後の復興に邁進してきた日本の昭和基地が建設されました。その頃、南半球は夏の季節だとは言っても、北国北海道に勝る雪と氷と厳寒に閉ざされた極限の地のことです。過去の歴史を紐解くと、かつて父フジトがまだ幼い六歳だった頃の明治四十五年には、開南丸に乗り組んだ白瀬中尉たちが日本人として初めて南極大陸に上陸したのでしたが、その後四十四年を経た昭和三十一年には、西堀栄三郎を隊長とする日本の第一次南極越冬隊が滞在観測に携わり、さらにこの年、昭和三十二年一月に待望の南極昭和基地が建設されたのでした。この快挙は、海外へ向かう島国日本のチャレンジ精神が大きな実を結んだ出来事でしたが、その後も何度か南極滞在を果たした越冬隊の奮闘の陰で、寒さに強い北海道の樺太犬たちが活躍したこと、とりわけ置き去りにされた第一次の十五頭のうち、翌年の第二次隊が上陸出来なかったため、ようやく二年後の第三次隊に発見救助された唯一の生存者である兄弟犬タロとジロの生命力と忍耐力は、この北海道の人たちにも胸に溢れる感動と誇りと勇気を与えてくれたのでした。たとえ犬であっても兄弟なればこそ、互いに励まし合って生き抜くことが出来たに違いありません。

そして生き抜く力と言えば、戦後の食糧難の中で育っている貧しい子どもたちの健康と発育のために、大人たちもいろいろ心を砕いていたようです。この三学期にも、小学校の配給で肝油や粉ミルクが皆に配られました。タラやサメの魚油から精製した黄色っぽい肝油は、大豆程の大きさに丸めた硬いゼリー状で、ビタミンなどの栄養源として当時の全国の児童に配給されていたようです。少し臭みもありましたが、甘い味付けが施してあったので、マコトもおやつ代わりに毎回何粒か食べたものです。粉ミルクの方は、粉のままでそのまま家に持ち帰り、温かいお湯に溶かして砂糖を混ぜてからゆっくり飲むことにしていました。この肝油と粉ミルクは、クラスで順番にまわって来る配給係が皆に配るのでしたが、マコトも当番のときには、肝油を何粒ずつか皆に渡したり、粉ミルクの入った大きなドラム缶からアルミカップで一杯ずつ各自持参の入れ物に入れてあげたものでした。そのほかには、戦時中の軍隊で保存食だった乾パンなども、おやつ代わりに配られたことがありました。それらは、まだ完全給食とは程遠い一時期の栄養補給策に過ぎませんでしたが、これもまた戦後の貧しさからの復興の時代を思わせる懐かしい学校風景なのです。

弥生三月もそろそろ終わりを迎える頃、残り雪もだいぶ消え失せて黒々した地面が久しぶりに顔を出し、雪解け水が流れる小川の岸辺では、しなやかなネコヤナギの枝が沢山白い綿芽を付け、可憐な福寿草の黄色い花びらが春本番をいかにも心待ちにしている風情でした。北国のそんな明るく変わりゆく季節の中、場の長老の一人である「赤鼻の中野さん」の若い娘さんが、高校を卒業して緑屋根の庁舎の事務員になってからちょうど五年経つこの三月で、今度はその庁舎を卒業して町に嫁ぐことになりました。その相手というのも、中学時代に新任の担任教師として教えを受けたことのある先生でした。これまで長らく続いて来た秘かな交際がやっと実を結んだのでした。

ところで、サヨリというその娘さんの結婚式の仲人を頼まれたのが、マコトの父フジトと母サエだったのです。相手の方が、教え子との結婚ということで細かい気をつかったからのようでした。その吉日の日曜日、マコトは朝から両親が慌ただしく支度する様子を珍しげに眺めていました。洋服ダンスの奥から、フジトはモーニング服を、サエは黒っぽい式用の着物を久しぶりに取り出して、着付けに苦労しながら何とか準備を整えることが出来ました。マコトには、二人が普段とは見違える立派な夫婦に見えたものです。フジトはひどく嬉しそうでした。式は町で執り行うというので、二人は場の車に乗せてもらって、あたふたと出掛けて行きました。あとに残されたヨシエとマコトは、何か気が抜けたような思いでしたが、これでまた好きなことを楽しめるわけです。案の定しばらくすると、流行りの歌謡曲を楽しそうに歌うヨシエのよく通る生き生きした声が、少年雑誌を読み始めたマコトの耳に入って来ました。末姉と弟がのんびり時間を過ごしたその日の夕方、フジトとサエが手土産を持って帰って来ました。引き出物のほかに、いくらか料理も持ち帰ったようです。それは、のんびりした田舎の御利益の一つでした。もちろん夕食は、皆そのお目出度い料理で済ませたのでした。

サヨリさんたち新婚夫婦の住まいは、小学校のすぐ近くに並んでいる町営住宅で、その後しばらくしてマコトは、フジトに連れられてその新居を訪ねたことがありました。ちょうど新郎は留守でしたが、長居するつもりはなかったので、フジトとマコトとサヨリさんは、家の中に入らずに小さな花畑のある外の庭にしゃがんで、少しの間でしたがお喋りしました。そのときマコトは、自分のすぐ横にしゃがんで「マーちゃん、元気にしてる」と微笑みかけるサヨリさんの初々しい新婦の幸せそうな色香のようなものを微かに感じて、子どもながら何かうっとりした気分に浸っていたのです。そして、マコトはそんな自分にふっと気づいて、思わず頬の辺りがうっすら赤らんでくるのを禁じ得ませんでした。

昭和三十二年四月、マコトが新得に引っ越してから満七年が経ち、幼かったマコトも、はや五年生になりました。新学期始業式の日、同級生は相変わらずまた同じ顔ぶれでしたが、担任は十勝管内の他校から新しく転任して来た神野先生に代わっていました。神野先生は、ベテランの男の先生で、眼鏡をかけた小太りの体躯をしていました。マコトは、栃若時代の大相撲が好きで横綱栃錦が写ったパッチ（めんこ）を持っていたので、つい相撲取りを思い浮かべてしまいました。しかしこの神野先生は、その後分かったのですが、フットワークの軽い運動神経のよい先生で、マコトたちに相撲ならぬソフトボールの手ほどきをしてくれたのでした。マコトは前から野球は好きで、自分のバット一本とゴム製の軟式野球ボールを一個持っていたほどでしたが、ソフトボールというのは体験したことがありませんでした。いや恥ずかしながら「ソフトボール」という言葉さえ知らなかったのでした。神野先生は、新しく担任になったクラスの男の子たちに、何か長年の「信念」のように、このソフトボールを熱心に教え込もうと尽力したのです。そして、その着実な感化力と熱意によって、マコトにも段々とソフトボールの面白さが分かって来たのでした。野球と似たようなゲームではあったのですが、ボールがもっと大きく柔らかくて、子どもにもさほど危険無しにプレー出来るのです。あまり体力は無いものの比較的肩が強かったマコトは、自分からピッチャーのポジションを志願して、神野先生もその意気を買ってくれました。

こうして新学期早々、放課後となればソフトボールの練習が続けられるようになりました。神野先生が何故そんなにソフトボールの普及に尽力したのかは不明ですが、まず野球ほどの設備も無しに出来るという簡便さのほかに、チームワークの涵養という教育的配慮もあったのかも知れません。あるいは単に、神野先生自身がソフトボールの経験者であり、愛好者であっただけかも知れません。いずれにしても、その後のマコトの記憶に残っている神野先生とは、すなわちソフトボールの先生にほかならないのです。小太りで汗かきでエネルギッシュなこの神野先生から、マコトは人格的な影響を受けたという覚えはほとんどありませんでした。その後十年以上も経ってからマコトの耳に入って来た風の噂では、その神野先生が学校の公金を使い込んでしまい、公金横領罪の警察沙汰になった、という何とも悲しい後日譚があるばかりです。

五年生になったこの年は、慣れ切ってマンネリ化して来た学校生活よりも、身近な種畜場での生活の方に何かと変化がありました。この場にも、草創期以来のベテランの人たちに加えて、今では新しく入って来た若い後継者も増えて来ました。そこで、古くからの官舎とは別に、それら独身者のための寮が建設されることになりました。フジトがよく試合していたテニスコートを挟んで庁舎のちょうど反対側にある草地に、その名も「若葉寮」という独身寮の建築が、雪解けを待っていたかのように槌音高く開始されたのです。この場にも、若い波が押し寄せて来たのです。そこは、かつてマコトが悪がきの子からいきなり鉄の棒で殴られたことのある草地でしたが、マコトの家からも近かったので、ノコギリで木を切る音、カンナで材木を削る音、金槌で釘を打つ音などが絶えず威勢よく響いて来たものです。それに刺激されたマコトは、活気のある建築現場をときどき覗きに行っては、散らかっている木材のちょっとした切れ端を物色して拾って来ました。たまに大工さんの方から、「おう坊や、また来たのか。ほれ、そこの持っていきな」と結構なあまり木をくれたりもしました。

マコトがそうして家に持ち帰った屑木は、細長い棒片であればチャンバラの刀に変身しましたし、嵩のあるものは小刀で削り、中をくり抜いて船形に細工し、小川に浮かべて遊ぶことが出来たのです。日頃から父の日曜大工を手伝いながら身に付けた、遊び道具を自前で作るという、手作り物作りの生きた経験は、遊びを唯の遊び以上のものにしてくれます。それは、子どもの遊びに独特の創造的な充実感を与えてくれるのです。そしてそれこそは、あてがわれたゲーム世界の中で遊ぶと言うより遊ばされる現代っ子の経験には根本的に欠けている貴重な心の宝物とも言えるのです。そんなマコトの安上がりの「おこぼれ遊び」なども余剰生産しながら、夢のある「若葉寮」の建設は、新緑の若葉がスクスク伸びゆくように着々と進行していくのでした。

そんな北国の明るい希望に満ちた春の季節、と言っても暦はすでに五月になっていましたが、父フジトが場で飼育されているウサギを、予告も無しに何か曰くありげに家に連れて来たのです。オスとメスのつがいで、大人の白ウサギでした。一階の畳部屋の南側の窓外に、二匹には十分な大きさの金網小屋が、フジトが大工した手頃な木台の上に、窓の内側からちょうど見える高さで設置されました。金網小屋には藁が敷かれ、さらに雨を凌ぐトタン屋根も載せられて、これで一応準備が整いました。そして早速その日から、ウサギたちへの餌やりがマコトの新たな日課になったのです。マコトは、人参やキャベツなどの野菜屑と飲み水を毎朝決まった時間に与えるようにし、ウサギたちが口をモグモグさせて美味しそうに食べる様子を、横でニコニコしながら面白そうに眺めていました。夜になると、金網小屋に黒っぽい布のカヴァーを被せてやることも忘れないように心掛けなければなりません。そんな面倒な飼育の日々が一カ月ほど続いたある日、マコトはフジトから急に声をかけられました。

「ウサギに子どもが出来たようだから、よく気をつけないと駄目だぞ」

「え、ほんと。大変だなあ」

「そうだな。オスは場の畜舎に返すことにするよ。メスはしばらく置いて様子を見ることにしよう」

マコトは（大丈夫かなあ）とちょっと心配になりながら、それでも何日か観察を続けていました。そのうち近くの屈足で中学教諭をしているフミエがやって来たので、ウサギに子どもが生まれそうなことを教えると、すぐさまこう言ったものです。

「ウサギはね、子どもを産んだとき誰かに見られてると、自分の子を食べてしまうらしいよ。気をつけないとね」

「え、ほんとなの。怖いなあ」

それからほどなく、メスウサギは手の平に乗りそうな赤ん坊を出産したのでしたが、マコトはフミエの忠告を守って、明るい日中でも人目に触れないように、金網小屋を布カヴァーで覆い隠しておくように気をつけたのでした。それでもときどきは、カヴァーの僅かな隙間から気になる中の様子を覗いて見たりしたものです。どうやら子ウサギは、母親に食べられずに無事に育っているようでした。餌や水は、夕方暗くなってから、室内から窓を開けてソッと与えるようにしていたので、子ウサギも元気に成長を続けました。そうして夏が近づいて来た頃、子ウサギは母ウサギに負けないほどにまで大きく成長を遂げていたのです。飼育には直接関わらないようにしていたフジトも、何気なくウサギたちの様子を察知していたので、（どうやらその時が来たようだな）と判断すると、こうマコトに言いました。

「なあ、マー公。子どももだいぶ大きくなったようだから、ウサギたちは畜舎に戻してやることにしよう。明日連れて行くことにするよ。いいな」

突然の通告にマコトは内心（エッ）と落胆したのですが、飼育の苦労を味わっていたので、黙って父に従うことにしました。三カ月ばかりの経験でしたが、子どもを産み育てることの大変さを、マコトも少しは分かるようになったのです。じつはそれがフジトの思惑だったのかも知れません。ともかくこれでマコトは、面倒な子育てから解放されて、もうすぐやって来る夏休みの時間を自由に楽しむことが出来るでしょう。

さあところが、いざその夏休みに入ると、いつもは静かなここ種畜場の牧野にも、賑やかなブームの波が押し寄せて来たのでした。このところ全国的にその名が知られるようになったこの種畜場には、とくに爽やかな夏の季節に入ると、各地から見学目的の来場者が多数訪れるようになったのです。緑屋根の庁舎の車寄せに連日のように観光バスが駐車しているのを、マコトもときどき目にすることがありました。そんな観光シーズンに入った七月に、皇太子殿下に見舞われることになったのです。これまで義宮や清宮が来場された折には幸い何事も無く済んだのでしたが、今度はとうとうハプニング（現平成天皇）が御来場され、そこで「皇太子御乗馬暴走」事件が起こったのです。

誰の発案であったものか、徒歩ではなく馬に乗って視察が行われる段取りになっていました。それで場長であるフジトが、学習院大学で乗馬を趣味とされていた皇太子と共に、北海道産の小型の馬（いわゆる「どさんこ」）に乗って場内を巡っていた最中に、皇太子御乗馬の道産子（フジトの記録によれば「月毛一色の和種清風号」）が、何に驚いたのか突然暴走し始めたのです。ところが殿下は慌てることなく沈着に馬を制御され、ただ御愛用の山高帽が落下しただけで何とか事無きを得たのでした。このとんだハプニングは、地元新聞の注目記事にもなってしまったのですが、まかり間違えば、フジトの首が飛ぶだけでは済まない危うい事件だったのです。乗馬と言えば、マコトも場に来て間もない頃に、フジトに半ば強制されて馬に怖々跨がせられた経験があったのですが、自分では手綱を左右均等に引いているつもりでも、馬はグルグル回り続けるのです。横で馬係のおじさんも苦笑いしていましたが、マコトは子ども心にも、馬は神経質で難しい生きものだとつくづく実感したのでした。ところが、そんな不測の事態に遭遇した皇太子は、さすがに凛として動じなかったのでした。その当時、皇太子はまだ独身で若々しく、学習院で乗馬を鍛えられていた豊かな経験から、暴れ馬を御すことはさほど難事ではなかったのかも知れません。しかしフジトの心中もさることながら、周りの人たちはさぞ肝を冷やして慌てたことだったでしょう。

　ともかく皇太子の見事な手綱さばきのおかげで、視察を終えた一行は休憩所の庁舎まで帰り着いたのでした。それから殿下は、場長室で昼食をとられた折に、新得名産のソバも食べられました。高原の町の風味豊かなソバは、この地の数少ない特産品の代表で、後には質量ともに日本一とまで評されるようになりました。ちなみにその際に、次姉フミエたちが接待役に選ばれていたのです。フミエがソバを差し上げて横に控えて居ると、皇太子が「おいしいです」と言われたので、フミエが気をきかせて「おかわりいかがですか」と申し上げたところ、「もうけっこうです」と答えられたそうです。こうして「皇太子御乗馬暴走」事件は、幸い一大事件になることなく、懐かしい夏の日の一コマとして人々の記憶に留められたのでした。

　皇太子御来場の際は、マコトたちが駆り出されることはなかったので、マコト自身は気楽な夏休みを過ごしていました。しかし八月に入ると、今度はマコトの家に来客がありました。母サエの実母に当たる「千歳のおばあちゃん」と孫娘の「ジュンちゃん」が遊びに来て、何泊かすることになったのです。今では北海道の中心空港で有名な千歳は、当時まだ駐留米軍の大きな駐屯地があって、アメリカ文化の影響が色濃い土地柄でした。マコトのいとこに当たるジュンちゃんも、まだ小学二年生でしたが、見た目は都会っ子のようにモダンな顔立ちをしていました。垢ぬけた感じの女の子で、映画女優の淡島千景を子どもっぽくしたような顔立ちでした。それでも、内面は大人しそうで口数も多くなく、どこか寂しげな雰囲気をもった子でした。それは、幼くして父を事故で失った不幸のせいだったかも知れません。ジュンちゃんの父親はサエの弟で、大型貨物船の船員だったのですが、あるとき船が神戸に停泊した際、積み荷降ろしの作業中に梯子から運悪く転落してしまい、そのまま帰らぬ人となったのでした。まだ幼いわが子を遠い北国に残したままの不幸な出来事でした。サエは、上の弟も中の弟もすでに戦死していたので、唯一残ったこの末の弟を随分可愛がっていましたから、悲報を受けたときのショックはさぞ大きかったことでしょう。

マコトは、そんな事情については大人になるまで知りませんでしたが、この夏に訪れたジュンちゃんの寂しげな雰囲気になぜか気持ちが揺らぐのでした。マコトは、そんなジュンちゃんを少しでも楽しませようと思い、アンゴラウサギの畜舎などを案内することにしました。「ウサギ見たいかい」と訊くと、「うん」とだけ返事が返ってきました。二人は連れ立って、家から少し離れた一角に並んでいるウサギの畜舎に向かいました。小さな子どもの目線よりも高い廊下の窓から飼育室内は覗き込めません。そこでマコトは、可愛げな短いスカートをはいたこのいとこの小さな体を抱きかかえるように持ち上げて見せてあげたのでした。もともと人見知りの強いマコトは、それまで場の女の子たちとも親しく言葉を交わしたことはほとんどありませんでした。子ども広場でも、男の子と女の子は、たまに縄跳びとかケンケンパで一緒に遊ぶことはありましたが、とくに会話を交わすようなことはほとんど無かったのです。駐留米軍監視下の当時、軍国主義体制から自由に解放され始めた戦後の時期は、男の子たちと女の子たちとは争うこともなく共存していたのですが、何となく見えない一線を引いて別々のグループを作って遊ぶことが普通で、入り交じって行動することはまず無かったのです。それは、戦後民主主義に基づいて出発した男女共学の学校でも、実際には似たようなものでした。ジュンちゃんは、そんな世界に生きていたマコトが初めて身近に接した女の子だったのです。

この種畜場には、マコトが夏休み前に家で飼ったことのある日本産のウサギだけでなく、珍しい外国産のアンゴラウサギやチンチラウサギやニュージーランドホワイトなどが飼育されていました。マコトは、それらの沢山のウサギたちを珍しそうに眺めているジュンちゃんの横顔をそっと窺いながら、自分の幼い心の奥から、ほんのりと甘酸っぱい感情が湧き上がって来るのを覚えました。そしてマコトは、この小さないとこを思わず頬ずりして強く抱きしめたい衝動に駆られました。おぼろげに芽吹いた男女の引力のような作用と言うのでしょうか。それは、愛と言うにはまだ幼く未熟な情動ではあったものの、幼い女の子に寄せる何か切ない愛おしさのような不思議な心持ちだったのです。あるいは、愛おしさを越えた「恋の感情」に近いものだったのかも知れません。それとも、身内から芽生えたその幼い感情には、末っ子のマコトにまるで「めんこい」妹でも現れたような喜びが交じっていたのかも知れません。けれどそのときマコトは、なぜかその微妙な衝動をグッと押し殺したのでした。それは、発露されることのない、秘められた情愛の切ない揺らめきのようなものでした。そんな内気なマコトは、この夏休みに初めて会ったこのいとこが、どこかしらマコトを異性として意識しているかのような素振りを感じながら、無口なその少女にそんな気持ちを伝えることも叶わないのでした。寡黙な女の子のうちに秘められた繊細極まりない内面は、薄いガラスのように壊れやすく触れがたいものに感じられたのです。そうしてこの体験は、ひと夏の甘酸っぱい思い出として、マコトの追憶の中で純化されることになりました。ある夏の日の淡く幼い恋!

それから一年も経った頃、今度はマコトがサエに連れられて千歳に一度だけ遊びに行くことがありました。そのときにはジュンちゃんの兄の「アッちゃん」とはしゃいだように走り回って遊んだだけでした。夜になると、広場の大きな野外スクリーンに映し出される夜間映画を子どもたち三人でいっしょに観に行きましたが、しかしもうそのときには、マコトがジュンちゃんに仄かに抱いたあの新鮮な情念が湧き起こって来ることはなかったのでした。それは、ほかの誰にも煩わされない二人きりのあの瞬間にこそ生まれ得た魂のただ一度の出来事であり、だからこそ偽らない心の真実の輝きだと言えるのです。きっとこの世には、凝縮された瞬間にこそ永遠の意味が宿るという不思議な出来事があるに違いありません。

夏休みが終わって二学期が始まり、ひんやり澄んだ秋の気配が忍び寄る九月になりました。ちょうどその頃、父フジトが、種馬の買い付け調査のためにフランスへ行くことになりました。二カ月ほどの海外出張でした。もちろん当時は船を利用した渡航なので、往復に時間もかかり、遠い異国への旅という印象が強かったのです。フジトは、フランスに滞在している間、任されていた職務を責任をもって果たしたのでしたが、どうもそれだけではなかったようです。仕事の合間に、ベネディクト会修道院が建っている聖地モンサンミッシェルに詣でたのは良かったのですが、もう一方では、有名なムーランルージュのカンカン踊りを見物して、しばし浮き世を忘れるといった息抜きも楽しんでいたのです。その両方とも、マコトはフジトから絵葉書の写真で見せてもらった覚えがあります。

フジトはそんな面も持ち合わせていたのですが、根はけっきょく善良な家庭人だったのです。この渡仏の折にも、遠い母国の家族のことを忘れなかったようでした。帰国するときは、マコトにもお土産を忘れず携えて帰って来ました。それは、フランス製の玩具でしたが、電動式でレールの上を走る重量感のある金属製の電車でした。当時の日本ではなかなか手に入らない優れ物だったでしょう。それを渡されたマコトは、親心への感謝などより、立派なオモチャを手にした嬉しさが余って、家に友だちを入れ替わり連れて来ては、得意そうに何度もその電車を走らせて遊んだのでした。

フジトが渡仏している間、今度はマコトの方が、学校の修学旅行で道東地方の阿寒方面へ行くことになりました。四年生だった去年の秋は、アイヌ古譚のある新得郊外の神居（カムイ）まで徒歩遠足で行っただけでしたが、今年の秋に待っていたのは、観光バスを借り切った五年生全員の本格的な集団旅行でした。出発直前までカバンやリュックに着替えやら、おやつやら、お茶の入った水筒などを詰め込んで抜かりなく準備してきた子どもたちは、誰もがワクワクしながら、小学校の正門前からいざバスに乗り込み、北東隣の鹿追町を通りぬけて足寄から阿寒湖へ向かいました。帯広を経由して釧路へ向かうよりも、一見不便なこの北回りルートの方が、車ではむしろ近道になるのです。それでも到着まではかなりの時間を要しました。ほとんどの子には、初めて見る阿寒国立公園でした。阿寒湖とそれを取り巻く阿寒富士や雄阿寒岳や雌阿寒岳などの神々しい山々を見回したときには、みんなして故郷北海道の大自然の勇壮なスケールに今更ながら圧倒される思いでした。すでにお昼時を過ぎていましたが、一行は宿舎のホテルに荷物を預けてから簡単に昼食を済ませると、さざ波の立つ湖畔の桟橋から遊覧船に乗り込んでマリモ見物に向かいました。遊覧船では、観光ガイドの若いお姉さんが、『マリモの歌』を歌いながら皆に教えてくれました。

「水面《みずも》をわたる
風さみし
阿寒の山の湖に
浮かぶマリモよ
なに思う
マリモよ　マリモ
緑のマリモ」

天然に生息している湖底のマリモたちは、特別天然記念物に指定されていることなど知らぬように、ときどき微かにユラユラと揺れながら、水面から差し込む淡い陽光でさえ眩しそうでした。その日の宿所になったホテルは、何とも偶然のいたずらか、この夏に新得の種畜場を訪れたばかりの皇太子がこの地まで足を延ばされた際の宿泊所と同じ湖畔のホテルでした。マコトは、そこの売店でマリモ羊羹のお土産を買いました。ピンポン玉くらいの丸い小さな薄緑色のシンプルな羊羹です。

翌日の朝、一行はまたバスに乗って双湖台まで行き、兄弟の湖沼を遠望しました。手前には小さいながら北海道の地形そっくりなペンケトー（上の湖）が静かな湖面を朝日に輝かせ、その向こうには、やや大きなパンケトー（下の湖）が、鬱蒼と広がる樹林の陰に半ば隠れるように眺められました。それからバスは、この公園で最大の屈斜路湖を目指しました。カルデラ湖である屈斜路湖は、淡水湖としては北海道でも一番広い湖なのです。まず弟子屈を経由してから湖岸沿いに名勝美幌峠まで上がって行き、その峠の展望台に立つと、大きな屈斜路湖が中島を取り囲んでいる独特の光景を、すぐ眼下に一望出来るのでした。

美幌峠で昼食を兼ねて休憩した後、上って来た峠道をまた下って引き返し、湖に少し突き出た和琴半島でしばし湖岸の散策を楽しんでから、そのまま「霧の摩周湖」の方に回りました。透明なカルデラ湖として名高い「霧の摩周湖」は、その初秋の一日、生憎と言うべきか運よくと言うべきか、風もなく綺麗に晴れた大空の下で、まるでマコトがいつも道草で遊び慣れた池のように、鏡を思わせる静寂な湖面を見せて眠っていました。紅葉の始まった岸辺の色合い豊かな木々の影を映しながら、それは本当にさざ波すら立てずに眠っているように見えました。そして湖の向かい側には、アイヌの人たちが崇めて来たカムイヌプリ（神の山）が鎮座しているのです。時が止まったようにまどろむそんな夢見る神秘な湖を後にして、バス旅でいささか疲れの出てきた一行は、二日目の宿泊地である屈斜路湖近くの川湯温泉に、ひんやり薄暗くなった夕刻になってようやく到着しました。

快い温泉と大広間での賑やかな夕食が済んでそれぞれの部屋に戻ると、男の子たちはしばらく大人しくしていたのですが、大部屋に所狭しと布団が敷かれると、やはり誰からともなく定番の「枕投げ」が始まったのでした。もちろん、間もなく引率の先生に見つかってしまい、長くは続きませんでしたけれど。翌日は朝から曇り空でしたが、川湯温泉に程近い硫黄山まで足を運びました。さほど大きな山ではないものの、山肌が一帯に黄色い硫黄で覆われていて、所どころから立ち昇る白煙と鼻を突く独特の異臭とで、あたかも地獄の一丁目のような様相です。それでもマコトは、友だちと励まし合いながら山腹の途中まで登ってみたのでした。それから宿所に戻った一行は、見送りのため玄関前に並んだ宿の人たちに別れを告げたのでした。二泊三日の強行スケジュールの中で帰途に就いた子どもたちの多くは、バスに乗ってもまだ眠たげな表情のままでした。来るときには元気で賑やかだったバスの中も、帰りにはまるで上品な紳士淑女たちのような静かな雰囲気に変わっていました。

　この修学旅行は、マコトにとっても楽しい経験になりましたが、何しろ初めての団体での宿泊旅行で、しかもバスに長距離間乗り詰めだったために、かなり体も気も疲れる旅でした。それでもそのお陰で、マコトは以前よりは随分と旅行に自信がついたようでした。そんな折、屈足のフミエのところに遊びに行くことになりました。前々から「一度おいで」と言われていたのです。初雪が来ないうちに、晴れた土曜日を選んで、昼下がりの新得の町からボンネットバスに乗って、小さな一人旅に出かけました。新得の駅前停留所から坂を下って佐幌川に架かる橋を渡り、高台になった小高い峠を越えると、間もなく屈足に着きました。その先に流れている十勝川の向こう手には鹿追の町があり、山あいの秘境然別湖から糠平へ至る道路が通じていますす。しかしその手前にあるこの屈足の集落は、寂しく家が散在しているだけで、人影もほとんど見かけられません。そんなささやかな田舎旅ではあったものの、マコトにとってはこれが初めての一人旅だったのです。バス停のところでフミエが待っていて、一緒に五分ばかり歩きました。着いたところは中学校の教員住宅で、その一角にフミエが住んで居るのでした。玄関口で靴を脱ぎ暖簾をくぐって部屋に入ると、こぢんまりした間取りになっていて、壁にはフミエ自作の木製小棚が取り付けてありました。調度品にも、モノ作りが好きなフミエらしい趣味が感じられました。ちょっと話をしてから、フミエが手作りのショートケーキを出してくれました。マコトは、ハチミツを垂らしてから、ゆっくり味わって食べました。温かい紅茶も入れてくれました。フミエは、毎日この住宅から中学校に出勤して、英語や家庭科を教えているのでした。

フミエが便利な札幌に留まらずに、わざわざ新得にすぐ近いこの地で田舎教師の道を選んだのは、実家のことやマコトのことを気遣ったからだったのでしょうか。それはマコトにははっきり分からないことでしたが、家族思いのフミエの優しさを何となく感じながら、マコトは紅茶の温もりだけではなく心の温もりにも満たされていたようです。こうしてしばらく時間を過ごした後、マコトはフミエに伴われて再びボンネットバスに乗り込みました。明日は日曜日です。それで二人は一緒に新得へ戻り、それから歩いて種畜場に向かったのでした。家に帰ってからマコトは、修学旅行のことをあれこれ楽しげに思い出しながら、フミエに得意そうに語って聞かせたのでした。

マコトが旅で自分の小さな世界を広げている間、人類の世界もまた広がり始めていました。十月に入って、ソ連が人工衛星スプートニク一号の打ち上げに初めて成功し、今や世界では地球外の宇宙へのチャレンジ精神が実を結んで来たのです。ただそれは、純粋な開拓者精神とは必ずしも言えない、背景に米ソの冷戦構造の危険なエネルギーを孕んだものだったのです。ともあれ、第二次世界大戦が終結して十二年、マコトが生まれてからちょうど十年の節目となるこの年は、大小至る所でさまざまな実が成熟した時期となりました。


北国ではすでに晩秋の候、忙しい冬支度のシーズンです。この一年の実りをしっかり収穫し、その豊かな自然の恵みを貴重な備えの食料として蓄えなければなりません。そうして、大人たちにとっては休む暇もない収穫と備蓄の日々がようやく一段落すると、やがて彼方に見える峠からの「狩勝おろし」が、オダッシュ山の麓の広内一帯に今年も初雪を運んで来ます。粉雪が狂ったように舞い乱れ、しばれる北風が白く化粧した野山に吹きすさぶようになります。そのうちに、いつしか冬場が本格化して冬将軍の天下となり、生きとし生けるもの皆が冬籠りに入る十二月も下旬、マコトたちの待ちわびた冬休みが今年もいよいよ始まりました。

この五度目の冬休みに、マコトは今までとは違う実りの日々に恵まれることになりました。すっかり雪に埋もれた野山の木々の実りはもちろんすでに取り尽くされたあとでしたが、それとは別の知的な実りがもたらされたのでした。長い冬休みが始まって間もなくのこと、札幌から珍しい来客がありました。今までも夏の休暇などに二、三回訪場したことのあるドイツ文学専門の北大教授で、マコトも顔だけは見知っている牧野さんという人物でした。北大では学部は異なりますがフジトの後輩に当たり、まだ四十代半ばくらいでしたが、ベートーヴェンを思わせるボサボサの長髪にはちらほら白髪も交じり、しかも立派なヒゲ面で年よりは老けて見えました。ドイツ生まれのスイスの詩人作家ヘルマン・ヘッセの詩や小説を研究しているようでしたが、牧場と動物が大好きということで、ここ種畜場への訪問を通じて父フジトとも昵懇の間柄になっていたのです。そしてこのたびは、その牧場と動物についてのエッセーの原稿を書くつもりで来たのでした。本業のかたわら文筆活動もしているのでした。見学の人たちでけっこう賑わうようになった人気の夏のシーズンを避けて、「あえて冬の休暇のときを選んだ」ということでした。

「その方がゆっくり話を聞かせてもらえるし、仕事も落ち着いて出来ると思ったもんですから。どうか宜しく頼みます」

マコトの家に滞在するという話は、どうやらフジトが勧めたようでした。田舎暮らしのマコトに知的な刺激を与えてもらえるという思惑があったのかも知れません。今までは普通の見学客と同じ日帰りでしたが、「今回は出来れば三日ほどゆっくり滞在したいのです」とフジトに頼んでいたのです。

最初の滞在日、牧野さんはフジトからこの種畜場の由来と現状をあらためて詳しく説明してもらい、牧場と動物たちのことを興味深げに色々と尋ねたようでした。そして自分の足で、雪で覆われた広い牧場一帯を長靴履きで歩き回り、さまざまな動物たちの畜舎を訪れるのでした。太い首からカメラをぶら下げ、ときどき神妙な面持ちでメモを取ったりしている様子は、いかにも動物愛好家の雰囲気が漂っていました。夜になって夕食が済んだ後は、牧野さんは、薪ストーブが赤々と燃えるペチカの前で椅子に腰かけて、ときどきストーブに薪をくべながら、マコトを相手にしばらくお喋りしました。マコトが本好きなのをフジトから聞いていて、色々な本の話も聞かせてくれたのです。

「子どものうちは遊ぶのも大事だけど、いろんな本を沢山読んでおくといいと思うよ。漫画だけじゃなくて、なるべく活字の本を読むんだね。大きくなってから、きっと良かったと思うときが来るよ」

「冒険物語や伝記みたいな本なら読んだことがあるんですけど」

「そうだね。伝記物なんかは、世の中にはこんな偉い人がいるって分かるから、ためになると思うよ。自伝じゃないけど、僕なんか子どもの頃はね、ファーブルの『昆虫記』が大好きだったんだけど、それがね、今でも役に立ってるんだよ。まあ、世界中には色んな本があるから、そのうち文学や詩の本なんかも読むといいかも知れないね」

「でも、そんな本は難しそうですね」

「うん、まあね。でも人間や世界のことをいっぱい書いてあるから、きっと勉強になると思うよ。人の気持ちがよく分かるようになるかも知れないしね」

マコトは、（そうかなあ）と思いながら、以前ミサエの膝の上で『ジャン・クリストフ』を「読まされた」ことは黙っていました。

「さあ、あまり遅くなったらいけないから、そろそろ終わりにしようか」

牧野さんは、少し疲れたように紅茶を飲み終えてから、二階に用意された客間に上がっていきました。牧野さんに用意された客間は、以前ミサエが居た部屋で、ミサエの勉強机がそのまま残されていました。牧野さんは、その机でしばらく原稿を何枚か書いてから就寝したのでした。

翌日の朝、牧野さんは少し寝坊したようでしたが、朝食は一階のテーブルで一人美味しそうに食べました。焼いた食パンに種畜場産のバターと蜂蜜をぬって口に運び、種畜場産の卵とハムで作ったハムエッグを食べ、そして種畜場産の新鮮な牛乳を軽く温めて飲む、という簡単な食事でしたが、すべて自家製というところが風味を増大するのです。札幌でも良い食材は手に入るはずですが、それでも牧野さんは皆に聞こえるように言うのでした。

「やっぱり、十勝の酪農製品は違うなあ。さすが酪農王国ですね。何だか若返るような気がしますよ。どうも御馳走さま」

それから間もなく牧野さんは、そそくさと身支度を済ませると、また元気いっぱいで外へ出掛けて行きました。昨日見残したところを回るということでした。何しろ牧場の敷地は広大であり、動物たちも多様で畜舎も数が多いのです。じっくり見ようと思えば何日もかかるでしょう。この日牧野さんは、好きな馬やウサギの畜舎を見学しただけでなく、あのマコトの好きななだらかな丘の近くからオダッシュ山をしみじみと仰ぎ、また厳しい北風を吹き下ろして来る狩勝峠も遠望してきた、ということでした。やはり、愛用のカメラで写真を撮り、ときどきメモなど取りながらの「取材」なのです。戻って来てから牧野さんは、客間に閉じこもって「取材」の成果をノートにまとめたり、原稿の続きに取り組んだりしていました。

その夜、夕食が済んでから、またペチカの前でマコトを相手にした牧野さんの「人生談義」が始まりました。もちろんマコトには、内容がよく理解出来ない話がほとんどでしたが、マコトもこの頃は大分忍耐強くなったとみえて、ヒゲ教授の柔らかく心地よいバリトンの声に、しばらくの間耳を傾けていました。


「ねえマコト君。君のマコトという名前は、どんな字を書くのかな」

マコトは、以前に赤城さんが話してくれたことを思い出しながら簡潔に答えました。

「真実の真です」

「ああ、そっちのマコトか。なるほどね」

「ぼくが生まれたとき、父さんが何か考えて付けたようです」

「そうだろうね。僕もね、文学など研究してると、真実ということをよく考えたりするよ。いろいろとね」

「ぼくは、真実というのは本の中にあるような気がするんですけど」

「確かにそうかも知れないな。現実の人間は流されやすい生きもので、真実より嘘や偽りに流されることが多いからね。……僕が動物好きなのはね、動物の方が人間ほど嘘や偽りに騙されないし、それだけ真実に近い生き方をしているからじゃないかと思うんだよ」

「そうでしょうか、ぼくも生きものが好きなんですけど。野原で見かける小さな生きものたちも精いっぱいに生きてるし……。でも人間だって、動物や植物と同じように一所懸命生きてるんじゃないかと思うんですけど」

「確かにそうだね。人間の中にも、真実を大事にして実現しようと努力している立派な人たちも居ると思うよ。学問とか芸術とか、真実を大事にしないような人には出来ないからね。どんなに紆余曲折があっても、最後の最後に輝くものは真実なんだ」

牧野さんは、紅茶を口に含みながら、また思いに耽るような顔をしました。そしてマコトにではなく、自分に言い聞かせるように呟きました。

「そう、真実は確かに覆い隠されやすいものだけれど、それでも時間の風雪に耐え抜いて永続する力を持っているから、最後には燦然と輝くに違いない。そうでなきゃいけない。真実というものは、どんなに時間がかかっても、やがてはあぶり出されて来るものなんだからね。だから真実の上っ面ではなくて、真実の核心を摑むことなんだよ」

牧野さんは、冷えかかった紅茶をまた口に含みながら、今度はマコトに向かって真面目な面持ちで言いました。

「マコト君。真実というものは、いっときもてはやされる流行と違って、時を経れば経るほど輝きを増して来るものなんだよ。それが真実というものだよ。だから君もそのことを信じて、嘘偽りに負けずにしっかり生きて行くことだね」

マコトはよく分かりませんでしたが、牧野さんの話し振りから少し勇気を貰ったような気がしたので、軽く二、三度頷いたものです。そのときマコトは、この夏にいとこのジュンちゃんに覚えた「あの瞬間の心の真実」のことをチラッと思ったのです。そんなことは知らない牧野さんは、そこで今夜の難しい人生談義を締め括るように言いました。

「虚偽が一時的に支配することはあっても、最後に否応なく現れて来るのは、やっぱり真実ではないかな。その真実を尊ぶ心があるかぎり、世俗の人生がどんなに嘘偽りに満ちたものであっても、人間がどんなに馬鹿げたことをやる存在であっても、人間という生きものは、この世界に存在し続けるだけの意味を持っているんじゃないかと思うよ。それが人間にとっての救いだし、世界にとっての救いでもあるからね」

マコトは難解な話にさすがに頭が疲れてすっかり眠くなって来ました。

「やれやれ、ちょっと難しい話になっちゃったね。どうも話し始めると相手を忘れて夢中になってしまうよ。どうも悪い癖だね。すまないねえマコト君、それでもよく我慢してたなあ。じゃあ、そろそろ休むことにしようか」

そう言いながら、牧野さんは二階に上がってからも原稿書きを少し続けたようでした。翌朝になって、牧野さんはマコトの家の玄関の間に置かれている、滅多に使われない黒電話を使って、札幌の誰かと通話しているようでした。電話は、当時は場では庁舎と場長宅にしか置いていない貴重な通信手段でした。牧野さんは、何か仕事の話をしているらしいことがマコトにも分かりました。庁舎へ出掛ける前のフジトに牧野さんが伝えている声が、聞き耳を立てていたマコトにも聞こえて来ました。

「ちょっと用事ができたので、あした帰ることにします。もう少しお話も伺いたかったんですが」

「そうかね、分かったよ。まあ、今日一日だけでもゆっくりして下さい」

フジトが出かけた後、昼前になってから、牧野さんは自分でサンドイッチを作り、紅茶を魔法瓶に詰めて、手早く身支度を整えると、太い首から愛用久しい二眼レフカメラをぶら提げて、生憎のどんより沈んだ寒空のもとへ出て行きました。マコトたちに「最後の取材をして来ます」と言い残して。

その日は、幸い雪は降りませんでしたが、悪名高い「狩勝おろし」の北風が縦横に吹きまくって時々根雪を舞い上げ、この地の冬の厳しさを見せつけるかのようでした。それでも「取材」を終えた牧野さんは、昼下がりに無事元気に戻って来ました。ただ、ヒゲ面の中の赤く「しばれた」鼻が目立つだけでした。牧野さんは、ストーブで体を温めてから、熱い紅茶を一杯飲んで、それから二階に上がると、またメモの整理をし原稿の仕上げを急いでいるようでした。

その夜、牧野さんの滞在最後の夜ですが、夕食を済ませると、牧野さんとマコトはどちらともなくペチカの前に陣取り、また一緒の時間を過ごすのでした。

今夜は星も隠れてネオンも無い、寒風荒ぶ北国の冬の闇のもとで、そこだけは暖かく明るいペチカの前に二人腰かけて、子どもを相手にしたヒゲ教授最後の「人生談義」が再開されたのです。

「ようやく原稿が出来たよ。エッセーの原稿なんだけどね。前からここの牧場や動物たちのことを是非書きたいと思っていたんだ。……そう言えば、マコト君も作文が得意だったよね」

「いえ、得意じゃないんですけど。……でも、文章書くのは好きです」

「そう。まあ、本を読むのも勉強になるけど、自分で文章を書いてみると、もっと自分が成長するんじゃないかな。表現することは大変なんだけど、とても勉強になることなんだよ」

「でも、自分が何なのか、まだ全然分かりません」

「まあね。でも君はこの種畜場でも随分遊び回ったんだろうね。お父さんがそんなこと言ってたよ。それでね。子どもが自分を知るには、まずしっかり遊ぶことが大事なんだよ。僕みたいな大人の世界にはね、乱暴に言うとね、仕事人と遊び人のタイプが居るんだけど、君たちのような小さな子どもたちにとってはね、まさに遊ぶことが仕事のようなものなんだよ。遊ぶことの中で、自分が生きていくためのすべを身に付けていくんだね。それに大人の中でも芸術家というのは、子どものまま大人になったような人たちでね、しかもみずから選んでそうなった人じゃないかな。芸術って遊びのようなところがあるからね。……まあとにかく、一所懸命に全身全霊で生きる人間というのは素晴らしいと思わないかな」

「全身全霊って、よく分かりません。僕はただ夢中で遊んでるだけなんです。一人遊びしたり、友だちと遊んだり、どっちも好きですけど」

「そうだね。遊ぶことは大事なことだよ。一所懸命に遊んでる者を馬鹿にしちゃいけない。

……僕が言いたいのはね、もともと能力に限界のある人間が、あの能力この能力と優劣を決めて選別したり出し惜しみするものじゃないってことさ。つまりね、持っているすべてを出し切って世界に触れようとすることが大事なんだよ。だから、全身全霊で生きる人間というのは素晴らしいと思うのさ。……まあ、とにかくいい人生って、自分らしく生きることなんじゃないかな。肩肘張ったり背伸びしたりしないで、自分らしく生きられればね、それでいい人生を送ったことになるんじゃないかな」

「僕なんか我がままですから、たまに自分が嫌になることもあるんです」

「はあ、そうなの。……まあそれでもね、自分を偽ってまで楽になろうとするよりかは、有りのままの自分で居て苦労を経験する方が、ずっとましな人生じゃないかなあ。僕もね、出来れば有りのままの自分で居たいと思ってるんだけど」

「先生も自分らしく居られないときがあるんですか」

「うん、まあね。この世の中色々あるからなあ。なかなか自分の思い通りに行かないことも多いからね。でも、それに負けるようじゃお仕舞いだよ。僕はいつも思ってるんだけどね、人生は一篇の物語みたいなもんだよ。短篇だろうと長篇になろうと、自分がその物語の作者であるし主人公でもあるんだね。つまりね、その物語に意味を与えるのは自分自身だということだよ。それを知らなくちゃいけないなあ」

深く広い教養に溢れたヒゲ教授は、ここで一息つくと、薪ストーブで湯気を立てている薬缶から紅茶ポットにお湯を注いで、大きなマグカップに紅茶をなみなみと入れ、角砂糖を二個加えると、スプーンでよく混ぜてから、ゆっくり人生を味わいでもするかのように熱い紅茶を味わうのでした。

「マコト君、もう少し居たいんだけど、あした札幌に帰ることになったよ。もう最後だから、何か僕に訊きたいことでもあるかな」

マコトは少し疲れていたのですが、以前にフジトが語っていたことを思い出して、ちょうど良い機会だからと、ヒゲ教授に尋ねることにしました。

「あのう、前に父さんが言ってたんですけど、よく分からなかったことがあるんです。ええと、……ああそうだ。……不老長寿の薬を無益に求めるよりも、病を治し、病にならないように気をつかう方が大事なことだ。そうすれば、自然に長生き出来るだろう。ええとそれから、……世の中に幸福や善を実現することもいいが、それよりも目の前の不幸や害悪を無くすよう努める方が大事だ。そうすれば、自然に世の中は良くなっていくだろう。……全部丸覚えでよく分からないんですけど、自分の主義だって言ってました」

「ほう、それはお父さんらしい考えだね。僕もいつも思うんだけどね、この世に悪が広まるのは容易でアッと言う間のことだけど、善が広まるのはそんなに簡単じゃないんだ。心ある人たちの善意の努力の積み重ねがなければ困難なことだと思うよ。何でも裏から見直すといいことが多いんだね。例えば、よく夢を持てって言うんだけど、一方で夢はつねに破れていくもの。

だから夢が破れたときに人はどう生きていけばいいのか、その辛い人生の試練にどう耐えて生きていけばいいのか、それが人間にとってとても大事なことなんだよ。……つまりね、人生はうまく行くことばかりじゃないからね。どんなマイナスの経験でもプラスに転じることの出来るような勇気と知恵、それがパイオニア・スピリットと言うものなんだよ。僕たち道産子の先祖の人たち、開拓者の人たちも、そんな精神を持ってたんじゃないかなあ。……それから、もう一つだけ言っておくよ。そもそも人間の世の中に絶対的なものなんか何一つ無いのさ。それなのに何かにこだわり、囚われてしまうから、僕たち人間は不幸な目に遭うんじゃないかな。……全身全霊で生きることと囚われないで生きることを両立させるのが、じつは僕の人生の課題なんだよ。僕は今はヘッセという人の作品を研究してるんだけどね、自分が最後に死ぬときは、出来れば詩人としてこの世の人生を終えたいと思ってるんだよ」

牧野さんの思慮深い長話に、マコトはじっと我慢して耳を傾けていました。そしてマコトは、その分かったようで分からない人生談義から、何となく為になる刺激を貰ったような気がしていました。そのとき牧野さんの方では、マコトの真面目腐った表情に目をやって、(やれ、子ども相手なのも半分忘れて、どうも難しい話をしてしまったかな)と、自分の「悪い癖」を少し反省したのでした。

クリスマスが間近な北国の夜はもうとっぷりと更けて、野外では木枯らしが木々の裸の梢を揺るがせている音もしています。家の中では、ペチカの前の薪ストーブに載った薬缶から湯気が威勢よく昇り続けています。フジトもサエもヨシエも、みんな遠慮でもしたように、もう自分らの部屋で休んでいるようです。ペチカの前に腰かけた二人も、そろそろ疲れて来ました。それでも二人とも、何となく心地よい疲れを感じていたのでした。少しの沈黙の後、牧野さんが口を開きました。

「ねえ、マコト君。君がね、高校生になって文学が好きなようだったら、大学は僕の所へおいでよ。そしたら、一緒に文学や人生のことを研究出来るかも知れないなあ」

「ええ。でもまだ先のことは分かりませんから」

「そうだね。まあ、とにかく今のうちは『よく学び、よく遊べ』ということだね。さてと、じゃあこれでお仕舞いとするかな」

二階の客間に上がっていった牧野さんは、原稿も仕上げたことだし、今宵はさぞゆっくり熟睡出来ることでしょう。

翌朝牧野さんは、この日の晴天と同じようにスッキリした顔つきで起きてくると、場の新鮮な自家製品で朝食を済ませてから、フジトにあらためて礼を言うのでした。

「いやあ、すっかりお世話になりました。お陰で勉強になりました。本当にどうも有難うございます」

それから身支度を整えた牧野さんは、見送りに並んだサエとヨシエとマコトに「じゃあ、これで失礼します。皆さん、どうぞお元気で」と一声掛けてから、外に待っている馬ソリに、愛用のカメラと完成原稿を仕舞った大事なカバンを抱えて乗り込みました。馬ソリは、父フジトが手配して用意してもらったのです。それは、牧野さんがフジトに「馬ソリというのに乗ってみたいんですよ」と一言漏らしていたからでした。場の馬係のおじさんが手綱を握り、そのうしろに牧野さんと父が座って、冬の「十勝晴れ」の朝を新得の駅へと向かいました。あの長い真っ直ぐな雪道を、シャンシャンと鈴音を鳴らし、白い鼻息を吐きながら走る頑丈な馬に引かれ、雪煙りを上げて進むソリに揺られながら……。

札幌に帰って間もなく、牧野さんは、フジトと家族一同宛てに、札幌時計台の雪景色が写された絵葉書で、短い文言ながら丁寧な礼状をくれました。子どものマコトに真摯に向き合ってくれた長髪のヒゲ教授は、深く広い教養の持ち主であるだけでなく、フジト好みの昔気質でなかなか律儀な人物だったのです。

クリスマス・イヴになると、今度はフミエがやって来て、マコトと一緒にクリスマスツリーを飾りつけました。マコトもそこそこ大きくなって来たので、「今年で最後にしようね」と相談した上でのことでした。確かに以前のような喜びと感動は、もうほとんど感じなくなっていたのです。そして例年とほとんど同じ要領で年末を過ごし、例年と変わりなく皆で正月元旦を迎えました。いつものように雑煮とおせちを食べ、姉たちとカルタや福笑いや双六をしたり、一人で独楽回しや凧揚げで時間を過ごしました。それでもやはり、以前感じたような嬉しいウキウキするような気持ちは正直薄れていました。

新しい年昭和三十三年が明けてから、雪模様の真っ白い正月元旦を過ぎて翌二日になると、父フジトが「書き初めをするから用意しなさい」とマコトに向かって急に言い出しました。初めてのことでした。もっともマコトの脳裏には、町での習字塾通いを途中で止めてしまったうしろめたい前歴が蘇ったのですが。一階の畳部屋に新聞紙を敷き、マコトは自前の道具を取り出して支度すると、何を書こうか思案しましたが、けっきょく定番の「初日の出」が簡単でいいと思いながら、墨を磨り始めました。フジトも、大事に仕舞いこんでいた瓢箪型の硯を取り出して丁寧に墨を磨り始めました。マコトが「初日の出」を何枚か書き終えて、横で慎重に筆を運んでいるフジトの作品をそっと眺めていると、意味は分からないものの、どうやら「知足」という漢字のようです。やがて何枚かの作品中から一枚だけ選び出したフジトは、今度は細筆を取って、例のとおり「禿山人」と署名し、おまけに朱印まで捺しました。

「これはな、足るを知る、と読むんだよ。まあ、そのうちお前にもどんな意味か分かるようになるさ」

これは、じつは禅の言葉にあるようなのですが、フジトに禅の素養があったかどうかは不明です。それでもフジトが自足の精神を重んじていたことは確かなようです。無用の贅沢を避けて、今ある境遇の中で足ることを知って生きて行く、という生活信条がフジトにはあったようです。もちろん、そのときのマコトにそんなことが分かろうはずもありませんでした。ただマコトは、五年生にもなった自分が軽い気持ちで書いた「初日の出」が、我ながらいかにも陳腐で工夫の無い代物に感じられたのでした。何事もいい加減にしないこと！

とにかく書き初めも済ませて、正月も三が日を過ぎた頃、フジトは今年届いた年賀状を目の前に積んで、一枚一枚ゆっくり読み始めました。北国の一隅に住んでいるフジトは、各地から、とくに遠い故郷の縁者から届く年に一遍の便りをとても楽しみにしていました。そしてゆっくり時間をかけて全部読み終わると、今度は溜まっている古い年賀状を整理し始めました。文面をチラチラ見て思い出すような顔で選別しながら何年も前の分だけ集めると、何やらそれを一枚ずつ折り始めました。老眼が現れて来た眼に難儀し、少し年取って動きの悪くなった指をそれでも器用に使いながら、丁寧に慎重に折り紙をしているようでした。マコトがそれとなく見ていると、一枚折り終わっては、次々順番に繋いでいきました。マコトには、それらがどうやって繋げられていくのか皆目分からないのですが、とにかく根気のいる作業なのです。しばらくすると、折り紙細工された古い年賀状たちが、徐々に円形状に繋がって来ました。そして出来上がったフジトの労作は、ドーナツ型の完全な円形になっていました。フジトは、気になって横で眺めているマコトにボソッと言いました。

「これはな、熱い薬缶や鍋の底に敷いておくものさ。鍋敷きと言うかな。何でもすぐ捨てないで工夫すれば、何かの役に立つものなんだよ。物は大事にしなきゃな。物を大事にしない奴は、人も大事に出来ないものだ」

マコトは、父の物作りの技と節約の精神に、つくづく感心するのでした。そしてフッと思い出しました。（そう言えば、父さんは軍隊時代に使い古したハンゴウまで持ち帰っていたなあ。これで米を炊いていたと聞かされたから、こっそり持ち出して外で焚き火して試したことがあったっけ）。こうしてフジトが丁寧に作る鍋敷きは、その後も毎年正月に年賀状を整理する時期になると、一つずつ増えていきました。お釜の下に敷いたり、味噌汁鍋の下に敷いたり、すき焼き鍋の下に敷いたりと、それらはしっかり活用されて役に立ち、鍋底の煤ですっかり黒く汚れた頃になってようやく捨てられるのでした。

「さあ、これでよし。年賀状の返事はあしたにするから、今日の仕事はこれでおしまいだ」

フジトは、少し疲れたように呟いてから、グッと伸びをしました。

早生まれのマコトは、この一月の二十三日に十一歳の誕生日を迎えました。去年ようやく二桁に達したときのような神妙な心持ちも湧かず、そもそも誕生日を祝ってもらったかどうかさえ、マコトの記憶の中には残っていません。とにかくもう幼い子どものようにチヤホヤされることもなくなって来たのです。上級生である五年生としての三学期は、とくに記憶に強く残るほどの出来事もなく、あえて言えば無事に順調に月日が過ぎていったのです。けれどこれが、春夏秋冬を何度も繰り返して慣れ親しんできた新得小学校で、じつはマコトにとって最後の三学期となったのでした。ただマコト自身は、そんなこととはつゆ知らず、相変わらず級友とも和気あいあいの仲で気楽に過ごしていたのです。

そんな三月のこと、まだ屋外に残雪は多いながらも、どこか日差しの和らいできた日曜日の昼下がり、父フジトがマコトに「ちょっとこわい（疲れた）から肩叩きしてくれないか」と頼んできました。これで二度目のことです。年のせいか、このところ疲れが積み重なっているようでした。午前中に宿題も終えていたマコトは、まだ薪ストーブの入っている畳部屋で、上半身シャツ姿になったフジトの肩を握りこぶしで手加減しながら叩き、背中を平手で空手チョップのように上から下まで軽く叩き、それから今度は両肩を揉みほぐしてあげました。十五分近く時間をかけたでしょうか。

「ああ、気持ちいいよ。大分上手になったなあ。力も強くなったみたいだ」

フジトは満足したような面持ちで、微笑みました。マコトは、父親の体が以前より少し痩せたような気がしていました。フジトはもう五十を過ぎていたのです。

「すまないが、もう一回だけやってくれるかい」

「うん、もう一回だけでいいね」

マコトは、今度はゆっくりと念入りに父の肉体の微妙な衰えを感じながら両手を動かし続けました。子どものマコトが詳しい歴史を知るはずもなかったのですが、昭和二十一年に札幌真駒内の北海道農業試験場が進駐米軍に撤収されたときのどん底に落とされた屈辱と喪失感、そして二十二年三月に新得移転が正式決定して以後新たに燃やし続けて来た開拓者魂、さらに二十五年十一月に「北海道立種畜場」が誕生成立してからの粉骨砕身、そうした草創期から現在までのちょうど十一年に及ぶフジトと大勢の仲間たちの苦労の跡が、今マコトがさすってい る父の背中に象徴されていたのかも知れません。マコトがなるべく要領よく終わろうと思っていたとき、ポツリとフジトが語りかけて来ました。

「なあ、マー公。九州の方にある関門トンネルって、お前も知ってるだろ。あそこにまた、新しい自動車トンネルが出来たそうだよ。どうもこの北海道だけ取り残されたような感じだなあ」

マコトは、当時まだ家にはテレビも無ければ、ラジオや新聞のニュースなどほとんど関心が無かったので、フジトの突然の話にもちろんついていけませんでした。それで、ただ黙ったまま手を動かし続けているのでした。

確かにフジトが話題にしたように、この昭和三十三年の三月に、南の九州では、関門トンネルの古い鉄道トンネルに加えて、さらに国道トンネルが開通し、九州と本州とは海の底で完全に繋がったのでした。ちなみに、もう一方の北の「取り残された」北海道と本州側の青森とを津軽海峡の海底で結ぶ待望の「青函トンネル」が全線貫通するのはその後ようやく昭和六十年になってから、そして完成を見たのは昭和六十二年、海峡線開業は翌六十三年のことです。全長五四キロメートル程もあり、世界最長を誇る鉄道トンネルなのです。しかし世界に誇るその快挙が実現するのも、そんな未来を夢にさえ見なかっただろうフジトが、北の大地でもうすでにこの世の生を終えた後のことなのです。緑の牧野を彷徨える「陸の船乗り」の魂が天に召されてようやく五年以上経ってから、フジトが半ば冗談めかして「取り残された」と語った北辺の大地にも、新たな時代の白波が否応なく押し寄せて来ることになるのです。今はまだ幼いマコトが渡ったことのない津軽海峡の、はるばる向こうの「内地」から。

それはそうと、末息子のマコトの将来、新たな時代のことについては、フジトは肩叩きを受けながら考えていたものかどうかは分かりません。深く慣れ親しんで、もはや心の故郷となった新得の地をやがて近いうちに離れ去るという予定をすでに承知していたものかどうか、寡黙なフジトはこのときマコトに何も語ることはありませんでした。それでも確かに、厳しくも豊かな自然の懐に抱かれて自由奔放に過ごしていたマコトにも、また新たな時代が始まり新たな世界が開かれる人生の転機が、もうそこまで忍び寄って来ていたのでした。

エピローグ（別れの季節）

昭和三十三年四月、北海道はいまだ雪解けシーズンが続いています。本格的な春を告げる「馬糞風」はまだ吹いて来ません。それでも、去年からの根雪が残る広々した野山には、どこか明るい春の気配、春の息吹、待ちに待った春の訪れが、そこここに感じられるような、そんな心ウキウキする季節の変わり目なのです。そしてこの新学期で、早生まれの十一歳であるマコトも、ついに六年生に昇りつめました。生来の虚弱児が、何とか学校生活にも耐えて、小学校の最上級生になったのです。

折しも四月一日、マコトたちが住み慣れた種畜場は、草創期以来馴染んでいた「北海道立種畜場」から「北海道立新得種畜場」へと改称され、正門に掛けられている大きな板看板も新しいものに付け替えられました。マコトは、（あれ、看板が変わってるよ）と思っただけでしたが、それはじつは、合理化、効率化への一つの「変化の兆し」でもあったのです。けれど、大人世界の事情など知らないマコトたちの気持ちは、何も変わることはありませんでした。タテマエとか看板とか、まったく気にするような年頃ではなかったのです。ただ自分たちが住んで居る、そこの場所そのものがすべてだったのでした。ところが、そんな親しい居場所をふいに去らねばならないという人生の「変化の兆し」が、呑気なマコトの身に間もなく訪れるのです。

ちなみにこの年には、そんな「変化の兆し」が社会全体の中枢にも現れ、交通分野では十一月に東京—大阪間でビジネス特急こだまが運転を開始し、情報メディア分野では十二月に東京タワーが完成オープンするなど、それまで苦境の時代を逞しく生き抜いて来た終戦後の日本が、未曾有の「速さ」と「豊かさ」を求めて胎動し始めることになるのでした。

そんな年にマコトは最上級の六年生になり、入学以来すっかり気心が知れて来た級友たちと仲良く過ごしていた一学期も半ばの六月下旬頃、まだ夏休みまでは大分間がありましたが、いつもとまったく同じように教室でのんびり授業を受けていたマコトに、何か至急連絡を受けた担任の神野先生が、少し慌てた様子で声をかけました。

「一木君、おうちのひとが迎えに来ているから、すぐ行きなさい」

マコトは（いったい何があったんだろう）と怪訝に思いながら、急いでランドセルを背負って外に出ると、校門のところに、場の車に乗せてもらった母サエと末姉ヨシエが待っていて、そのまま三人揃って町の駅に向かったのでした。「札幌に引っ越すんだよ」と母は車の中で事もなげに言うのでした。この何とも急な転校の件は、父から学校には連絡されていたはずですが、マコト自身は事前にはっきり聞かされていないことでしたから、もちろん馴染みの級友たちにきちんと挨拶する暇もなかったのです。サエにそんな配慮や気遣いを期待するのも無理なことでした。

こうしてマコトは、物心ついたばかりの頃にふいに連れてこられたような新得の新天地から、またもやふいに古巣の札幌へ連れて行かれることになりました。それが、マコトと新得の牧場や友らとの突然の別れ、そして同時に懐かしい牧歌的な幼少期との離別だったのです。この突発事は、きっと友らにとっては、何の前触れもない不審な蒸発事件に思えたことでしょう。普段からひとの意表を突くことの少なくなかったマコトらしい姿の消し方だったとも言えます。ただ、実際には父フジトの任期は十一月まであったのですが、マコトの転校の時期を早めにというフジトの思慮が働いたのかも知れません。とにかく、「蒸発事件」の背後にフジトらしい慎重な計画心があったにしても、マコトにとっては心の準備も友への別れもまともに出来ない、降って湧いた「青天の霹靂」でした。もちろんマコトには、忙しい父と頼りない母にことさら苦情など言う気はなかったものの、やはり後から思い返すにつけ、まるで「夜逃げ」とほとんど変わらないような苦い後味がしたものです。

そんな突然の奇妙な別れから今やすでに幾歳月が流れ去り、幼いマコトが親しくした人たちも皆それぞれの人生行路を歩み、それぞれの出会いと別れを重ねながら、それぞれの物語をそれぞれに紡ぎながら生きたことは言うまでもありません。しかし悲しいことに、幼友達の中にはすでに他界した人も何人かいます。風土の景観や、世の中の有様や、そして人々の心の姿には、どこか喜びがたい変化もありました。それでもマコトにとって、もう返り来ることのないあの日々の時間をそれらの人々と共に過ごしたというささやかな自分史の事実だけは、何ものにも代えがたい心の財産となっているのです。この幼少年時代の遠く遥かなる思い出は、マコトが再び札幌に戻ってから以後もずっと消えることのないノスタルジアとなり、さらに人生の黄昏の時期を迎えたマコトの老いた魂さえも優しく静かに昂揚させ、今なお限りなく懐かしい温もりで心癒やしてくれるのです。生まれつき虚弱体質な上に引っ込み思案で極度に人見知りでもあったマコトが、そんな定めの身を持ち耐えて、人との親交にもそこそこ恵まれながら、やがて老いを迎えるまで人生の波風を何とか凌いで来られたのは、この幼少年時代の二度と戻ることのない失われた時への純化された思いが、どこか心の奥深くでマコトを支え続けてくれたからかも知れません。体質にも気質にも運悪く生来の脆弱さを抱えていたマコトを、それでもより強く逞しく鍛え育み、今日まで生きながら得させてくれた生命力の源は、遠く懐かしいこの幼き日々にこそ培われたものだったに違いないのです。

今では、一三〇〇年もの歴史が沈殿した古都奈良で閑居している貧乏詩人のマコトが、みずから老いを迎えてから初めて亡き父を偲んで詠んだ鎮魂詩があります。遥かなる北国オダッシュ山の麓の大地で、爽やかな夏の日も厳寒の冬の日も親子共に過ごしたあの幾歳月へのほの熱き郷愁に心満たされながら。

父のロマン

父の六たりの子らの一番末に
ただひとり戦争を知らずに生まれたわたし
そのわたしが生まれるずっとむかし
父はまだ父でなかった若者のころ
ふるさとの港町神戸から
あこがれ抱いて北の大地にわたり
白い時計台の鐘が鳴る札幌の町で
はたちに満たない青春の
多感な日々をすごしたのです。

それから幾十年の歳月が流れ
そのむかし船乗りを夢見ていた一人の少年は
さわやかな牧野と馬をこよなく愛し続け
あたかも「陸の船乗り」に変身して
緑深き大海原を駆けめぐった

あの懐かしい日々の想い出を抱いたまま
そこで静かに老骨をうずめたのです。
遥かな北の大地の一握りの土となって。

まだマコトが子どもだったあの頃、ヒゲ教授の牧野さんが「出来れば詩人としてこの世の人生を終えたい」とマコトに打ち明けた願望を、それから半世紀余り経った現在マコトが実現しているのでした。けれどもマコトは、まだまだ世間の欲や雑念から自由になっているわけではありません。牧野さんが言っていた「詩人」とはおそらく「自由人」の典型であって、現在のマコトは、まだまだ「自由人」からは遠いところに居るのです。牧野さんの願いの中の「詩人」とは何だったのでしょう。マコトはときどきそのことに思い耽るのです。そんなとき、マコトが高校を卒業する前に心臓発作で急死した今は亡き牧野さんが、思い出のヒゲ面の中からこう語りかけて来るのです。詩人になる夢を果たさずしてまだ五十代でこの世を去ったヒゲ教授が、あの懐かしいバリトンの声色で。

「ねえマコト君、わたしたち人間にとって、わたしたち人間が生きることにとって、本当に大切なものは何だと思うね。それは、地位でも名誉でもない。それは、人間という存在の中に煌めく魂の輝きではないかな。魂を芯から震えさせる感動ではないだろうか。それは確かに、世間の照明など浴びることもない、内なる魂の秘かな出来事かも知れない。たとえそうだとしても、人間が心から感動するということは、人生が生きるに値するものだということなんだよ」

「ええ、その通りです」と初老のマコトは一人頷きます。それは、マコト自身の心中から浮かんで来た言葉だからです。するとまた、ヒゲ教授が孤独な詩人のマコトに語りかけて来ます。

「昔僕は、まだ子どもだった君に全身全霊で生きることを勧めたね。もう君も立派な大人になって、知識も教養も身に付いただろうから、もう少し難しい言い方をしてみるよ。つまりね、もともと有限である人間は、持てる知性と感性、知と情と意のすべてを働かせて世界に立ち向かい、世界に触れるように努めるべきなのだ。知性の不得手な者はその感性を、感性の不得手な者はその知性を最大限に働かせ、知情意のすべてをもって世界の全体とその鼓動に触れることこそ、人間として生きていることの証しなのだ！」

うつし身を持たないヒゲ教授の語りかけは、例の「悪い癖」で、次第に熱を帯びて来たようです。同時に、マコト自身の胸も熱くなって来たようです。今やヒゲ教授はマコトに乗り移ってしまったようです。そしてもはやマコト自身と化したヒゲ教授は、そのマコト自身の中に潜んでいる「詩人の魂」に向かって、こう諭すのです。

「わたしたちの感性にはじつは慣性というものがあって、段々に慣れていってしまうところがどうしてもあるのだけれど、そこに幼い子どものような新鮮さを取り戻すことが芸術家にとって大切なんだよ」

マコトは「その通り」とまた頷き、（それは芸術家だけでなく、どんな人間にとっても必要なことじゃないでしょうか）とヒゲ教授に向かって問い返したく思いました。けれども悲しいことに、かつて冬の夜長のペチカの前で幼いマコトに語りかけた今は亡き幻のヒゲ教授は、自らに代わって詩人となったこの世のマコトに応えてくれることはもう無いのでした。

縁側の背もたれ椅子に身を預けたまま、じっと目蓋を閉じていたマコトは、やがてふっと我に返り、老いを迎えた孤独なわが身にあらためて思い至ると、そこはかとない寂寞に捉えられるのでした。けれどもその寂寞の情念の奥から、今度はマコト自身の魂の声が語りかけてくるのです。

「美しい人生の思い出を一つでも自分の胸に大切に仕舞っている者は、たとえ今どんな境遇にあろうとも、きっとしあわせな人間に違いないのだよ！」

その魂の声でふたたび幼い子どものような新鮮な心根を呼び覚まされた老詩人の脳裏には、北国のわが郷愁の大地と、戦後昭和の逞しい建設的な開拓時代を生きた人々の息吹が、狩勝トンネルから黒い雄姿を現した「デゴイチ」の遠く近く響く汽笛の木霊とともに、まるで昨日のことのように鮮やかによみがえって来るのでした。それからマコトは、遠くに思いを馳せるように、桜の淡雪がはらはらと舞い散る古都のおぼろな空を縁側からふと見上げました。するとそのとき、わずかに霞んだ水色のスクリーンに、まだちらほらと雪の消え残るあの遥かな牧野の情景がほんの一瞬浮かんだ気がしたのですが、それはまたすぐに、かすかな白昼夢のように流れ過ぎていきました。馬上からまだ幼いマコトに向かって優しく微笑む父フジトの凛々しい幻影とともに……。

塚本　正明（つかもと　まさあき）

1947年札幌市に生まれる。京都大学文学部哲学科卒業、同大学院修了の後、奈良女子大学その他で西洋哲学や哲学的人間学の研究を続けながら哲学を講じる。2010年に長年の研究生活にピリオドを打ち、詩や物語の創作に専念するため文筆生活に入る。

郷愁の大地

── ある父と子の北国物語

2016年5月3日　初版発行

著　者　塚本正明
発行者　中田典昭
発行所　東京図書出版
発売元　株式会社 リフレ出版
〒113-0021　東京都文京区本駒込 3-10-4
電話（03）3823-9171　FAX 0120-41-8080
印　刷　株式会社 ブレイン

ISBN978-4-86223-947-1 C0093
Printed in Japan 2016

ご意見、ご感想をお寄せ下さい。

［宛先］〒113-0021　東京都文京区本駒込 3-10-4
東京図書出版